Verlag
Michael
Weyand

Mischa Martini

FINALE MOSEL

Mischa Martini

FINALE MOSEL

Verlag
Michael
Weyand

Dank für Lektorat und Anregungen:
Gabi Belker, Dr. Hans-Joachim Kann, Dr. Christian Kraler, Lothar Schwinden, Anna Lena Weyand, Birgit Weyand

Satz: Verlag Michael Weyand GmbH, Trier
Druck und Bindung: CPI books GmbH, Leck
Titel: Bob, Trier

ISBN 978-3-935 281-64-5
1. Auflage Oktober 2009

Personen und Handlungen
sind frei erfunden.

Ähnlichkeiten mit
Verhaltensweisen von Menschen
an der Mosel und anderswo
sind zufällig,
mitunter unvermeidlich.

… und untertauchend erkannte er, wie selbstverständlich es war zu sterben; er erkannte, dass der Tod nicht wie ein Meteor auf die Erde niederkracht, sondern auf der gleichen Ebene stattfindet wie Geburt und Ehe und die tägliche Postzustellung.

John Updike

Trier, Innenstadt

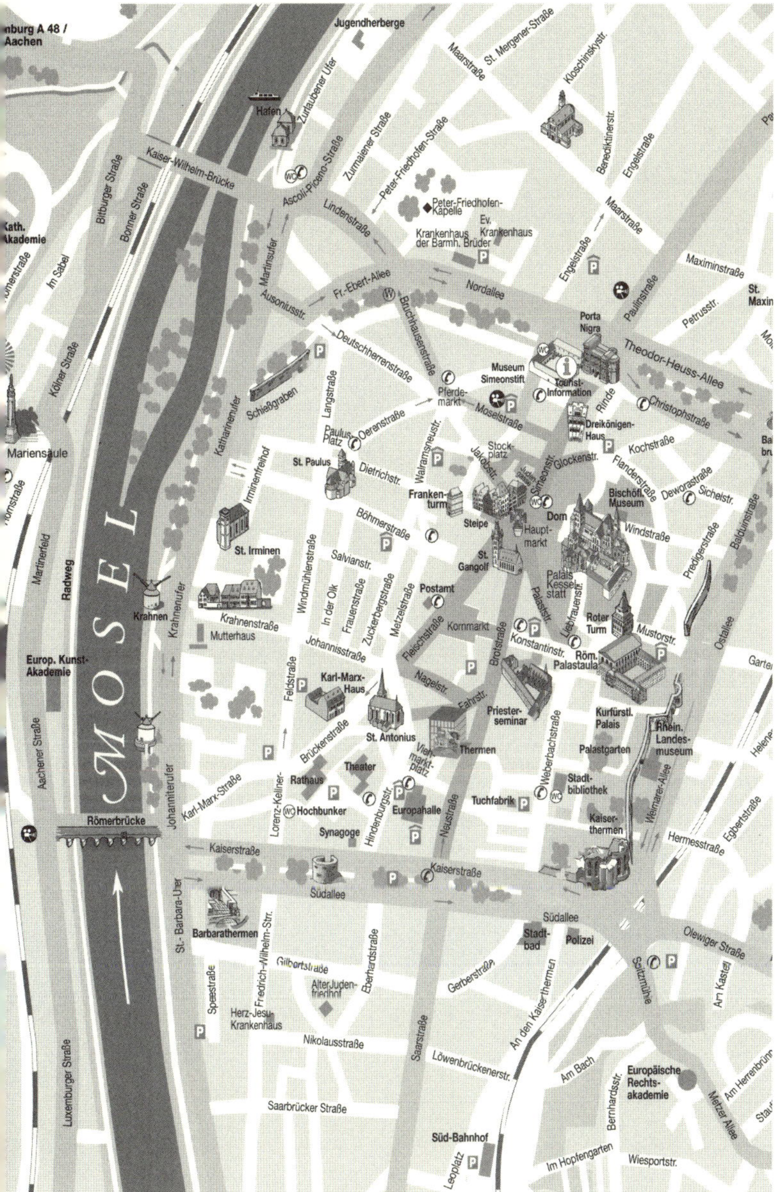

Jugendherberge
Hafen
Zurlaubener Ufer
Kaiser-Wilhelm-Brücke
Bitburger Straße
Bonner Straße
Im Sabel
Kölner Straße
Mariensäule
Martinerfeld
Radweg
Europ. Kunst-Akademie
Aachener Straße
Luxemburger Straße
Römerbrücke
MOSEL
Maarstraße
St. Mergener-Straße
Kloschinskystr.
Benediktinerstr.
Engelstraße
Zurmaiener Straße
Peter-Friedhofen-Straße
Ascoli-Piceno-Straße
Lindenstraße
Peter-Friedhofen-Kapelle
Ev. Krankenhaus
Krankenhaus der Barmh. Brüder
Martinsufer
Ausoniusstr.
Fr.-Ebert-Allee
Nordallee
Bruchhausenstraße
Maximinstraße
Paulinstraße
Petrusstr.
Porta Nigra
Theodor-Heuss-Allee
Deutschherrenstraße
Museum Simeonstift
Tourist-Information
Pferdemarkt
Moselstraße
Christophstraße
Rinde
Schießgraben
Katharinenufer
Langstraße
Oerenstraße
Paulus-Platz
St. Paulus
Dietrichstr.
Walramsneustr.
Jakobstr.
Stockplatz
Simeonstr.
Glockenstr.
Dreikönigen-Haus
Kochstraße
Flanderstraße
Deworastraße
Sichelstr.
Irminenfreihof
St. Irminen
Frankenturm
Steipe
Hauptmarkt
Dom
Bischöfl. Museum
Windstraße
Predigerstraße
Balduinstraße
Böhmerstraße
Salvianstr.
Windmühlenstraße
In der Olk
Frauenstraße
Zuckerbergstraße
Metzelstraße
Postamt
St. Gangolf
Palais Kesselstatt
Liebfrauenstr.
Roter Turm
Mustorstr.
Krahnen
Krahnenstraße
Krahnenufer
Mutterhaus
Johannisstraße
Fleischstraße
Kornmarkt
Brotstraße
Konstantinstr.
Röm. Palastaula
Ostallee
Feldstraße
Karl-Marx-Haus
Nagelstr.
Fahrstr.
Priester-seminar
Kurfürstl. Palais
Rhein. Landes-museum
Palastgarten
Weimarer-Allee
Brückenstraße
St. Antonius
Thermen
Viehmarkt-platz
Weberbachstraße
Theater
Rathaus
Karl-Marx-Straße
Johanniterufer
Lorenz-Kellner-Str.
Hochbunker
Synagoge
Hindenburgstr.
Europahalle
Neustraße
Tuchfabrik
Stadt-bibliothek
Kaiser-thermen
Hermesstraße
Egbertstraße
Kaiserstraße
Südallee
St.-Barbara-Ufer
Barbarathermen
Friedrich-Wilhelm-Str.
Gilbertstraße
Eberhardstraße
Stadt-bad
Polizei
Olewiger Straße
Saarstraße
Speestraße
Alter Juden-friedhof
Herz-Jesu-Krankenhaus
Gerberstraße
An den Kaiserthermen
Nikolausstraße
Löwenbrückenerstr.
Am Bach
Bernhardsstr.
Europäische Rechts-akademie
Metzer Allee
Am Herrenbrünnchen
Saarbrücker Straße
Süd-Bahnhof
Leoplatz
Im Hopfengarten
Wiesportstr.
An Kastel

Gleich würde er in das dunkle Haus eindringen und seine verhasste Mutter töten. Endlich konnte er seinen Vater rächen. Tiefenbachs Wahrnehmung bestand nur noch aus Herthas Stimme und dem Ton, der tief in ihm auf seinen Einsatz wartete. Schweißperlen liefen ihm über die Stirn die Schläfen entlang in den Bart. Er blendete die Horde aus, die laut quiekend nebenan den Hang hinunterrutschte.

»Ruhe da drüben!«, brüllte Kehlheim in Richtung der Schulklasse.

Wieder hatte der Regisseur die Szene mit dem Kniefall unterbrochen. Tiefenbach hatte es geahnt. Er trug einen schweren, bodenlangen Soldatenmantel über den Knieschonern, um sie vor den hartnäckigen Paparazzi zu verbergen. Diese waren sicher wieder da und belauerten ihn auch jetzt von irgendeinem schattigen Plätzchen im weiten Rund der mit Mauern terrassierten und von Gewölbestollen durchlöcherten steilen Hänge des Amphitheaters. Das satte Grün der Wiesen wirkte, als seien sie mit Samt bespannt.

Die abgeschrägte Bühne stand im Schein der Nachmittagssonne. Für den Weinberg am Hang darüber war das sicher nützlich, aber hier unten saugten sich die römischen Mauern voll mit Hitze und hielten sie gnadenlos im Trichter des Amphitheaters fest.

Zum fünften Mal in Folge stürzte der Diener herbei, warf

sich vor Tiefenbach in den Staub, küsste seine Stiefel und lief wieder davon.

»Das war alles, nur nicht lautlos!« Während Kehlheim wie von einer Sprungfeder getrieben aus seinem Regiestuhl hüpfte, riss er sich den Strohhut vom Kopf. »Lautlos!« Er brüllte das Wort mit Betonung auf der ersten Silbe. Die Schüler, die sich inzwischen in respektvollem Abstand zur Bühne um ihre Lehrerin geschart hatten, starrten interessiert herüber.

Tiefenbach blieb äußerlich unbewegt. Nur der Schweiß tropfte aus seinem Bart auf den Stuhl, vor dem er kniete. Den brauchte er nach drei Knieoperationen als Stütze. Die vordere Holzleiste des Sitzes drückte gegen seine Schenkel, wobei er seine Brust über den Sitz gegen die Rückenlehne presste und es vermied, das glühend heiße Metallgestell mit den Händen zu berühren. Der Diener war wieder herbeigeeilt und wieder abgetreten. In Socken war er über den blechernen Boden, auf dem man Spiegeleier hätte braten können, geschlichen.

In Herthas Züge kehrten die Verwirrung und der Taumel zurück. Tiefenbach durfte nicht an die Regieanweisung denken, sonst wäre seine Konzentration dahin gewesen. Fieberhaft! Er gab sich seiner Schwester *Elektra* zu erkennen, hörte, wie Hertha auf ihre ganz besondere Weise ihn, Orest, rief, antwortete ihr und lauschte dann den ersten beiden Sätzen seiner Kollegin und der matten Klavierbegleitung. Die Orchestermitglieder waren lange vor Ende der Generalprobe verschwunden. Ab dreißig Grad schob der Personalrat allen Aktivitäten einen Riegel vor. Abgesehen von den Musikern hätten die Streichinstrumente bei diesen Temperaturen Schaden genommen. Über allem lag die Summe der Geräusche der Stadt: Stimmen, Türenschlagen, Motorengebrumm,

Reifenquietschen, Eisenbahngeratter, verdichtet zu einem stetigen unheilvoll klingenden Rauschen wie die Fluten eines gebrochenen Staudamms.

»Danke, wunderbar!« Kehlheim hatte sich wieder von seinem Stuhl erhoben und verbeugte sich höflich. Er versuchte große Zuversicht in ein Lächeln zu legen, das ein Regisseur seinen Stars wenige Stunden vor der Premiere zeigen konnte. Gleichzeitig presste er sein Handy ans Ohr, um den Flugwetterdienst zu hören. Mit einem ängstlichen Blick zum Himmel eilte er in Richtung der Tribüne davon.

»War's das schon?« Markus kam herbeigeeilt. Er hatte im Schatten eines der Bögen, die zu den Kammern führten, gewartet, da, wo einstmals wilde Tiere oder ihre menschlichen Opfer vor dem Kampf gefangen gehalten worden waren. Der ignorante Kehlheim hatte es noch nicht einmal für nötig befunden, ihm zu sagen, dass er nicht mehr gebraucht wurde. Markus hatte umsonst auf seinen Einsatz gewartet. Tiefenbach sah ihm die Enttäuschung an, obwohl der Sänger lässig tat und abwechselnd aus dem dünnen Mundstück seiner Trinkflasche trank oder sich das Wasser wie ein Marathonläufer über das gewellte schwarze Haar goss. Er folgte seinen Kollegen Hertha und Markus die schmalen Treppenstufen hinauf unter dem niedrigen Gewölbe hindurch zu dem Weg, der oberhalb der Arena in einen kühlen Tunnel im Hang führte. Tiefenbach hatte den Stuhl mitgenommen und stellte ihn nun mit Schwung auf den lehmigen Boden, den die Feuchtigkeit im Gewölbe braunrot gefärbt hatte.

Angenehm kühl hier drin, dachte er. Er behielt den Mantel an und genoss die leichte Zugluft, die aus dem Inneren wehte. Hertha ließ sich auf dem Stuhl nieder, nahm einen Schluck aus ihrer Wasserflasche und beobachtete, wie Tiefenbach die Thermoskanne aufschraubte.

»Immer noch ungesüßte Kamille?«

Tiefenbach nickte und goss den Tee in den Becher, der als Verschluss diente. Vor jeder Premiere kam er sich wie ein Anfänger vor, und heute würde es die Hölle werden.

Sie schaute zu ihm empor. »René, ich bin so froh, wieder mit dir … na, dass du wieder da bist.«

Das Gefühl drohte ihn zu überwältigen. Er legte seine Hand an ihr Gesicht. Als sie danach griff, sie sanft drückte und an ihre Lippen führte, beugte er sich zu ihr hinunter und umarmte sie. Hertha war eine der wenigen, die ihn in seiner dunklen Zeit angerufen hatten. Von da an hatten sie sich, wann immer sie es einrichten konnten, heimlich getroffen. Und eine bessere *Elektra* als sie war kaum zu finden. Nicht nur in Europa.

»Deine Armbanduhr ziehst du aber nachher aus.« Er versuchte, seine Sehnsucht nach ihr in den Griff zu bekommen.

»Wenn du magst, trag' ich sie für dich.«

»Das wäre ein gefundenes Fressen für die Fotografen«, lachte René.

»Von den zehn akkreditierten haben höchstens drei vorher schon mal eine Oper gesehen.«

»Interessieren die sich immer noch für die alten Geschichten?« Das schien die Gelegenheit für Markus zu sein, der bisher nur dabeigestanden hatte.

Als seine Frage unbeantwortet blieb, fuhr er fort: »Das Amphitheater ist tückisch, und die Entfernung von der Bühne zu den Rängen ist groß, da müssen die Töne vorher angesungen werden, kurz bevor das Orchester einsetzt.«

Tiefenbach nickte milde. Wusste dieser Wichtigtuer wirklich nicht, wie oft er in Salzburg, Verona, Bregenz, auf der Waldbühne in Berlin oder in Orange gesungen hatte?

Markus hätte ihm genauso gut erklären können, wie man einen Schuh zubindet. Wann ließ dieser lästige Möchtegern sie endlich allein? Hertha war erst gestern eingetroffen, sie hatten bis spätabends geprobt und den heutigen Nachmittag noch anhängen müssen. Tiefenbach wäre gerne noch mit ihr allein gewesen. Und in ein paar Stunden war Premiere. Der Saum des Mantels war mit Lehm beschmutzt. Er zog ihn aus und warf ihn über ein Seil, das den Gang durch den Tunnel versperrte. Auf der anderen Seite des Hügels waren Archäologiestudenten eines internationalen Sommerkurses am Werk gewesen. Angeblich brauchte man in dieser Stadt nur die Schuhspitze in den Boden zu rammen und schon stieß man auf römische Relikte.

Tiefenbach setzte einen Fuß auf eine Ritze im Mauerwerk zwischen den flachen Ziegeln und streifte einen der Knieschoner ab. Sein Hemd spannte am Rücken. Als seine Hand nach hinten tastete, fühlte er, dass es komplett durchgeschwitzt war. Auch an den Schultern und über der Brust hatte es sich dunkel gefärbt.

Es blitzte. Er zählte vierzehn Sekunden, es donnerte.

»Nein.« Hertha stand auf. »Das hat uns noch gefehlt.«

»Das zieht vorüber.« Markus trat aus dem Gang ins Freie. Auf der gegenüberliegenden Seite öffneten sich Schirme über einer Besuchergruppe, die sich um einen Gästeführer scharte. Markus schaute zum Himmel, an dem sich die Wolken bedrohlich auftürmten. »Das ist nur ein Schauer, bis heute Abend ist das …« Er brach ab. Seine beiden Kollegen hatten die Gelegenheit genutzt, sich in Richtung Garderoben davonzustehlen.

*

Walde schaute sich auf dem Parkplatz um, bevor er die Heckklappe öffnete. Wie immer sprang der Malamute heraus und lief gleich los, blieb nach ein paar Metern stehen und senkte die Schnauze tief über den Boden. Nebenan kroch hinter der Leitplanke ein Sattelschlepper schwerfällig brummend die Straße Richtung Eifel hoch, dicht gefolgt von einer langen Reihe von Pkw. Doris hatte einen Fuß auf den Vorderreifen gestellt und schnürte ihre Schuhe zu. Sie hatten bis zum Spätnachmittag gewartet. Doch das Thermometer fiel nicht unter dreißig Grad, und so hatten sie entschieden, statt in der prallen Sonne am Moselufer im Stadtwald zu laufen.

»Quintus! Hierher!« Walde brauchte nicht laut zu rufen, der Hund wendete, kam zurück und schoss an ihm vorbei.

»Quintus!«

Quintus stürmte zurück. Diesmal konnte Walde ihn am Halsband packen und die Leine einhaken.

Als der Hund nach den ersten Metern sein Geschäft erledigt hatte, passte er sich auf dem leicht ansteigenden Waldweg Waldes Lauftempo an. Vom Verkehrslärm war bald nichts mehr zu hören. Im Wald war es eigentümlich still, kein Vogel zwitscherte, es gab nicht einmal ein Rascheln im Laub. Ein plötzlicher Donner ließ Walde zusammenzucken.

»Allzu weit sollten wir nicht mehr laufen«, sagte er, bemüht, nicht zu kurzatmig zu klingen.

»Das Gewitter ist doch noch weit weg.« Doris war erstaunlich fit, trotz ihrer Schwangerschaft. Bald würde sie ihr zweites Kind bekommen. Annika, ihre gemeinsame Tochter, war knapp vier. Über eine Heirat hatten Walde und Doris noch nie gesprochen.

Wenig später verdunkelte sich der Himmel und schon prasselten dicke Tropfen wie ein schneller Trommelwirbel auf die Blätter der Buchen. Jetzt spürten sie den warmen Regen. Wieder donnerte es heftig.

»Ich glaube, ich bleibe hier.« Walde deutete auf eine Schutzhütte, zu der eine in den Hang gegrabene und mit Rundhölzern befestigte Treppe führte.

»Das waren doch erst höchstens zwei Kilometer!«, maulte Doris.

»Zurück sind es zusammen vier. Ich warte auf dich.«

»Aber ich komme gar nicht mehr hierher, das ist eine Rundstrecke.«

»Dann laufe ich langsam mit Quintus zurück und warte im Auto.«

»Und ich soll allein und schutzlos weiter, und wenn jemand mich überfällt?«

»Du hast doch kein Geld dabei und den Autoschlüssel hab' ich auch.«

»Noch nie was von sexueller Belästigung gehört?«

»Dir passiert doch nix!«

»Danke, du meinst also, mit meinem dicken Bauch würde ich nicht mehr auf Triebverbrecher wirken.«

Walde lachte.

»Du bist ja wirklich ein durch und durch verantwortungsvoller Vater und noch dazu ein ignoranter Polizist.«

»Ich lache über das Wort Triebverbrecher, das hab' ich schon lange nicht mehr gehört.«

»Wenn einer über mich herfällt, ist es mir total egal, wie er genannt wird.«

»Nee, doch nicht bei dem Wetter.« Walde hielt die

Handfläche in den Regen.

»Du spinnst, echt!«

»Okay, und deshalb komme ich ja auch weiter mit.« Hatte Doris seine Worte für bare Münze genommen? So ganz sicher war er sich dessen nicht.

Der Weg wurde schmäler und führte durch ein Tannenwäldchen bergab. Quintus wurde schneller. Walde musste auf die Wurzeln achten, die als glitschige Stolperfallen quer über den Weg verliefen. Er stoppte und ließ Quintus von der Leine.

Oben in den Wipfeln rauschte der Wind. Vor vielen Jahren hatte Walde beim Sturm Wiebke erleben müssen, wie unglaublich schnell auch mächtige Bäume umfallen konnten. Der Regen nahm noch zu. Dicke Tropfen prasselten auf seine Kappe, rannen am Schirm vor seinem Gesicht herunter.

Er schaute zu Doris, die mit gesenktem Kopf und zu Schlitzen verengten Augen neben ihm lief. Als sie seinen Blick bemerkte, schickte sie ihm ein Lächeln, das ihren ganzen Fatalismus ausdrückte.

Die Tropfen fielen so dicht, dass Walde darüber nachsann, ob dazwischen überhaupt noch genügend Luft zum Atmen blieb. Blitz und Donner folgten nun in geringen Abständen. Das Zentrum des Unwetters schien sich direkt über ihnen zu befinden. Statt wie bisher vorzulaufen, hielt sich Quintus nun in der Mitte zwischen Walde und Doris. Ob unten im Tal die Geburtstagsfeier eines Kindergartenfreundes, die Annika besuchte, ins Wasser fiel?

Kleine Rinnsale liefen über den Waldboden. An einem steilen Wegstück schoss das Wasser durch eine Rinne, staute sich weiter unten hinter aufgeschichteten Stämmen und strömte über den Weg. Ausweichen war nicht möglich, und so patschten sie mit den ohnehin nassen Schuhen durch den lehmgelben Bach.

Hinter dem Wildschweingehege ließ der Regen nach. Es ging nun über einen schmalen Pfad, auf den sich Disteln und Brennnesseln hinunterbogen und ihre nackten Beine streiften. Die Nässe der Pflanzen milderte ihre brennende Wirkung.

Endlich erreichten sie den Parkplatz. Walde öffnete die Heckklappe des Wagens. Der Hund sprang pitschnass hinten in den Wagen und ließ sich auf den Bauch fallen. Wasser aus seinem Fell sammelte sich in den Rillen der Bodenmatte.

Doris startete den Motor, sobald Walde neben ihr eingestiegen war. Sein Laufshirt klebte fest an der Haut. Er zupfte es von der Brust und atmete tief durch. Die triefende Kappe warf er nach hinten auf den Sitz. Er spürte den Aufprall dicker Tropfen. Zuerst schaute er nach oben, das Sonnendach war geschlossen, dann nach hinten. Quintus war aufgestanden und schüttelte sich ausgiebig, ein Schwall Tropfen aus seinem dicken Fell landete auf der Heckscheibe und durch das Gitter hinter der Rückbank wurden Fontänen bis zur Frontscheibe geschleudert.

»Besser jetzt als heute Abend«, sagte Doris. Sie bog auf die B51 Richtung Stadt. Das Wasser schoss über den Asphalt und schwappte entlang der Bordsteine hoch.

»Was?«

»Das Gewitter.« Sie zeigte zur Frontscheibe, wo die Scheibenwischer mit dem Wasser kämpften. Innen beschlugen die Scheiben. Doris schaltete das Gebläse ein. »Heute Abend ist doch Premiere, oder hast du das vergessen?« Sie schob sich die nassen Haare aus dem Gesicht. »Aber auch wenn du's vergessen haben solltest …«

»Antikenfestspiele, die Oper …« Mit der warmen Luft breitete sich im Wagen der Geruch nach regennassem Haar von Mensch und Hund aus.

»*Elektra* mit Tiefenbach, Bergmann und Jilsa.« So wie sie die Namen betonte, schien es sich um eine ganz besondere Besetzung zu handeln.

Walde hatte sich für den Abend mit Uli und Karl zu einer Session in der Tufa verabredet. Die Opernaufführung hatte er komplett vergessen. Dabei hingen die Karten seit Monaten an der Pinnwand in der Küche. Und Marie brauchte er fürs Babysitten nicht zu fragen, denn sie würde Doris begleiten. Die Session war bereits die letzten drei Wochen ausgefallen.

»Hast du das wirklich vergessen?«, fragte Doris

»Was?«

»Das müsstest du doch aus rein beruflichen Gründen schon wissen.«

»Warum?«

»Weil ihr da doch auch vertreten seid.«

»Keine Ahnung, mit dem Sicherheitsdienst habe ich nun wirklich überhaupt nichts zu tun, aber ich kann mir kaum vorstellen, dass da Polizei …«

»Vielleicht kommt auch der Köhler, der ist Schirmherr. Da ist jede Menge Prominenz vertreten, Beck, der OB … und die Luxemburger Staatskapelle spielt …«

»Gegen wen?«

*

Tiefenbach stieß im V.I.P.-Zelt mit *Elektra* und Chrysothemis an. Die Blitzlichter der Fotografen mischten sich mit denen des herannahenden Gewitters, das respektvoll gewartet hatte, bis die Aufführung zu Ende war. Es war sogar so gnädig gewesen, den Musikern und Bühnenarbeitern Zeit zu lassen, die Instrumente und die Licht- und Tontechnik in Sicherheit zu bringen.

Im Zelt waren die Klänge des Streichquartetts bald nicht mehr dem Redeschwall der Besucher gewachsen. Der Bariton ließ sich sein Glas von der in ein weißes Gewand mit dunkelroter Schärpe gekleideten Servicekraft auffüllen. Er schaute in ihre hellen, grünen Augen. Nebenan bedankte sich Intendant und Regisseur Kehlheim, ein Champagnerglas in der Linken, ein Mikrofon in der Rechten, artig bei den Sponsoren. Und die Politiker, die Größen aus der Wirtschaft, die Reichen und Schönen prosteten ihm gönnerhaft zu.

Tiefenbach studierte gerne das Verhalten der Menschen, aber das hier interessierte ihn nicht, das Getue kannte er nur zu gut. Als er sein Glas in einem Zug leertrank, entdeckte er ein bekanntes Gesicht.

»Gratulation!« Sacher, der Reporter der Lokalzeitung, blieb neben ihm stehen. Der Mann hatte ihn vor Jahren in seiner Wohnung in München interviewt. Nicht zuletzt aus diesem Kontakt hatte sich der heutige Auftritt in der alten Römerstadt ergeben.

Die Cateringdame schenkte ihnen beiden nach. Sie hatte nicht nur sehr schöne Augen, sondern auch sehr wohlgeformte Arme.

»Und es hat Ihnen wirklich gefallen?« Die Frage an den Journalisten war wenig originell, aber so kurz nach der Vorstellung hatte Tiefenbach Schwierigkeiten, aus der anderen Welt zurückzukehren.

»Es war grandios.«

»Und das werden Sie auch schreiben?« Tiefenbach war noch nicht in der Realität angekommen. Der Beifall klang ihm noch in den Ohren, alle Anspannung war von ihm abgefallen und jede Faser seines Körpers schien von Endorphinen überschwemmt zu werden.

Wieder leerte er sein Glas in einem Zug. »Sänger sind oral fixierte Menschen, die den ganzen Tag etwas aus dem Mund geben, und abends will man sich dann etwas zurückholen. Was mir jetzt noch zu meinem Glück fehlt, ist eine Portion Spaghetti.«

»Wenn es auch Spätzle tun, wüsste ich Abhilfe.«

Tiefenbach folgte dem Journalisten, der an der Schlange, die sich am Buffet gebildet hatte, vorbeiging, Teller und Bestecke organisierte und sich freundlich lächelnd zwischen die Leute drängte, die ihn zu kennen schienen und ihn ohne Murren gewähren ließen. Ein muffig dreinblickender Mann in Kochkluft hob den Deckel von einem großen Aluminiumbehälter, wobei ein Schwall Dampf herausdrängte. Mit einer Miene, als würde sein vom Mund abgespartes Essen gestohlen, sah er zu, wie Sacher Tiefenbachs Teller und dann den eigenen füllte. Am nächsten Topf ließ sich Sacher reichlich Bratensoße geben. Die Männer fanden einen freien Stehtisch und bekamen zwei große Gläser Bier, Brot stand bereits auf dem Tisch.

»Das ist richtig gut.« Tiefenbach wischte sich mit einem Taschentuch Soße von der Oberlippe.

»Die Spätzle?« Der Journalist wiegte skeptisch den Kopf.

»Nein, essen an sich ist gut, um wieder runterzukommen. Das stelle ich immer nach der Vorstellung fest.«

»Interessant.«

»Auf jeden Fall mehr als Alkohol. Aber es gibt noch andere Tricks.« Tiefenbach sprach mit vollem Mund. »Später, hinter der Bühne, hab' ich es zu Ende gebracht.« Tiefenbach schaute ernst.

»Klytämnestra umgebracht?«, versuchte es Sacher.

Die Musiker setzten sich mit ihren barocken Klängen wieder durch, während die Besucher mit Essen beschäftigt waren.

»Ja, das hört sich vielleicht unsinnig an. Ich hab' die Bewegungen ausgeführt, obwohl es niemand im Publikum sehen konnte, wie ich sie tötete, aber ich musste das zu Ende bringen.« Tiefenbach sog schlürfend eine besonders lange Nudel ein, tupfte sich den Mund ab und trank einen großen Schluck Bier. Er hatte Vertrauen zu dem Journalisten. Sie hatten sich seinerzeit in München auch über private Dinge unterhalten, und seine Offenheit war nicht missbraucht worden. Der Mann hatte nicht nur Interesse, sondern besaß ein breites musikalisches Wissen. Und obendrein konnte er noch schreiben.

»Was machen Ihre Diätpläne?« Tiefenbach erinnerte sich, dass sie damals in München über ihre augenscheinliche Gemeinsamkeit, das Übergewicht, gesprochen hatten, gegen das sie beide etwas unternehmen wollten.

»Wurden noch zurückgestellt.« Sein Gegenüber lüftete schmunzelnd einen Aufschlag seiner Jacke. Darunter wölbte sich ein stattlicher Bauch. »Aber Sie müssen mir Ihr Rezept verraten.«

»Diese Diät möchte ich Ihnen nicht empfehlen …«

Sacher nickte und schob seinen Teller etwas zur Seite, als ein Paar mit Tellern und Gläsern in den Händen freundlich lächelnd an ihren Tisch trat. Der Mann trug einen hellbeigen dreiteiligen Anzug, sie ein ärmelloses tief dekolletiertes Kleid. Die Gläser fanden kaum mehr Platz zwischen den vier Tellern.

»Sie haben uns einen unvergesslichen Abend beschert«, die großen braunen Augen der Frau strahlten Tiefenbach an, ihr deutlich älterer Begleiter nickte.

Tiefenbach schaute zum Eingang, durch den gerade ein Klavier hereingeschoben wurde. Lange würde er nicht mehr in der angenehmen Gesellschaft des Journalisten bleiben können. Er spürte die Blicke von den Nachbartischen. Die Fotografen nutzten ebenfalls die Gelegenheit, sich am Buffet zu stärken.

»Der Beifall ist groß«, flüsterte Tiefenbach dem Journalisten zu. »Alle finden einen wunderbar, und auch auf der Party fühlt man sich wunderbar. Aber danach ist man allein, wenn einen niemand auffängt, allein im Hotelzimmer, und das Adrenalin noch in den Adern pulsiert. Früher hat es geholfen, die Minibar zu leeren und sich noch die eine oder andere Flasche kommen zu lassen.«

»Und Ihre Frau?«

»Die ist da … also nicht hier. Nach dem ganzen Presserummel war die Anspannung für sie zu groß. Deshalb wartet sie im Hotel auf mich. Sie hatte Angst, mich mit ihrer Nervosität anzustecken.«

»Soll ich Sie zurück in die Stadt mitnehmen?«

»Danke, es gibt einen ausgezeichneten Fahrdienst, und ich muss hier noch die Runde machen.«

Tiefenbach würde sich gleich am Tisch des Oberbürgermeisters und der Kulturdezernentin blicken lassen, wo sich

Hertha, Johanna und natürlich auch Kehlheim bereits eingefunden hatten. Ein paar Dutzend Hände musste er wohl noch schütteln. Es gehörte zu seinem Image als volksnaher Künstler, der er absolut nicht war. Als Bariton war René Tiefenbach nicht nur Sänger, sondern auch ein Schauspieler, der sich gesellig geben konnte.

Gleich würde er diesem unsäglichen Gewäsch zuhören müssen. Aber es gab etwas, das er noch mehr hasste: Auf Partys um gesangliche Kostproben gebeten zu werden. Er war nicht der Typ, der sich locker ans Klavier setzte und Arien schmetterte. Jetzt musste er erst einmal pinkeln.

Draußen war es abgekühlt. Jedenfalls kam es ihm so vor, als er am V.I.P.-Zelt vorbei zu den Toiletten ging, die sich vor der breiten Einfahrt zum Amphitheater befanden. Als er sich den blauen Häuschen näherte, klangen die ersten Tropfen auf dem Blech der Dixiklos. Tiefenbach fuhr sich über die Stirn. Sie war schweißnass. Eine kleine Tür ging auf und aus dem beleuchteten Innern kam eine Frau. Das lange Kleid bis zu den Knien gerafft, eilte sie mit geducktem Kopf an ihm vorbei. In so ein enges Ding wollte er jetzt nicht. Er ging weiter in das dunkle Rund des Amphitheaters, wo der Bühnenaufbau wie eine Häuserruine aufragte, auf die sich ein riesiger Stier aus Pappmaschee verirrt hatte. Von der Feier war hier nichts mehr zu hören. Auf der Straße zwischen Weinberg und Amphitheater, die während der Aufführung für den Verkehr gesperrt gewesen war, knatterte ein Mofa.

Die Tropfen wurden dichter. Tiefenbach hielt sich links an der Mauer und erreichte die erste Nische. Am liebsten hätte er da hineingepinkelt. Aber die kaum mehr als einen Meter tiefe Grotte wurde tagsüber in den Probepausen von den

Kollegen als kühler Rückzugsort genutzt. Er eilte weiter, an zwei dunklen Öffnungen vorbei. Es folgte der Weg zu dem Tunnel, wo er heute Nachmittag mit Hertha und Markus gewesen war. Er tappte hinein, wich dem Stuhl aus und blieb dahinter im Dunkeln stehen. Ein Blitz ließ die kleine runde Öffnung am anderen Ende des Tunnels aufleuchten. Draußen prasselte der Regen. Mit der rechten Hand an der rauen Wand entlang tastend, ging Tiefenbach vorsichtig weiter.

Es war doch bekloppt, dass er nach all den Jahren bei Premieren immer noch so schlimmes Lampenfieber hatte. Heute war es die Hölle gewesen. Nicht nur die übliche Premiere, es war nach langer Pause sein persönliches Comeback, argwöhnisch belauert von der Presse, und dabei hatte ihm auch seine ganze Erfahrung nicht helfen können.

Ein leises Summen hallte von dem Gewölbe wider. Tiefenbach genoss die beruhigenden Schwingungen, die wie von selbst tief aus seiner Brust kamen. Wieder erleuchtete ein Blitz den Ausgang. Es war nicht mehr weit bis zu dem Band, das den Graben der Archäologen sicherte. Seine Schritte wurden kürzer. Ein Windstoß ließ ihn den kühlenden Schweiß an den Schläfen spüren. Am Ausgang des Tunnels blieb er an der anderen Seite des Hügels stehen und knöpfte seinen Hosenschlitz auf. Er sah auf die Regentropfen, die auf den Weg prasselten, aber pinkeln konnte er hier nicht, obwohl es so bequem gewesen wäre. Tiefenbach war nicht darauf konditioniert, einfach vor sich auf den Weg zu pinkeln. Er trat hinaus, erst allmählich sickerten die Regentropfen durch sein Haar, liefen ihm hinter den Ohren über den Hals ins Hemd. Er hielt sich nach rechts, ging um das Ende der Mauer herum bis zu dem tiefen Graben der Archäologen. Endlich. Während er seinen Urinstrahl über das

Band in die dunkle Grube richtete, genoss er die Erleichterung. Ein kurzes Aufblitzen riss ihn aus seiner Entspannung. Für einen Moment hielt er das Licht für den Blitz eines Paparazzo. Das fehlte noch! Das Adrenalin war noch nicht ganz aus seinen Adern gewichen. Angestrengt starrte Tiefenbach ins Dunkel, aber die Fläche jenseits des Grabens war leer. Dahinter wogten die Bäume im Wind.

Die Berührung an seinem Bein erschreckte ihn nicht. Es fühlte sich an, als würde sich eine Katze an seiner Wade reiben. Das war er von seinem Kater zu Hause gewohnt. Etwas drückte gegen sein Schulterblatt. Er verlor das Gleichgewicht, kippte nach vorn. Der Druck über seinem Fuß hielt an. Er machte mit dem anderen Bein einen Ausfallschritt. Sein Fuß trat ins Leere. Mit der Hüfte stieß er an das Plastikband der Absperrung. Es dehnte sich und riss. Das andere Bein war immer noch blockiert. Seine Arme suchten wild fuchtelnd nach Halt. Kopfüber stürzte er hinunter.

Als Tiefenbach seine Augen öffnete, wusste er, dass er ohnmächtig gewesen war. Der Regen prasselte unvermindert weiter. Er fragte sich, was ihm da in den Bart lief. War es sein Urin oder Regenwasser? Sonst spürte er nichts, keine Schmerzen. Wieder blitzte es. Diesmal wünschte er, es wäre einer von der Pressemeute. Dann würde auch Hilfe kommen. Er musste kopfunter liegen, denn er sah seine Beine und darüber die von Blitzen erhellten Wolken. Tiefenbach versuchte, sich vorsichtig zu bewegen, aber sein Gehirn schien vom Rest seines Körpers abgeschnitten zu sein. Weder Arme noch Beine, nicht einmal seine Atmung konnte er spüren, als wären alle Nervenbahnen gekappt. Er bewegte seine Lippen, er schluckte. Er wollte schreien. Nur sein Mund ließ sich öffnen, kein Laut drang heraus. Regen und vielleicht auch Blut liefen über sein Gesicht. Er spürte nichts, nicht einmal Angst. Sah so das Ende aus?

Bei mancher Wagneroper hatte er es fertiggebracht, mit dem Schwert in der Brust, noch eine halbe Stunde zu singen. Jetzt konnte er nicht einmal um Hilfe rufen, und an Singen war überhaupt nicht zu denken. Ihm war auch nicht danach, eine leidende Miene aufzusetzen. Er musste nicht daran denken, was Regisseur, Publikum und Presse von seiner Mimik hielten. Mit der Luft sog er noch etwas anderes durch die Nase. Es löste einen Hustenreiz aus. Er öffnete erneut den Mund und presste gleich wieder die Lippen zusammen. Um ihn herum stieg das Wasser, und er schaffte es nicht, seinen Kopf zu heben.

Er wollte nicht hier in diesem Graben verrecken. Bei Verdi sangen die Toten noch munter weiter, lange nachdem sie gestorben waren. Er dachte an Gilda, Rigolettos brutal hingemordete Tochter, die der Vater im Leichensack findet. Selbst sie ist noch lebendig genug, mit dem gramgebeugten Vater ein holdseliges Duett zu singen. Solche Gedanken hatte doch kein Mensch in seiner Todesstunde. Wurde er jetzt verrückt? Dies war nicht der Ort, an dem er sterben würde! Er hatte schon andere Situationen überlebt. Er musste es nur schaffen, seine Nase aus diesem verdammten Schlamassel zu heben. Wieder überkam ihn der Hustenreiz. Was er da mit dem Atem einsaugte, wurde er nicht mehr los.

Tiefenbach trug knielange Shorts und boxte, seine Gegnerin trug ein kostbares wallendes Kleid. Scheinwerfer blendeten ihn. Bei jedem Schlag gab er ein dunkles gurgelndes Geräusch von sich. Sie wich den Schlägen aus, während sie ihm ins Gesicht lachte. Ein lautes, künstliches Bühnenlachen. Da gab es noch mehr Gelächter. Als er zum Publikum sah, versetzte seine Gegnerin ihm einen Hieb auf den Solarplexus, der ihm den Atem nahm. Er sah sich von außen, wie er zu Boden ging.

Sein heftig pochendes Herz war bemüht, durch schnellere Schläge den nach Sauerstoff verlangenden Körper zu versorgen. Er hatte immer noch keine Schmerzen. Es konnte doch nicht so schnell zu Ende gehen! Er versuchte, in die Phantasterei mit dem Boxkampf auf der Bühne zurückzufinden, aber er brachte nicht einmal mehr das Gurgeln zustande …

*

»Das ist das Einzige, mit dem mir die Pfaffen kommen können.« Uli trank sein Weinglas aus und schenkte sich von dem Ockfener Bockstein aus den Bischöflichen Weingütern nach.

Walde wiederholte immer wieder den gleichen Lauf auf seinem Kontrabass, obwohl ihm die schmerzende Kuppe des Ringfingers signalisierte, dass er mit einer Blase rechnen musste.

»Aber das muss man ihnen lassen, von Wein verstehen sie was.« Uli stellte die Flasche ab und klimperte ein einhändiges Solo auf dem kleinen Keyboard, das er mitgebracht hatte.

Walde wusste nicht, wie lange das Telefon schon klingelte. Auf dem Weg zur Diele ärgerte er sich, dass er es dort auf der Kommode hatte liegen lassen.

»Hab' ich dich geweckt?«, fragte seine Kollegin Gabi. Sie schien beim Autofahren zu sein.

»Nein, ich hab' das Telefon nicht gleich gehört.« Mit einem Ohr lauschte Walde in Richtung Annikas Zimmer. Aber seine Tochter ließ sich heute Abend weder vom Donner des Gewitters noch von sonstigen Geräuschen aus der Wohnung um den Schlaf bringen.

Während er das Telefon mit ins Zimmer nahm, wo Uli weiter auf dem Keyboard klimperte, sprach Gabi hastig weiter: »Entschuldige die Störung, ich weiß, du hast keine Bereitschaft, deshalb nur zur Info, nicht dass du dich nachher beschwerst, ich bin unterwegs zum Amphitheater. Da hat es einen Toten gegeben.«

Durch Waldes Kopf schossen Bilder, wie die Zuschauertribüne zusammenbrach und über den Trümmern und Verletzten eine panische Massenflucht einsetzte – und Doris mittendrin. Seine Uhr zeigte halb eins. In der Diele wurde die Korridortür aufgeschlossen. Walde steckte den Kopf durch die Tür. Doris lächelte ihn an. Ihre Haare klebten am Kopf. Sie streifte die Schuhe ab und eilte ins Bad.

»Bist du noch da?«, kam es aus dem Telefon.

»Weiß man, … also wer …?«

»Es soll dieser Sänger sein, der Tiefendings oder so.«

»Der Tiefenbach?«, fragte Walde.

»Genau.«

Vor dem Fenster tauchte Quintus' gewaltiger Kopf auf. Er hatte die Pfoten auf die Fensterbank gestellt. Vor einem Jahr hatte Walde den Malamute bei einem einsamen Haus in der Eifel gefunden, wo er nach dem Tod seines Herrchens wochenlang ohne Futter überlebt hatte. Walde hatte es nicht übers Herz gebracht, den Hund im Tierheim abzugeben.

»Was ist passiert?«, fragte Walde.

»Er soll ertrunken sein.« Keine Spur von Ironie schwang in der Stimme seiner Kollegin mit.

»Im Amphitheater?«

»Ja. Ich sehe mir die Geschichte mal an. Dr. Hoffmann und die Technik sind auch schon unterwegs. Also, wenn du willst, jedenfalls hab' ich dir Bescheid gesagt. Du hast wohl einen Oldieabend.«

»Warum?«

»Sind das nicht die Doors, die da laufen?«

»Nee, so klingt nur das Keyboard, aber du hast Recht, der Sound ist wirklich genauso mies.«

»Fand' ich nicht, aber ist ja auch egal. Sehen wir uns?«

»Nee, ich glaube nicht, aber danke für deinen Anruf.«

Walde legte auf und trank einen Schluck Wein.

»Hab' ich das richtig mitgekriegt, du findest den Sound meiner Orgel nicht gut?«, fragte Uli.

»Ich hab' gesagt, er klingt so wie bei den Doors, das meinte meine Kollegin Gabi auch ...«

»Du hast gesagt, das wäre ein mieser Sound. Das hab' ich doch gehört!«

»Ja, bei den Doors war das manchmal so.«

»Du hast gesagt, genauso mies.«

»Hab' ich das?«

»Ja, hast du.«

Doris kam herein. Sie trug einen Bademantel und hatte sich ein Handtuch um den Kopf geschlungen.

»Wie war's?«, fragte Walde und war froh, die Diskussion mit Uli beenden zu können.

»Toll, wunderbar und das Wetter hat auch gehalten ... zumindest bis zum Ende der Aufführung.« Sie strahlte. »Du hast wirklich was verpasst!«

»Scheint so zu sein, Gabi hat gerade angerufen, der Tiefenbach soll tot sein.«

»Nein!« Doris setzte sich auf das Sofa. Ihr Mund blieb offen.

»Er soll ertrunken sein, mehr weiß ich nicht.«

»In der Mosel?«

»Nee, im Amphitheater.«

»Wie kann man denn im Amphitheater ertrinken?«, fragte Uli.

»Keine Ahnung.«

»Worauf wartest du?«, fragte Doris.

»Auf nix, Gabi hat Bereitschaft.« Walde nahm wieder sein Glas.

»Du willst nicht hin?«, fragte sie.

Walde nickte. Als sie ihren entrüsteten Blick weiter auf ihn richtete, fügte er an: »Und außerdem habe ich Wein getrunken.«

»Bist du betrunken?«

»Nee, aber ich darf kein Auto mehr fahren.«

»Dann fahre ich dich hin.«

»Und was ist mit Annika?«

»Uli kann doch bestimmt noch eine Viertelstunde bleiben.«

*

Doris ließ Walde auf dem Wendeplatz für die Busse raus. Am Ausgang des Amphitheaters hatte sich eine Menschenschlange gebildet. Zwei Polizisten nahmen die Personalien aller Leute auf, die hinauswollten.

Als Walde sich an den feinen Abendgarderoben vorbeidrängte, wurde er sich seiner ausgebeulten Jeans und seines verwaschenen Sweatshirts bewusst. Vor ihm lag ein breiter Weg, an dem in nicht allzu weiter Entfernung ein großes erleuchtetes Zelt zu erkennen war. Walde hörte Teller klappern. Er ging am Zelt vorbei, wo mehrere Planen hochgezurrt waren. Nebenan wurden große Aluminiumbehälter in den hellen Transporter einer Cateringfirma verladen.

Ein paar Schritte weiter standen mehrere kleine Gruppen von Menschen dicht beieinander.

»Guten Abend, Herr Kommissar!« Ein Mann mit einer kräftigen Figur löste sich aus einer der Gruppen und kam auf ihn zu.

»N' Abend«, antwortete Walde und erkannte Polizeipräsident Stiermann.

»Selbstverständlich erhalten Sie größtmögliche Unterstützung.« Stiermann sprach laut. Wahrscheinlich sollten die Umstehenden hören, was er sagte. Parteibuch, Beziehungen und Eloquenz hatten ihm den Posten des Polizeipräsidenten eingebracht.

»Sie gelangen am besten da lang zur Unfallstelle.« Stiermann zeigte in die Richtung, aus der Walde gekommen war, auf einen Weg, der nach oben zu den Rängen führte. Er rief ihm nach: »Also, ich will Ihren Ermittlungen natürlich nicht vorgreifen, Unglücksort ist sicher der korrekte Ausdruck.«

»Danke, Herr Präsident«, sagte Walde und hätte sich im nächsten Moment am liebsten auf die Zunge gebissen. Zum Glück reichte das Licht des Zeltes nur wenige Meter, und er hoffte, dass seine Verlegenheit ihm nicht mehr anzusehen war. Vor ihm begrenzten Turmreste den Eingang der Arena.

Er wandte sich nach links und gelangte auf einen leicht ansteigenden Weg aus einem Gemisch aus ganz feinem hellen Kies und Sand. Hinter einer hüfthohen Steinbrüstung vor ihm öffnete sich die dunkle Arena. Walde war schon seit Jahren nicht mehr hier gewesen.

Nach dem Regen hatte in der aufgeheizten Stadt eine starke Verdunstung eingesetzt. Nebelschwaden hüllten den Weinberg auf der gegenüberliegenden Seite ein. Die dunkle Bühne mit den gewaltigen Aufbauten lag da wie ein schlafendes Ungeheuer. Links im Hang der Nordtribüne machte Walde auf gleicher Höhe einen dunklen und einen hellen Punkt aus.

Er setzte seinen Weg fort, wobei seine Schuhe in Pfützen patschten und er bis zum Rand der Nordtribüne auf die aufgeweichte Wiese auswich. Der schwarze Punkt wurde größer und erwies sich als ein von dunklem Gewölbe begrenzter Stollen, der in den Hang führte. Der helle Punkt musste demnach ein zweiter Tunnel sein, in dem Licht brannte. Vor ihm waren Stimmen zu hören.

»Aber wir mussten doch Erste Hilfe leisten, und außerdem bin ich der Intendant und künstlerische Leiter«, sagte eine empörte Männerstimme.

»Das ist mir so was von scheißegal, wer Sie sind, Sie haben polizeilichen Anweisungen Folge zu leisten.« Das war ohne Zweifel Gabis Stimme. Und nun sah Walde seine Kollegin, wie sie, gekleidet in einen weißen Overall mit Kapuze, aus dem beleuchteten Gewölbegang heraustrat. Sie hielt einen untersetzten Mann, dem die nassen Haare am Kopf klebten, am Arm gepackt und stieß ihn mit einem Schubs in Richtung der dunklen Arena. Walde erinnerte sich, das Foto des Mannes schon in der Zeitung gesehen zu haben. Es war Franz Kehlheim, der Leiter der Antikenfestspiele. Sein

Smoking war nass und an den Knien zeigten sich breite Lehmspuren.

»Diesen Ton muss ich mir nicht bieten lassen, das hat ein Nachspiel.« Der Mann sprach mit leicht wienerischem Akzent.

»Wir sind nicht mehr in der Oper, und das ist auch kein Spiel, Herr Kehlheim. Hier gebe ich den Ton an!«

Ohne ihn eines Blickes zu würdigen, rauschte der Mann mit eingezogenem Kopf an Walde vorbei.

»Die haben hier schon den ganzen Acker durchpflügt. Da wird die Technik kaum mehr etwas finden können«, schimpfte Gabi, als sie ihren Kollegen kommen sah.

»Dir ist doch klar, dass der sich postwendend bei Stiermann über dich auslassen wird.« Walde wies mit dem Daumen nach hinten, während er sich unter einem weiß-rot gestreiften Absperrband hindurchbückte, das Gabi nach oben hielt.

»Ich versuche nur, meine Arbeit zu machen.« Sie reichte ihm dünne Handschuhe. »Zwei, drei Leute, die Erste Hilfe leisten wollen, lasse ich mir ja noch gefallen, aber nicht eine Horde von Gaffern und Paparazzi.«

Walde folgte ihr durch den Gewölbegang auf das grelle Licht am anderen Ende zu. Während er beobachtete, wie der Papieranzug im Gegenlicht seine Kollegin wie eine Erscheinung aus dem Jenseits aufleuchten ließ, brachte ihn ein dicker Tropfen, der genau auf seinem Nacken landete und von dort seinen Rücken hinunterlief, in die Wirklichkeit zurück.

Gabi war ein paar Meter hinter dem Ende des Tunnels stehen geblieben. Sie rollte sich die Hosenbeine über den sehnigen Waden hoch. »Von hier ist er wahrscheinlich runtergestürzt.«

Walde trat neben sie und schaute nach unten in den Graben, in dem ein paar Leute, bekleidet mit Schutzanzügen und Gummistiefeln, zugange waren.

»Hat die Kriminaltechnik schon ..?« Walde trat einen Schritt zurück.

»Ja«, Gabi winkte ab. »Hier war gar nichts mehr zu machen, wurde alles zertrampelt. Und da unten hat der Regen den Rest weggespült.«

Walde beugte sich wieder nach vorn.

»Magst du?« Sie hielt ihm zwei verschiedenfarbig eingepackte Lutschbonbons hin.

»Nein, danke.«

»Nimm trotzdem eins, am besten zwei!«

Jetzt erst verstand Walde, dass sie den Wein in seinem Atem gerochen haben musste. Das Bonbon schmeckte scharf nach Menthol und Eukalyptus und löste bei ihm Müdigkeit und eine Sehnsucht nach der Geborgenheit der Wohnung mit Doris und Annika aus.

Unten in der Grube, die im hinteren Teil mit einer einfachen Holzkonstruktion überdacht war, bewegten sich weiß gekleidete Gestalten über den dunklen Grund, der aus schwarzer Folie bestand, mit der auch das Opfer abgedeckt schien. Jedenfalls glaubte Walde, die Konturen eines Körpers auszumachen.

Aus der Grube war das Klingeln eines Handys zu hören. Es dauerte, bis der Angerufene das Telefon aus der Kleidung unter dem Schutzanzug gefischt hatte.

»Tiefenbach soll mehr oder weniger mit dem Kopf nach unten gefunden worden sein«, sagte Gabi, »und bei den Rettungsversuchen wurde seine Lage verändert.«

»Kopfunter?«

»Er soll mit dem Gesicht im Wasser gelegen haben.«

»Da war er schon tot?«

Gabi nickte. »Es gab Wiederbelebungsversuche und ein Notarzt war auch gleich da …«

»Und dabei wurde ganze Arbeit geleistet.«

Walde zuckte zusammen, als er Sattlers Stimme hinter sich hörte. Er hatte das Herannahen des Leiters der Kriminaltechnik nicht bemerkt.

»Vielleicht ist noch was übrig geblieben«, sagte Gabi gelassen.

Walde traf ein Tropfen an derselben Stelle wie vorhin. Er blickte nach oben. Ein Objektiv verschwand hinter dem Mauervorsprung.

»Gibt's das? Da oben fotografiert einer«, sagte er zu Gabi.

»Wenn Sie nicht sofort verschwinden, haben Sie ein Verfahren wegen Hausfriedensbruch am Hals!«, brüllte Gabi nach oben.

»Ist denn das Gelände noch nicht geräumt worden?«, fragte Walde, während er zusah, wie sich Sattler über eine Reihe moosbewachsener Steinquader zwischen dem Graben und der hohen Mauer entlanghangelte.

»Hallo? Wir haben Samstagabend!«, rief Gabi entrüstet. »Den ganzen Tag hat die Sonne geschienen, Terrassen und Biergärten waren voll, es gab jede Menge Gartenfeste mit allen Begleiterscheinungen wie Schlägereien, Anzeigen wegen Lärmbelästigung. Und nun gab es ein Gewitter, abgerissene Äste, ein paar überflutete Keller. Und betrunken oder nicht, die Leute wollen heim. Und du weißt doch selbst, wie dünn unsere Personaldecke ist.« Sie senkte ihre Stimme, »und wo sonst wird bei einem tödlichen Sturz mehr Aufwand betrieben? Wären wir hier, wenn da unten ein toter Harz IV-Empfänger liegen würde?«

»Okay, okay.« Walde hob resignierend die Hände.

»Mit wem hast du denn gebechert, und wie bist du eigentlich hergekommen?«

Er überhörte die Fragen und stieg auf einen der länglichen Steinquader, die oben am Rande des Grabens entlangführten. Das nasse Moos unter seinen Füßen war glitschig. Seine linke Hand tastete an der rauen Mauer entlang. Als er den überdachten Teil der Grabung erreichte, schaute er sich um. Gabi folgte ihm.

Am Ende des etwa zehn Meter langen Grabens gab es eine Leiter, über die Sattler nach unten verschwunden war. Walde folgte ihm. Die primitive Leiter bestand aus schmalen vierkantigen Balken, auf die ungehobelte Latten genagelt waren. Weiter unten waren die Sprossen mit nassem Lehm verschmiert, sodass sich Walde außen festhalten musste. Auf den ersten Metern waren die Seitenwände abgestützt. Als er auf die Folie trat, sackte diese ein. Er musste sich zwischen den in Knie- und Brusthöhe angebrachten Querverstrebungen hindurchzwängen. In der zweiten Hälfte der Grube gab es kein Dach und auch keine Abstützung der Seitenwände. Walde schaute nach oben und hielt sich eine Hand über die Augen, um sie vor dem blendenden Licht der Scheinwerfer zu schützen. Er schätzte die Grube etwas mehr als drei Meter tief. Gleich darüber erhoben sich die hohen Mauern, die den Weg zu dem Durchgang einfassten und die ganze Szenerie noch bedrückender machten. Ein Mann kam ihm entgegen. Walde erkannte den Gerichtsmediziner an der großen halbrunden Ledertasche, die er vor sich hielt, während er versuchte, auf dem weichen Boden vorwärts zu kommen.

»N' Abend, Herr Dr. Hoffmann, wie schaut's aus?«, fragte Walde.

»Das sehen Sie doch!« Der Mann versuchte, mit der linken Hand, an der er noch einen Handschuh trug, den Dreck von der Unterseite der Tasche zu wischen. »Die Lage des Opfers ist verändert worden. Niemand weiß, wo genau Tiefenbach gelegen hat. Die Kopfverletzung könnte letal gewesen sein. Aber ob das so ist und woran er gestorben ist, das kann ich erst nach der Obduktion sagen.«

»Und wann ..?«

»Tut mir leid«, unterbrach ihn der Gerichtsmediziner, »ich habe morgen«, er schaute auf seine Uhr, »heute Hochzeitstag, wenn Sie es genau wissen wollen, den dreißigsten. Die Kinder sind gekommen, das Haus ist voller Leute und morgen früh geht die Feier los. Vor Montag ist beim besten Willen nix drin. Und eigentlich hätte ich da noch frei.«

»Haben Sie eine Vermutung?«

»Da muss ich leider passen. Ihre Kollegen haben ein paar Knochen gefunden. Da könnte er mit dem Kopf draufgeknallt sein.«

»Also ein Unfall.«

»Ich weiß ja nicht, warum er runtergefallen ist. Also wenn keiner nachgeholfen hat, dann kann's ein Unfall gewesen sein.« Er wischte sich einen Lehmklumpen vom Knie.

»Er hatte den Hosenstall offen, ich vermute mal, dass es beim Pinkeln passiert ist.«

»War sein ...«, Walde zögerte, als Gabi zu ihnen stieß, »also, war er noch draußen?«

»Wenn du seinen Schniedel meinst, der war noch draußen«, sagte sie und holte tief Luft. »Also, wenn du mich fragst ...«

»Ich frage nicht.« Walde schüttelte den Kopf.

»Sei doch nicht so prüde. Ich wollte nur sagen, dass ich ihn wieder eingepackt habe. Wie du weißt, war ich früher bei der Sitte, da hab' ich ganz andere Sachen erlebt.«

Ein Techniker mit einer Kamera in der Hand blieb hinter

Hoffmann stehen.

»Okay, wir sehen uns am Montag.«

Walde trat dicht an den Rand der Grube und ließ Hoffmann und den Kollegen vorbei.

Vorne, wo der Graben schmaler zulief, legten Sattler und sein Team in Hüllen eingepackte Teile in einen Aluminiumkoffer. Walde schaute nach oben, um sich zu versichern, dass er nicht vom Ausgang des Tunnels beobachtet wurde. Dann zog er die Plane weg.

Der Tote hatte dichtes Haar. Zwischen den breiten Koteletten und den Mundwinkeln war der kurze Bart ausrasiert. Die Lippen waren leicht geöffnet. Das Gesicht wirkte entspannt und traurig zugleich. Tiefenbach schien sich in sein Schicksal ergeben zu haben.

Da, wo keine Pfützen standen, war der Asphalt schon trocken. Im Palastgarten hörte Walde von verschiedenen Stellen Musik und Gelächter. Das Gewitter hatte es nicht geschafft, die nächtlich Feiernden zu vertreiben. Als Walde durch die Innenstadt nach Hause ging, waren auch dort noch viele Leute auf den Straßen unterwegs oder standen rauchend vor den Kneipen.

In der Wohnung war es still. Unter keiner Tür war mehr ein Lichtschein zu sehen. Walde setzte sich im Wohnzimmer die Kopfhörer auf. *Back On Top* von *Van Morrison* lag im CD-Player. Das brauchte er jetzt. Die beiden Flaschen auf dem Tisch waren leer. Er trank die Reste aus den Gläsern. Bei *Philosopher's Stone* drehte er die Musik lauter und schloss die Augen.

Zwei Titel weiter gab es einen Ton, der nicht passte. Er

hatte die CD schon so oft gehört, dass es ihm gleich auffiel. Das Geräusch wiederholte sich. Er machte die Augen auf und sah Doris barfuß in ihrem zu kurzen Nachthemd in der Tür stehen. Mit verschlafenem Blick wendete sie den Kopf. Hinter ihr folgten zwei Männer. Sie hielten ihre Mützen in der Hand. Walde schaltete die Musik aus und stand auf. Doris verschwand. Noch während Walde überlegte, ob Gabi die Kollegen geschickt hatte, sagte der kleinere der beiden mit sichtlichem Unbehagen: »Entschuldigen Sie die Störung, Herr Bock. Aber wir kommen wegen der Musik. Ihre Nachbarn haben sich beschwert.«

»Wie bitte?«

»Wir dachten, hier wäre eine Feier oder so. Ihre Musik ist bis zur Straße zu hören. Das können wir bestätigen.«

»Das kann nicht sein. Ich höre über Kopfhörer und die Boxen sind ...« Walde schaute zur Wand. Da war nichts.

»Einen Moment«, er folgte den Leitungen. Sie führten durch die Terrassentür nach draußen. »Was machen die denn hier?«

Die beiden Polizisten waren ihm gefolgt. »Die haben Sie wohl vergessen und dann drinnen über Kopfhörer gehört und dabei die Nachbarschaft beschallt.«

»Ich weiß nicht, wie die dahin kommen.« Walde sah, wie die beiden Polizisten auf die drei leeren Weinflaschen auf dem Fußboden schauten.

Sonntag

Der Wecker zeigte kurz nach acht. An der Stille erkannte er den Sonntagmorgen. An jedem anderen Tag der Woche lärmte um diese Zeit der Verkehr.

Doris schlief. Von Annika war nichts zu sehen. Walde tastete über das glatte Spannbetttuch. Seine Tochter hatte immer ihr Fell dabei, wenn sie meist gegen Morgen zu ihnen ins Bett kam. Heute Nacht war sie wohl in ihrem Zimmer geblieben.

Auf dem Weg zum Bad hörte er Musik aus dem Wohnzimmer. Durch den Spalt in der Tür sah er Annika, die es sich auf ihrem Fell direkt vor dem Fernseher bequem gemacht hatte. Es lief die Sesamstraße oder die Sendung mit der Maus.

»Annika, wenn du fernsehen willst, musst du uns fragen.«

»Wollt ich ja.«

»Und warum hast du nicht?«

»Du hast geschnarcht.«

»Hmh.« Walde war eigentlich froh, nicht geweckt worden zu sein. »Ich füttere Minka und Quintus, hilfst du mir?«

»Gleich.« Sie wendete den Blick nicht vom Fernseher.

Auf der Terrasse döste die Katze auf ihrem Lieblingsplatz, dem Kissen auf der Holzbank. Als er Nassfutter in ihre

Schüssel füllte, sprang sie herunter und stupste ungeduldig die Packung weg, um endlich fressen zu können. Ein paar der quadratischen Bröckchen wurden auf die Terrassenbretter geschleudert. Und wahrscheinlich fielen auch wieder welche durch die Ritzen dazwischen, dachte Walde, dahin, wo die Mäuse hausten, die ab und zu so frech waren, bis in die Futternäpfe vorzudringen. Aus den Augenwinkeln sah er, wie sich Quintus auf der Wiese erhob und sein Fell schüttelte. Morgens begnügte sich der Hund mit erstaunlich wenig Trockenfutter. Minkas Napf ließ er in der Regel unbehelligt.

Während Walde die beiden Tiere beim Fressen beobachtete, atmete er tief durch. Der Sonntagmorgen gehörte Annika und ihm. Sie würden Doris schlafen lassen, gemütlich frühstücken und dann mit Quintus in den Stadtwald gehen und später im Tierpark die Ziegen und Rehe füttern. Im Amphitheater waren sie noch nie zusammen gewesen. Und heute war sicher nicht der geeignete Tag für einen ersten Besuch.

Gut, dass er Quintus gefüttert hatte. Der Hund lief durch die menschenleere Allee neben Waldes Rad her, ohne die lästigen Abstecher zu Bänken, Papierkörben und sonstigen Duftpunkten zu machen. Hoch über den Bäumen kämpfte die Sonne gegen den Dunst, der in der Nacht aufgestiegen war.

Sie überquerten die leere Straße am *Simeonstiftplatz* und setzten ihren Weg unter einem Bogen der Porta fort, den Vorplatz und den Steig für Behinderte hoch über die Simeonstraße in den schmalen Park zwischen *Christophstraße* und Theodor-Heuss-Allee. Am Balduinbrunnen vorbei gelangten sie zum Bahnhof. Dort schlang Walde Quintus' Halsband um eine Geländerstange, so wie es Cowboys mit den Halftern ihrer Pferde taten, bevor sie in den Saloon gingen.

Quintus ließ alles gelassen über sich ergehen. Walde kannte niemanden in der Stadt, der so cool war wie dieser Hund, dessen Artgenossen über Generationen hinweg letztlich der Garant dafür gewesen waren, dass Menschen in Alaska und Grönland hatten überleben können.

Im Backshop duftete es so gut wie immer. An der Theke standen die Käufer geduldig an, bis sie sich, verführt von dem Angebot und ihren hungrigen Mägen, die Tüten füllen ließen. Waldes Blick fiel auf den Zeitungsstand, wo er die Überschrift der *Bild am Sonntag* las.

Vor der Tür wartete eine Frau mit einem Schäferhund, der gebannt auf Quintus starrte, während Walde die Leine löste, bevor er sich auf sein Fahrrad schwang. Quintus trottete neben ihm her, ohne den fremden Hund nur eines Blickes zu würdigen.

In der Diele war es ruhig. Doris schlief noch und Annika hatte sich keinen Millimeter vom Fernseher wegbewegt. Walde sah auf sein Handy, was er an einem Sonntagmorgen sonst nie tat. Es war eine Nachricht eingegangen. Gabi teilte ihm mit, dass sie heute früh im Amphitheater sei. Mist! Der Sonntagmorgen gehörte Annika und ihm.

»Ich bin noch mal kurz weg.« Er stellte eine Tasse Kakao und ein Marmeladenbrötchen neben Annika auf den Fußboden. Sie drehte sich nicht einmal um, so sehr fesselte sie der Tigerentenclub. Dass sie kurz vorher von RTL umgeschaltet hatte, war ihm entgangen.

*

Als er die vielen Menschen sah, die vor dem Eingang des Amphitheaters standen, überlegte Walde, ob am Morgen hier eine Veranstaltung stattfand. Der kleine Parkplatz auf der rechten Seite war zugeparkt. Er musste zurücksetzen und sein Auto auf der Haltestelle für Reisebusse abstellen. Beim Aussteigen bemerkte er, dass die Köpfe der Leute sich zu ihm drehten. Jeglichen Blickkontakt meidend ging er schnellen Schrittes auf den Eingang zu. Kameras wurden geschwenkt, Mikrofone reckten sich ihm entgegen.

»Mit was wurde er erschlagen? … Gibt es Zeugen? … oder einen Tatverdächtigen? … können wir Ihnen helfen? … He, Waldemar!« Darauf fiel Walde herein und schaute zu dem Rufer hinüber, der hinter seiner Kamera grinste und den Finger auf dem Auslöser hielt.

»Ich muss Sie sprechen!« Jemand fasste ihn am Arm.

Es war der Mann mit den grauen Strähnen, der Intendant, mit dem sich Gabi am Abend zuvor gestritten hatte. Seine rechte Hand lag an Waldes Oberarm. Mit der linken hielt er ein Handy, das zur Hälfte von seinem wirr abstehenden Haar verdeckt war.

»Nachher.«

»Ich muss wissen, wann das Amphitheater freigegeben wird!«

»Nachher.«

»Kann ich mitkommen?«

»Nein.«

‚Vorübergehend geschlossen' stand auf dem handgeschriebenen Schild am Gittertor, das ihm ein uniformierter Polizist einen

Spaltbreit öffnete, damit er hindurchschlüpfen konnte. Der Mann schien zu befürchten, jemand von den Presseleuten könnte die Gelegenheit nutzen, ins Amphitheater zu gelangen.

Vor Walde lag der Weg zur Arena. Er nahm wieder den schmalen Pfad, der oberhalb zu den Rängen führte. Wo vor ein paar Stunden noch tiefe Pfützen gestanden hatten, waren nur noch nasse Stellen zu erkennen. Nebenan sauste ein Motorrad mit Vollgas die Serpentinen zum Petrisberg hinauf.

Die gewaltigen Aufbauten hinter der Bühne standen im Gegenlicht. Vor dem Eingang des Tunnels in der Tribüne blieb Walde stehen und hielt sich mit Blick in Richtung Arena die Hand über die Augen. Er sah eine Treppe, die hoch zu einer Öffnung in der Kulisse führte.

»Das sind die Palastmauern des Agamemnon.« Ein stolzer Unterton schwang in den Worten von Polizeipräsident Stiermann mit.

Walde versuchte, sich seine Überraschung nicht anmerken zu lassen. »Und was hat der Stier da oben zu bedeuten?«

»Hmh.« Stiermann scharrte mit einem seiner staubigen schwarzen Lackschuhe über den feinkörnigen Belag des Weges. »Ich nehme mal an, das ist, wenn ich die Interpretation des Bühnenbildners recht verstehe, ein Machtsymbol.«

»Oder ein Ungeheuer aus der griechischen Mythologie?« Walde blickte auf den gegenüberliegenden Rang, in dem sich die Dekoration mit muräneartigen Köpfen auf langen Hälsen fortsetzte.

Stiermann schaute auf seine Uhr. »In knapp einer Stunde ist die Pressekonferenz.«

Walde nickte. Er betrat die Unterführung, die ihm bei Tage viel kürzer vorkam als in der Nacht.

Er grüßte die beiden uniformierten Polizisten am anderen Ende. Das Band war hier durch mobile Sperrgitter ersetzt worden, von denen die beiden Kollegen nun eines zur Seite schoben, damit er auf die Steinquader zwischen der hohen Mauer und der Grabung gelangen konnte. Er wollte nicht hinunter blicken, um unnötigen Schwindel zu vermeiden, tat es dann aber doch. Eigentlich wollte er nur nach den Kollegen schauen. Nur eine Person war unten im Graben. Es machte ihn stutzig, dass die schwarze Folie fehlte. Er konnte erst nicht verstehen, was er da sah. Walde blieb stehen. Er lehnte sich an die Wand, seine Handflächen lagen flach auf den von der Sonne erhitzten Kalksteinen. Auf dem grauen Boden zeichneten sich zwei menschliche Skelette ab. Sie lagen dicht nebeneinander. Die Knochen erhoben sich nur leicht über die graue Erde, die Schädel etwas mehr. Der Boden musste fein weggekratzt worden sein. Ihm fiel auf, dass beiden Skeletten die Fußknochen fehlten. Neben den Gräbern lagerte in einer Mulde eine Fülle von Knochen.

»Eine Knochenansammlung und zwei Einzelgräber.« Gabi trat unter dem Holzverschlag hervor, der das andere Ende des Grabens überdachte.

»Die habt ihr ..?« Walde setzte seinen Weg auf den Steinen entlang der Grube fort. »Also, das kann ja nicht sein.«

»Die hat Sattler erst heute Morgen gefunden«, sagte Gabi. »Auf die Knochengrube muss Tiefenbach gestürzt sein, wahrscheinlich kopfüber.«

Während er sich mit einer Hand am Dach des Wetterschutzes, den die Archäologen über dem ersten Teil der Grube errichtet hatten, abstützte, stieg Walde von den Quadern herab.

»Wir haben das in dem Licht gestern Abend nicht realisiert, dass es sich nicht nur um einzelne Knochen handelt.«

Sattler kletterte aus der Grube heraus. Seine Hände waren schmutzig. Mit dem Rücken des Handgelenks schob er sich die heruntergerutschte Brille hoch. »Das wird die Archäologen unter Umständen überhaupt nicht freuen.« Er grinste. »Aber wir müssen ja herausfinden, wodurch Tiefenbachs Kopfverletzung entstanden ist.«

»Wie weit bist du?«, fragte Walde.

»Vorläufig fertig«, antwortete Sattler. »Es sei denn, es ergibt sich noch was bei der Obduktion.«

»Das heißt, wir können das Amphitheater wieder freigeben und lassen nur diesen Bereich gesperrt?« Walde schaute Gabi an. »Wir sollten nur die Absperrung vor den Tunnel setzen.«

»Ganz so einfach ist das nicht.« Gabi steckte sich eine Zigarette an. »Nebenan ist noch ein Tunnel, der ganz bequem hierher führt.«

»Aha! Und warum mache ich dann jedes Mal diese Gratwanderung?«

Gabi ging nicht auf die Frage ein. »Und die Absperrung da vorn brauchen wir noch für die Pressekonferenz.«

»Wie bitte?«

»Die findet hier im Amphitheater statt.«

»Nicht im Präsidium?«, wunderte sich Walde.

»Was liegt näher, als die PK hier vor Ort zu veranstalten?«, war die Stimme des Polizeipräsidenten zu vernehmen. »Dieser bedauerliche Unfall ist mit dem Ort eng verbunden. Und Infrastruktur ist auch vorhanden. Bei allem Unglück ist das doch eine Gelegenheit, auch etwas für den Tourismus in unserer Stadt zu tun.«

»Ob es sich wirklich um einen Unfall handelt, wissen wir frühestens nach der Obduktion«, sagte Gabi.

»Ja, natürlich. Ich möchte es auch nicht versäumen, Ihnen

ausdrücklich für Ihre umsichtige Vorgehensweise zu danken. Aber die Obduktion betrachte ich nur noch als abschließende Formsache.«

Gabi trat den Stummel ihrer Zigarette aus. »Wissen Sie denn nichts von der Drogengeschichte und dem bevorstehenden Prozess?«

»Doch, aber ich sehe keinen Zusammenhang zu dem gestrigen Geschehen. Warum sollte ausgerechnet hier nach René Tiefenbachs grandiosem Comeback …«

»Das sollten wir herausfinden.«

»Ihre Wissbegier und Ihren Gerechtigkeitssinn in Ehren, aber ich glaube nicht, dass nach der Obduktion noch weitere Ermittlungen nötig sein werden.« Stiermann schaute auf seine Uhr. »Wir sehen uns in zwanzig Minuten im V.I.P.-Zelt.«

»Fehlt nur noch, dass ein Gladiator auftritt«, stöhnte Gabi, als Stiermann durch den zweiten Tunnel verschwunden war. »Und die Fotografen dürfen nachher auch noch den Friedhof hier fotografieren.«

»Wie bitte?«, fragte Walde.

»Du hast doch selbst gehört, unser Boss ist nun auch noch nebenbei für die Ankurbelung des Trierer Tourismus zuständig.«

»Das hat unsere Stadt doch überhaupt nicht nötig.«

»Aber schaden kann es auch nicht«, meinte Sattler.

»Ich habe noch nie davon gehört, dass sich die Polizei um Tourist-Marketing kümmert.« Walde kratzte sich hinterm Ohr und spürte einen Schmerz im Finger.

»Taschendiebe in Rom und Autoaufbrüche in Amsterdam sind in der Regel ja auch nicht für Tourismuskampagnen geeignet.«

»Und hier … also falls es sich um einen Mord handelt, soll das anders sein?« Walde entdeckte einen Holzsplitter unter der Haut seines Zeigefingers.

»Du hast doch gehört, wie Stiermann die Sache sieht. Übrigens ist da drüben ein Loch im Zaun.« Gabi zeigte auf ein Gebüsch, hinter dem ein hoher, leicht verrottet wirkender Zaun zu sehen war.

»Du meinst …«

»Nein, ich glaube nicht, dass Opernbesucher im Anzug oder Abendkleid durch den Zaun schlüpfen«, unterbrach sie ihn. »Und ab zweiundzwanzig Uhr war das Eingangstor nicht mehr besetzt, da konnte sowieso jeder unbehelligt und ohne Eintrittskarte rein.«

*

»Wurde fotografiert?«, fragte Doris, als Walde ihr zu Hause von den Ereignissen im Amphitheater berichtete.

»Klar, und gefilmt. Besonders als Stiermann die Meute zum Tatort, oder Unfallort, geführt hat. Die haben so gedrängelt, dass sie um ein Haar samt Gitter in die Grube gefallen wären.« Walde grinste, als er durch das Fenster in den Garten sah, wo Annika mit einer Bürste durch Quintus' Fell strich.

»Und du hattest dieses Sweatshirt an?« Doris schaute an ihm hinunter. »Und die Schlabberjeans.«

»Ja, was ist damit?«

»Nix, wenn du damit im Garten arbeitest oder den Hund

an der Mosel ausführst.«

»Ich wusste ja nicht, dass es eine Pressekonferenz gibt. Das Meiste hat ja auch Stiermann gesagt.«

»Und der war sicher wieder schick gekleidet.«

»Mhm.«

»Und du warst auch im Bild?«

»Staatsanwalt Roth war ebenfalls da.«

»Warst du auch im Bild?«, beharrte sie.

»Ob das gesendet wird, ist eine andere Frage. Reicht die Zeit noch, um was mit Annika zu unternehmen?«

»Wir haben gleich zwölf. Wann habt ihr gefrühstückt?«

Walde hatte Hunger, weil er sich beim Frühstück mehr um Annika als um sich selbst gekümmert hatte. An Sonntagnachmittagen waren die Tiere im Wildpark satt. »Vielleicht hat Annika Lust auf eine Banane.«

»Warum musstest du denn auch heute Morgen dahin fahren?«

»Wer hatte denn die Idee, dass ich gestern Abend ins Amphitheater gehen sollte? Und nur ein bisschen Mord gibt es nicht.«

»Tiefenbach ist ermordet worden?«

»Was weiß ich? Um das herauszufinden, musste ich eben dahin.«

»Und weißt du es jetzt?«

»Natürlich nicht.«

»Dann hättest du ja auch hierbleiben können.«

»Ich will eine Banane.« Annika stand in der Tür. Sie hielt ihre Stiefel in der einen Hand und eine Bürste, die von Hundehaaren überquoll, in der anderen. »Gehen wir Schweine füttern?«

»Klar, machen wir.« Walde war froh, dem Verhör entrinnen zu können. Von den zwei Bananen aus der Obstschale bekam Annika die mit den wenigsten dunklen Flecken.

»Nehmt das alte Brot mit!«, erinnerte Doris sie.

»Aber Mama, das dürfen wir doch schon lange nicht mehr!« Annika klang entrüstet.

»Stimmt«, bestätigte Walde. »Den Tieren darf nur noch Futter aus den Automaten gegeben werden.« Sonntag war der Tag, an dem Doris meist erst aufstand, wenn Annika und Walde bereits unterwegs waren.

Im Auto aß Walde auch noch die von Annika verschmähte Hälfte ihrer Banane. Zum Ausgleich kaufte er ihr im Café am Seniorenheim ein Eis. Noch bevor er sie ermahnen konnte, es nicht zu tun, biss Annika die Unterseite des Hörnchens ab. Als er ihr wenige Minuten später auf dem Parkplatz zwischen Waldstadion und Wildgehege die Tür aufhielt, fing sie das aus dem Hörnchen tropfende Eis geschickt mit der Zunge auf.

Ihr erster Weg führte sie zum Spielplatz. Auf der aus einem Baumstamm bestehenden Wippe musste Walde sich mit seinen langen Beinen soweit abstoßen, dass Annika am anderen Ende gerade so unten auf dem Reifen aufkam, der den Stamm am Boden abpufferte.

Als Walde gerade eine grüne Packung mit gepresstem Trockenfutter aus der Lade des Automaten zog, klingelte sein Telefon.

»Du musst dir unbedingt mal *TELE MOSEL* ansehen.« Es war Gabis Stimme.

»Ich kann jetzt nicht.«

»Sorry, störe ich dich beim Mittagessen?«

»Nee, wir sind am Wildgehege.« Walde folgte Annika zum Gehege des Rotwildes. »Außerdem kriege ich den Sender gar nicht.«

»Dann musst du dir die Online-Ausgabe ansehen. 'Tragischer Tod auf Gladiatorenfriedhof'«, las Gabi vor. »Opernstar René Tiefenbach kam nach seinem gefeierten Comeback bei den Trierer Antikenfestspielen auf mysteriöse Weise ums Leben. Er wurde tot auf einem freigelegten Gladiatorenfriedhof gefunden. Hatte René Tiefenbach wieder einen Rückfall? Der weltberühmte Bariton war zuletzt wegen seiner Drogenexzesse in die Schlagzeilen geraten.«

»Dann wissen die mehr als wir.« Walde beobachtete, wie Annika zögerlich die flache Hand mit dem Futter darauf durch den Zaun streckte. Die meisten Tiere zeigten kein Interesse. Ein Reh ließ sich dann doch herab, ihr die Hand abzuschlecken.

»Gut gemacht«, lobte er.

»Findest du?«, fragte Gabi.

»Das hab' ich zu Annika gesagt.«

»Der eigentliche Hammer ist das Foto.«

»Ja?« Walde folgte seiner Tochter zu den Wildschweinen.

»Tiefenbach liegt kopfunter in der Grube. Es scheint sich um seine Ursprungslage zu handeln. Von Rettern keine Spur.«

»Wir brauchen das Original und den Fotografen. Hast du schon mit Roth gesprochen?«

»Ich wollte erst mit dir reden.«

Annika war vor dem Maschendraht angekommen, hinter dem die Wildschweine auf brauner aufgewühlter Erde dösten. Sie schüttete sich Futter auf die flache Hand.

»Willst du dich beißen lassen?«, rief er ihr zu.

Sie warf das Futter ins Gehege. Kein Schwein hob überhaupt die Schnauze.

»Wie bitte?«, kam Gabis Frage aus dem Hörer.

*

Am Spätnachmittag trafen Walde und Gabi auf dem Parkplatz vor dem quadratischen zweistöckigen Zweckbau ein. Nur wenige Autos standen neben einem Pkw-Anhänger mit der Aufschrift *TELE MOSEL*.

»Warst du schon mal hier?«, fragte Gabi.

»Nein.«

Über dem Eingang des Gebäudes war ein Schild mit dem gleichen Logo wie auf dem Anhänger angebracht. In der Nachbarschaft gab es einen Baumarkt und ein paar Gewerbebetriebe. Auf der Ausfallstraße, die von Büschen verdeckt ganz in der Nähe vorbeiführte, rauschte auch um diese Zeit der Verkehr. Ein roter Mini bog in zügigem Tempo auf den Hof ein und hielt neben ihrem Wagen an. Staatsanwalt Roth stieg mit Schwung aus, zog sein Jackett über und schaute auf seine Uhr.

»Dann wollen wir mal!« Mit großen rudernden Armbewegungen setzte er sich zum Eingang des Senders in Bewegung. Walde und Gabi folgten ihm. Nach dem Drücken der Klingel blieb es erst einmal still, aber dann wurde die Tür geöffnet. Es war Eckhard Fürst persönlich, der sie freundlich begrüßte und hereinbat.

Während sie durch einen schlichten Flur gingen, sagte Fürst: »Herr Staatsanwalt.«

»Oberstaatsanwalt«, korrigierte Gabi.

»Herr Oberstaatsanwalt«, hob Fürst von neuem an. »Dürfte ich Sie kurz allein sprechen?«

»Ich glaube, Sie verkennen die Situation«, antwortete Roth scharf. »Wir sind hierher gekommen, und zwar alle drei, um Sie zu sprechen.«

Sie passierten eine Tür, über der das Wort *SENDUNG* rot aufleuchtete. Zwei Türen weiter wurden sie in ein Besprechungszimmer mit sechs Stühlen um einen runden Tisch geführt. Auf einem Sideboard standen eine Kaffeemaschine und ein Minikühlschrank. In einem Regal darüber stapelten sich Gläser und Tassen.

»Darf ich Ihnen Kaffee, Wasser oder Saft anbieten?«, sagte Fürst. Die drei Besucher lehnten dankend ab und nahmen Platz.

Fürst lächelte nicht mehr ganz so souverän wie anfangs. »Und wenn ich die Aussage verweigere, bis ein Anwalt eingetroffen ist?«

»Das ist Ihr gutes Recht, wenn Sie glauben, sich durch Ihre Aussage selbst zu belasten.« Roths Worte kamen im gleichen Tempo, mit dem er vorhin auf den Hof gedüst war. »Aber wir sind eigentlich aus dem einfachen Grund hier, von Ihnen das Originalfoto des tot aufgefundenen René Tiefenbach ausgehändigt zu bekommen und Näheres über die Quelle zu erfahren.«

»Und wenn sich aus Ihren Ermittlungen doch irgendein Tatbestand gegen mich ergeben sollte?«

»Ich gehe davon aus, dass Sie besagtes Foto nicht persönlich aufgenommen haben.«

»Nein, natürlich nicht«, antwortete Fürst.

»Wenn das der Fall ist, weiß ich nicht, wo das Problem liegt.«

»Wir befinden uns hier in den Redaktionsräumen eines Senders, wo es selbstverständlich auch sensible Daten von Informanten gibt.«

»Der Ort unserer Besprechung ist reines Entgegenkommen. Wir können dieses Gespräch auch im Polizeipräsidium oder in der Staatsanwaltschaft fortsetzen.« Roth ließ beide Handflächen auf den Tisch fallen. »Ich habe mit dem zuständigen Richter gesprochen. Wir können auf der Stelle einen Beschluss vorlegen und Ihnen Ihre sensiblen Redaktionsräume auf den Kopf stellen.« Roth hob die Finger beider Hände und trommelte zweimal parallel mit den Fingerspitzen auf die Tischplatte. »Aber wir möchten, wie gesagt, nur das Originalfoto und den Namen der Quelle.«

»Was heißt schon Originalfoto bei einer Digitalaufnahme?«

»Herr Fürst.« Roth schob seinen Stuhl zurück und stand auf. »Wenn Sie hier Spielchen abziehen wollen, brechen wir das Gespräch mit den zuvor geschilderten Konsequenzen ab.«

Fürst holte tief Luft, sagte aber nichts. Drei entschlossen blickende Augenpaare waren auf ihn gerichtet. Er schwieg weiter.

Roth war stehen geblieben. »Sie hatten, bevor Sie diesen Sender gegründet haben, eine andere Firma?«

»Was tut das zur Sache?« Fürst war auf der Hut.

»Nichts«, antwortete Roth. »Zumindest nicht direkt.«

»Ja dann …«

»Ich glaube, ich komme auf Ihr Angebot zurück, uns mal kurz unter vier Augen zu unterhalten.« Roths Stimme war leiser geworden, was ihr dennoch ein entschlossenes Timbre verlieh.

»Sie wollen doch nicht mit den alten Kamellen kom men?«

Roth verschränkte seine Arme und schwieg.

»Scheiße, das wird mir nun wirklich zu blöd.« Ganz langsam steckte Fürst seine rechte Hand in die Hosentasche und zog einen USB-Stick an einem dünnen Band heraus. Er legte ihn auf den Tisch und schob ihn zu Roth hinüber. »Es sind sechs Megabyte. Das Foto kommt von der Münchner Agentur Bild & Motiv. Wir mussten es vor der Veröffentlichung bezahlen. Inhaber ist ein Andreas Gorzinsky. Von der Firma habe ich vorher noch nichts gehört. Die Adresse steht ebenfalls drauf.«

Gabi riss den Stick vom Tisch und stand auf: »Und dafür dieser ganze Zauber!«

Roths Wagen verschwand so schnell vom Parkplatz, wie er gekommen war. Walde gab die Adresse der Münchner Agentur, die er sich in seinen Block notiert hatte, telefonisch an seinen Kollegen Grabbe im Präsidium weiter.

»Informanten, sensible Daten, Redaktionsräume«, Gabi war immer noch in Rage. »Dieser Fürst muss in seiner Kindheit und Jugend so was von übersehen worden sein, anders kann ich mir dieses eitle Geltungsbedürfnis nicht erklären.«

»Kannst du noch ein bisschen lauter schreien?«, fragte Walde.

»Das können die da drin ruhig hören«, schimpfte sie, während sie ihre Zigarette austrat. »Wir müssen den Paparazzo finden!«

»Oder die Paparazza.«

»Es sind meistens Männer, die so was machen. Du hast doch sicher auch schon mal in eine Täterkartei geschaut.«

*

»Das ist eine Ein-Mann-Agentur, spezialisiert auf Prominentenfotos«, sagte Grabbe. »Laut Referenzen auf der eigenen Homepage gehören dazu auch Familienfeiern und Porträts. Gar nicht mal so übel fotografiert, finde ich.«

Gabi war gleich zu ihrem Schreibtisch gegangen, während Walde bei seinem Kollegen stehen blieb und auf dessen Monitor schaute. Kleine Fotos reihten sich dort dicht an dicht. »Hat er was über Theater, Oper oder Film gemacht?« Walde beugte sich nach vorn und stützte sich neben der Tastatur ab.

»Nur indirekt. Ein paar Schauspieler sind dabei.«

»Wo steckt er?«

Grabbes Gesichtsausdruck spannte sich. »Er hat leider gleich aufgelegt.«

»Hast du dich mit Kripo Trier gemeldet?«, fragte Gabi.

»Ich konnte doch nicht ahnen …«

»Wir müssen sofort die Münchner Kollegen um Amtshilfe bitten. Wir benötigen alle Fotos aus der Serie. Der hat bestimmt nicht nur eins geschossen.«

»Nicht nötig.« Grabbe begann zu grinsen. »Ich habe ein bisschen rumtelefoniert.«

»Und?« Gabi verdrehte die Augen. »Wie ging es weiter?«

»Ich war kreativ und habc mich als *Verein der Opernfreunde Mosel, Saar Ruwer e.V.* gemeldet.«

»Was ist das denn?«, fragte Gabi.

»Was Besseres ist mir nicht eingefallen«, maulte Grabbe. »Aber es hat was gebracht. Gorzinsky wohnt in der *Pension*

Maas gegenüber dem *Metzer Hof.*« Grabbe ließ seine Finger über die Tastatur gleiten.

»Da hat auch René Tiefenbach mit seiner Frau gewohnt, nicht in der Pension, im *Metzer Hof*«, sagte Gabi von ihrem Schreibtisch her.

»Hast du mit seiner Frau gesprochen?«, fragte Walde.

»Sie wollte unbedingt ihren Mann sehen. Ich konnte sie nur mit Mühe auf morgen Früh vertrösten.«

»Wo war sie während der Aufführung?«

»Sie ist am Samstagabend im Hotel geblieben. Die Aufregung bei Premieren war ihr zu groß, sagte sie. Morgen Abend wollte sie bei der zweiten Aufführung dabei sein.«

»Bild.de hat ebenfalls Gorzinskys Foto als Aufmacher.« Grabbes Finger ruhten auf den Tasten.

»Überrascht dich das?« Gabi ergriff ihre geräumige Handtasche. »Wetten, dass es die Bildzeitung morgen auf dem Titel hat?«

»Gute Arbeit«, lobte Walde. Grabbes Stärken lagen nicht in der Tatortermittlung, eigentlich überhaupt nicht im Außendienst, wo er sich oft zimperlich zeigte. Bei der Recherche im Innendienst war er unschlagbar. »Gabi und ich fahren jetzt zur Pension. Kannst du mal schauen, ob du noch was über Tiefenbach findest?«

Im Parterre des Hauses gab es ein Änderungsatelier mit farbenfroher, heller Sommerkleidung und Shorts in der Auslage. Auf den ersten Blick schien es Walde Kinderkleidung zu sein. Vielleicht lag das an den Blümchenmustern, aber die Größe deutete auf die Zielgruppe junge Frauen hin. Gabi öffnete links daneben die Glastür mit der Aufschrift

‚Pension', die zu einer abgetretenen Marmortreppe führte. Auf der ersten Etage gelangten sie zu einem Empfang mit einer kleinen Lobby. Das schlichte Mobiliar bestand aus dunklem Holz. Hinter dem unbesetzten Tresen mit der obligatorischen Rufglocke baumelte etwa die Hälfte der Zimmerschlüssel am Brett. Daneben gab es eine kleine Sitzecke und zwei Einzelplätze mit jeweils einem Stuhl vor einem Bord an der Wand. An einem davon saß ein hagerer Mann mit dem Rücken zu ihnen vor einem Laptop. Seine schulterlangen glatten Haare waren heller als auf dem Foto, das Grabbe ihnen ausgedruckt hatte.

»Herr Gorzinsky?«, fragte Walde.

»Sekunde.« Walde überlegte, ob der Mann das ins Telefon sagte, das er an sein linkes Ohr hielt oder ob er ihm antwortete. Der Mann fuhr mit der Spitze seines Mittelfingers über das Trackpad und tippte mit dem Zeigefinger auf die Taste darunter. Dann nahm er einen Schluck aus einer kleinen Bierflasche. »So, in spätestens zwei Minuten haben Sie die Daten.«

Der Mann stand auf. Er war sehr schlank. »Ja?«

»Sie sind Herr Gorzinsky aus München?«

»Ja. Wer will das wissen?«

»Kripo Trier.« Gabi hielt ihm ihren Dienstausweis vors Gesicht. »Das ist mein Kollege, Kriminalhauptkommissar Bock.«

»Ich habe leider überhaupt keine Zeit für Sie, in einer Stunde geht mein Zug, und ich muss noch meinen Leihwagen zurückgeben.« Gorzinsky grinste. Dabei kam ein Schneidezahn zum Vorschein, dem eine Ecke fehlte.

»Wenn das so ist, dann sind Sie vorläufig festgenommen.«

Noch bevor der Fotograf reagieren konnte, packte Gabi seine Arme und legte ihm Handschellen an. Walde klappte den Laptop zu.

»Stopp, da laufen noch Daten«, protestierte der Fotograf.

Gabi drängte den Mann zur Wand, schob ihm, indem sie mit der Fußspitze gegen die Stiefeletten des Fotografen stieß, die Beine auseinander und tastete seine Kleidung ab. »Sie haben das Recht, die Aussage …«

»Sollte das nicht besser Ihr Kollege machen?«

»Sind Sie Moslem?«

»Ich möchte einen Anwalt sprechen.«

»Sobald wir im Präsidium sind, können Sie telefonieren.« Gabi packte den Fotografen fest am Oberarm und schob ihn Richtung Treppenhaus.

»Ich habe selbst ein Telefon.«

»Dann benutzen Sie das.«

»Bin ich Houdini?« Gorzinsky versuchte, seine auf den Rücken gefesselten Hände zu heben.

Im Präsidium führten sie Gorzinsky in einen Vernehmungsraum, nahmen ihm die Handschellen ab, und er durfte bei angelehnter Tür mit seinem Handy telefonieren.

»Mussten wir ihn wirklich mitnehmen?«, flüsterte Walde, der sich diese Frage in Gorzinskys Anwesenheit verkniffen hatte, seiner Kollegin zu.

»Wolltest du ihn abreisen lassen?«, fragte Gabi zurück.

»Wir hätten ihn bitten können, in der Stadt zu bleiben.«

»Meine Intuition sagt mir, dass wir genau so vorgehen mussten.«

Drinnen quietschte ein Stuhl über den Boden. »Zifix!«, hörten sie Gorzinsky fluchen. »Ich erreiche den Depp nicht!«

»Was erwarten Sie an einem sonnigen Sonntagnachmittag?«, fragte Gabi.

»Ich hab' ja nicht die Kanzleinummer gewählt.«

»Vielleicht hat er auf dem Golfplatz das Handy ausgeschaltet oder er liegt im Englischen Garten, und wo soll ein nackter Mann sein Handy unterbringen?«

Gorzinsky kämmte sich mit den Fingern die Haare aus dem Gesicht und klemmte sie hinter die Ohren. »Haben Sie vielleicht einen Tipp, wen ich in Trier anrufen könnte?«

»Da gibt es eine ganze Reihe.«

»Sie haben mir noch gar nicht gesagt, was Sie mir überhaupt vorwerfen.«

»Sie haben mich ja nicht ausreden lassen.«

»Dann möchte ich mich dafür entschuldigen.«

»In Ordnung, angenommen.«

»Und?«, fragte der Fotograf.

»Was und?«

»Was werfen Sie mir vor?«

»Noch nichts. Wir ermitteln im Todesfall René Tiefenbach. Je nach Obduktionsergebnis sehen wir, ob Mordverdacht besteht oder ob wir gegen Sie wegen unterlassener Hilfeleistung mit Todesfolge ermitteln.«

Gorzinsky starrte vor sich auf die Tischplatte und atmete tief durch. Er war einige Nuancen blasser geworden. »Wie kommen Sie denn darauf?«

»Sie haben den Beweis ins Internet gestellt, ein Foto des toten oder sterbenden Opfers.«

»Was heißt hier Beweis. Ich habe nur fotografiert. Seit wann ist das strafbar?«

»Sie müssen Tiefenbach gefolgt sein, als er das Zelt verlassen hat.«

»Bin ich nicht. Irgendwann war er weg und da habe ich

ihn gesucht.«

»Und wie haben Sie ihn ausgerechnet in dem Graben finden können?«

»Ich habe ihn schon mal tagsüber an dieser Stelle beim Pinkeln erwischt, natürlich mit der Kamera. Und dieser Gräberfreak war überhaupt nicht amüsiert. Der hat sich ganz schön aufgeregt. Zuerst dachte ich, es käme zu einer Rauferei.« Gorzinsky grinste. »Und dann bin ich dahin, weil das mit dem Pinkeln bei manchen Männern nicht anders als bei Hunden ist.«

»Sie markieren ihr Revier.« Gabi versuchte, ihren ernsten Gesichtsausdruck zu bewahren. »Und, haben Sie den Freak auch gesehen, als Tiefenbach in der Grube lag?«

»Nein, der musste mit seinen Jüngern abziehen. Die haben die Opernleute gestört und mussten sich vom Acker machen.«

»Welche Jünger?«

»Studenten oder so, was weiß ich.«

»Sehen wir weiter, wenn das Obduktionsergebnis vorliegt«, sagte Gabi.

»Und wann kommt das?«

»Morgen.«

»Sie wollen mich doch nicht etwa solange hier …«

»Nach § 127 Abs. 2 StPO können wir das und werden es auch tun …«

»Sofern Sie nicht kooperieren«, fügte Walde hinzu.

»Ich habe jede Menge Anfragen wegen der Fotos, das ist Geschäftsschädigung, so kurz vor Redaktionsschluss zählt wirklich jede Minute.« Er tippte auf seinen Laptop. »Sie haben hier doch bestimmt W-Lan.«

»Soweit kommt's noch.« Gabi schüttelte den Kopf, als sie zur Tür ging.

Gorzinsky blickte ihr nach. »Zieht ihr hier die Nummer guter Bulle, böser Bulle ab?«

Walde schaute auf seine Uhr. »In spätestens zehn Minuten fahre ich nach Hause. Es wäre gut, wenn Sie uns bis dahin die gesamte Fotoserie rund um Tiefenbachs Tod übergeben und uns genau erzählen würden, was Sie beobachtet haben.«

Als Gorzinsky nickte, setzte sich Walde ihm gegenüber und stellte ein Aufnahmegerät auf den Tisch. »Und Sie müssen uns schriftlich versichern, bis auf weiteres hier in der Stadt zu bleiben, und wir möchten Ihr Zimmer sehen.«

»Ohne Durchsuchungsbeschluss?«

»Den werden wir morgen ganz in Ruhe anfordern, weil wir wissen, dass Sie hier heute Nacht gut aufgehoben sind und nichts beiseite schaffen können.«

»Das ist Erpressung!«

»Ich würde den Besuch Ihres Zimmers liebend gerne auf morgen verschieben.« Walde vermied das Wort Durchsuchung. »Entscheiden Sie!«

Die Rezeption in der Pension war immer noch verwaist. Mit Gorzinskys Schlüssel kamen sie in der zweiten Etage unbehelligt in sein Zimmer mit der Nummer 9. Walde ging als Erster hinein. Auf dem Bett lagen Socken und ein zerknülltes Hemd zwischen Zeitungen, Verpackungen von Schoko- und Müsliriegeln und obenauf eine Fernbedienung.

»Hier stinkt's!« Gabi öffnete das Fenster. Der Flügel stieß an einen schmalen Schreibsekretär, auf dem ein kleiner Drucker stand. Ein Knäuel dünner Kabel lag auf losen Blättern.

Im Schrank standen zwei Aluminiumkoffer und ein schwarzer Trolley. Walde zog den Trolley heraus und legte ihn aufs Bett. Als er den Reißverschluss aufzog, zuckte er zurück, als ihm der Gestank daraus entgegenschlug.

»Hast du Handschuhe dabei?«

Gabi verneinte.

In der Tasche lag teils sehr schmutzige Wäsche, die Walde mit spitzen Fingern anhob.

»Genau so hat es bei der Ratte Andy ausgesehen«, bemerkte Gabi.

»Ich dachte, du hättest keine Vorurteile gegen Gorzinsky.«

»Er macht es mir schwer.« Gabi zog ein Kamerastativ und verdreckte Schuhe unter dem Bett hervor. »Sollen wir die zur KTU geben?«

»Was soll das bringen? Er streitet nicht ab, am Tatort gewesen zu sein.«

Gabi ging wieder zum Sekretär. Sie zog die Blätter unter den Kabeln heraus. »Was suchen wir eigentlich?«

»Lassen wir uns überraschen.« Walde stellte den Trolley in den Schrank zurück und trat neben seine Kollegin.

»Früher hießen die Kontaktabzüge.« Gabi betrachtete ein Blatt, das mit briefmarkengroßen Fotos bedruckt war. Sie sah ein Blatt nach dem anderen durch und reichte einen Stapel an Walde weiter.

Auf den ersten Blättern waren Fotos des Ehepaars Tiefenbach zu sehen. Sie schienen mit einem Teleobjektiv aus größerer Entfernung aufgenommen zu sein. Es folgten Fotos von Marion Tiefenbach, eines davon zeigte nur ihr Gesicht und einen Einblick in ihr Dekolleté, als sie aus einem Taxi stieg. Die meisten Aufnahmen beschäftigten sich mit René Tiefenbach. Erst bei den Proben, dann, wie er auf seinem Stuhl vor dem Tunnel im Amphitheater saß und sich die Knieschoner an- oder auszog.

»Ganz große Fotokunst«, kommentierte Gabi ein Blatt mit einer Serie von Schnappschüssen, auf denen Tiefenbach in der Nase bohrte.

»Da ist auf zwei Fotos nichts drauf.« Gabi hielt ein Blatt in der Hand mit weiteren Bildern darauf. Walde nahm das Papier entgegen. Zwischen Aufnahmen, die wohl nach der Premiere im Zelt entstanden waren und denen vom in der Grube liegenden Opfer gab es zwei schwarze Felder.

»Es könnten weitere Fotos von dem Toten sein«, sagte Gabi.

»Wenn er denn da schon tot war.« Walde leerte den Papierkorb, der neben dem Schreibtisch stand, auf das Bett aus.

Zwischen zerknüllten Papiertaschentüchern rieselten die Schalen von Pistazien auf das Bettzeug. Ein kleines Stück Papier war in Form eines Briefchens gefaltet. Walde glaubte, Anhaftungen zu erkennen. Er schaute auf seine Uhr, es war schon nach sechs. Zum gemeinsamen Abendessen mit Doris und Annika würde er es wohl nicht mehr schaffen. Er nahm die beiden Alukoffer aus dem Schrank. In der Polsterung fand er Objektive und eine Nikon D3X. In einem dunklen Köcher steckte ein Teleobjektiv, wie Walde es von den Bildreportern bei Fußballspielen kannte.

»Guck dir das mal an.« Gabis Stimme kam aus dem Bad.

Als Walde ihr folgte, fand er sie angewidert vor dem Waschbecken stehend. Neben Haaren waren dort kleine Blutspritzer zu erkennen.

»Vielleicht hatte er Zahnfleischbluten?«, vermutete Walde.

Gabi schüttelte den Kopf. »Das hier sieht wie gespritzt aus.«

Walde hatte einen Block vor sich auf dem Tisch liegen, auf dem er sich Notizen machte. Ihm gegenüber saß der angespannt wirkende Fotograf.

»Wir haben in Ihrem Zimmer interessante Dinge gefunden, über die ich mich gerne mit Ihnen unterhalten möchte.« Walde legte die Hand auf die mit einem Deckel verschlossene Plastikkiste auf dem Stuhl neben ihm. Er war kein Pokerspieler, aber er konnte es sich nicht verkneifen, Gorzinsky vorerst darüber im Unklaren zu lassen, was sie in seinem Zimmer entdeckt hatten. Sein Gegenüber wirkte so angeschlagen, als könnte er jeden Moment vom Stuhl kippen.

»Möchten Sie was essen?« Walde schenkte Wasser in einen Becher und schob ihn dem Fotografen hin.

Gorzinsky trank und schüttelte den Kopf.

»Die Fotos auf Ihrer Karte zeigen neben dem Datum auch die genaue Uhrzeit auf die Sekunde an«, sagte Walde, während er den Deckel der Kiste so anhob, dass der Fotograf nicht hineinsehen konnte.

Walde legte ihm die Blätter mit den Kontaktabzügen vor und tippte auf die Stelle mit den beiden schwarzen Feldern. »Was war da drauf?«

»Ich mache manchmal mehrere hundert Fotos am Tag, wenn ich da nicht gleich den Schrott aussortiere, versinke ich in der Datenflut.«

»Und warum haben Sie sie gelöscht?«

»Die haben gestört.«

»Und warum ausgerechnet die beiden?«

»Was weiß ich?«

Walde blickte seinem Gegenüber in die blassgrünen Augen, in denen er zum ersten Mal kleine braune Punkte bemerkte. »Die besagten Fotos stammen genau aus der Zeit zwischen 23.25 Uhr, als René Tiefenbach das Zelt verlassen hat, und 23.47 Uhr, als sie den toten oder sterbenden Sänger fotografierten. Das konnten wir genau rekonstruieren, weil Sie bis kurz vor halb zwölf im VIP-Zelt geknipst haben.«

»Das war bestimmt Ausschuss.« Gorzinsky hatte längst den Blick abgewandt. »Kann ich jetzt gehen?«

»Erst werden wir uns davon noch die Daten herunterladen.« Walde legte mehrere Speicherkarten aus der Kiste auf den Tisch.

*

Seit Wochen lasen sie die Geschichte ‚*Kannst du nicht schlafen, kleiner Bär?*'. Walde hatte sich neben Annika in das geräumige, für ihn jedoch zu kurze Bett gelegt. Während er vorlas, kuschelte sich Annika an ihn und betrachtete die Bilder. Als er das große Buch schließlich zuklappte, schien die Geschichte eher ihm als seiner Tochter die nötige Bettschwere gebracht zu haben.

»Wie heißt eigentlich der kleine Bär?«, fragte sie.

»Bruno oder Norbert oder Knut.«

»Das sind ja alles Jungennamen.«

»Das ist ja auch ein kleiner Bär und keine Bärin.«

»Und wenn es ein Mädchen wäre?«, fragte sie.

»Dann hieße es vielleicht Annika.«

»Hmh, das ist ein blöder Name«, brummte sie.

»Das ist ein sehr schöner Name, nicht nur weil du so heißt.«

»Wer heißt denn noch so?«

»Ganz viele. Zum Beispiel die Freundin von Pippi Langstrumpf …«

»Meinst du, ich kann noch nicht lesen, ich weiß, wie die heißt.« Annika drehte sich auf den Bauch und drückte ihr Gesicht in das Kopfkissen. »Die ist ganz feige.«

»Wie kommst du denn darauf?«

»Das sagen auch die anderen in der Bärenhöhle.«

»Was sagen die anderen aus deiner Kindergartengruppe?«

»Ist egal.« Sie hob den Kopf, presste das Kopfkissen mit beiden Händen zusammen und ließ ihn wieder darauf plumpsen.

»Wie kommst du denn darauf, dass die Annika feige sein soll?«

»Ich hab' doch gesagt …«

»Was?«

»Ach ja, das hast du ja nicht gehört.« Sie schaute ihn mitleidig an. »Ich hab' das gelesen.«

»Seit wann kannst du denn lesen?«

»Schon lange!«

»Aha! Und wo hast du das gelernt?«

»In der Schule.«

»Du gehst doch noch in den Kindergarten.« Wieder überkam ihn dieses Gefühl, als würde die Zeit stehen bleiben, als drehte sich die ganze Welt um dieses gemütliche Bett mit der kleinen Lampe in Herzform, dem kuscheligen Bettzeug und den schwach leuchtenden Sternen an der Decke. Das war wohl das Glück, dem Walde sich bedingungslos überlassen konnte.

»Ja, am Tag.«

»Wie am Tag?«

»Am Tag gehe ich in den Kindergarten«, sagte sie und

gähnte ausgiebig. »Ich bin in der Nachtschule.«

»In der Nachtschule?«

»Ja, da gehe ich hin, wenn ihr schlaft.«

»Davon musst du mir mehr erzählen …«

»Morgen sag' ich dir das.« Sie zog die Decke bis ans Ohr.

»Sie schläft.« Walde ließ sich im Wohnzimmer am anderen Ende des Sofas nieder, auf dem Doris saß und die Augen nicht vom Krimi im Fernsehen wandte. Auf dem Tisch lag das Fernsehprogramm unter einem dicken Buch, darauf ein Teller voller Krümel.

»Papa?«

Walde erhob sich und ging raus in die Diele. »Jaha. Schlaf' gut, mein Schatz, und träum' was Schönes!«

Als er sich wieder setzte, schob Doris ihre Füße über seine Beine. Er gab es auf, an das Fernsehprogramm heranzukommen und nahm ihren rechten Fuß in seine Hände.

»Nicht kitzeln!«, bat sie.

»Wie ist der Film?«

»Es war die Freundin, die nebenan im Haus wohnt.«

Walde sah auf die Uhr. Punkt neun. Der Film konnte höchstens zur Hälfte gelaufen sein. »Bist du dir sicher?«

Sie nickte. »Zum einen ist es, außer dem Kommissar, die einzige gute Schauspielerin und zum anderen weiß ich es halt.«

»Hast du den Film schon mal gesehen?«

»Nee. Ich weiß eigentlich immer, wer der Mörder ist.«

»Und das sagst du mir erst jetzt? Was hätte ich mir Arbeit ersparen können!«

»Wer weiß?« Sie winkelte ihre Beine an. »Wenn du willst, kannst du mir ja mal was von deinem Fall erzählen, vielleicht habe ich einen Tipp.«

Sein Versuch, ihr Lächeln zu ergründen, führte zu keinem Ergebnis.

Montag

Als Walde am Montagmorgen in das Büro seiner Kollegen schaute, dachte er im ersten Moment, es wäre noch niemand da. Kein Gespräch, kein Geklapper mit Kaffeetassen oder Tippen auf der Tastatur war zu hören. Beide Kollegen saßen still an ihren Plätzen. Grabbe hatte ein Büchlein vor sich liegen und Gabi starrte konzentriert auf ihren Monitor.

»Morgen, schon was von Hoffmann gehört?« Er beobachtete einen Spatz, der vor dem Fenster landete und gleich wieder aufflog.

»Schau dir das mal an!« Gabi winkte Walde heran. »Andreas Gorzinsky, dieser Mistkerl, war wohl auch in den Kokainfall Tiefenbach verstrickt.«

»Ich dachte, du hast nichts gegen ihn.«

»Er erinnert mich an jemanden, der hieß auch Andreas, genannt Andy, die Ratte, der hat Leute angefixt. Da waren auch Minderjährige darunter. Und unser Münchner Freund hier scheint vom gleichen Kaliber zu sein.«

Walde schaute ihr über die Schulter. »Wo hast du das her?«

»Das haben die Münchner Kollegen geschickt«, sagte Gabi. »Für die ist der Fall abgeschlossen. Die Staatsanwaltschaft hat Anklage erhoben, und der Prozess sollte eigentlich in ein paar Tagen losgehen, erst gegen René Tiefenbach.«

»Und was hat Gorzinsky damit zu tun?«

»Der soll den Koks besorgt haben, zumindest am Anfang, nachher kam noch ein weiterer Dealer ins …«

»Ich dachte, er hat eine Fotoagentur?«, fragte Walde.

»Das eine hat sich mit dem anderen gut verbinden lassen. Auf der einen Seite ein bisschen in der Schickimickiszene fotografieren und auf der anderen Seite mit Drogen dealen. Übrigens ist er einschlägig vorbestraft und musste mit einer deutlich höheren Strafe rechnen, als sie Tiefenbach gedroht hätte.«

»Was heißt musste?«

»Der Prozess wird wahrscheinlich erst mal platzen.«

»Aber Gorzinsky wird doch nicht einfach so davonkommen?«

»Jedenfalls sieht es so aus, als würde der Hauptbelastungszeuge ausfallen. René Tiefenbach hat ein umfassendes Geständnis abgelegt und sollte als eine Art Kronzeuge auftreten.«

»Und Gorzinsky?«

»Hat ebenso wie die anderen Beschuldigten bisher noch kein Wort ausgesagt, als hätte er vorausgeahnt, was Tiefenbach zustoßen würde. Aber ich kann mir nicht vorstellen, dass er den Sänger umbringt und dann die Fotos vermarktet.«

»Und dieser Andy, dein Freund von früher?«, fragte Walde.

»Das war nicht mein Freund!«, zischte Gabi. »Er war einer der Gründe dafür, dass ich zur Polizei gegangen bin. Der hatte das gleiche falsche Lächeln.« Sie drehte ihm das Gesicht zu und bleckte die Zähne. »Neben Gorzinsky hat Tiefenbach noch ein paar andere Leute schwer belastet.«

»Aus München?«

Sie nickte.

»Hast du die Namen?«

Sie nickte erneut.

»Dann sollten wir mal überprüfen, ob jemand am Wochenende in einem Trierer Hotel abgestiegen ist, und vielleicht finden wir auch was über den Kartenverkauf.«

»Darüber haben wir auch schon diskutiert. Besser, wir warten, was bei der Obduktion herauskommt«, sagte Gabi.

»Mhm.« Grabbe nickte bestätigend.

»Die Anklage scheint sich im Wesentlichen auf Tiefenbachs Aussage zu stützen. Und von der Gegenseite wird versucht, Tiefenbachs Glaubwürdigkeit zu erschüttern.«

»Noch besser ist es, ihn an einer Aussage vor Gericht zu hindern«, brummte Grabbe, ohne aufzusehen.

»Was liest du denn da?«, fragte Walde.

Grabbe hielt das kleine gelbe Buch hoch. »'*Elektra*'.«

»Alle Achtung.« Walde nickte anerkennend.

»Ich lese nur die Szenen, in denen Orest auftritt.« Grabbe blickte seinen Kollegen prüfend an. »Also, das war die Rolle von Tiefenbach.«

»Verstehe. Du kannst uns ja eine Zusammenfassung geben.«

»Wenn euch das wirklich interessiert?«

»Klar«, antworteten Gabi und Walde im Chor, während das Läuten des Telefons die Begleitmusik lieferte.

Hoffmann hatte aus der Gerichtsmedizin angerufen. Gabi saß am Steuer, Walde daneben; Grabbe beugte sich von hinten zwischen die Sitze und hielt sich mit beiden Händen an den vorderen Kopfstützen fest. Sein empfindlicher Magen reagierte auf jede Art von motorisierter Fortbewegung. Selbst eine Autofahrt in Gabis ruppigem Stil konnte ihm zu schaffen machen.

»Die Idee zu *Elektra* ist von Sophokles. Hugo von Hofmannsthal hat das Libretto vor ungefähr hundert Jahren neu geschrieben, also den Text, und die Musik ist von Richard Strauss, nicht zu verwechseln mit dem Walzer-Strauß.« Der Motor heulte auf und Grabbe sprach lauter. »*Elektra* ist die Tochter des Agamemnon, der von seiner Frau Klytämnestra und deren Liebhaber umgebracht wurde. Sie lebt ziemlich heruntergekommen am Hof und sinnt auf Rache.«

»Die Klytämnestra?«, unterbrach ihn Gabi, während sie die Fahrspur wechselte.

»Nein, die *Elektra*, also die Tochter. Und dabei hofft sie, ihr Bruder Orest, gespielt von René Tiefenbach, könne ihr helfen. Aber der soll tot sein und lebt dann doch. Er kommt in der Nacht und bringt seine Mutter und deren Liebhaber um. Und *Elektra* stirbt dann auch noch.«

»Aber durch Orest?«, fragte Gabi.

»Nein, die stirbt ohne Fremdeinwirkung, also eines natürlichen Todes.«

»Dieses Arschloch!«, rief Gabi.

»Orest?«

»Nee, der da!« Sie wies auf die Straße, wo sich ein Auto, von links über die Busspur kommend, vor sie drängte und nun bei Dunkelgelb in Richtung Krankenhaus abbog. Gabi folgte ihm, überholte ihn an der Schlange zum Parkdeck und hielt in der Nähe des Eingangs. Bevor sie den Wagen abschloss, stellte sie das mobile Blaulicht auf das Dach.

»Und wenn das einer klaut?«, gab Walde zu bedenken.

»Soweit kommt es noch, die Polizei zu beklauen!« Gabi

umkurvte im Eingangsbereich zügig eine Gruppe Raucher in Trainingsanzügen und Bademänteln.

»Früher, bei den Demos, hatten es manche Leute auf Polizeimützen als Trophäe abgesehen.« Walde beschleunigte seine Schritte, um ihr folgen zu können.

»Was ist denn das für ein schräges Hobby? Außerdem ist der Eingangsbereich kameraüberwacht.«

»Wenigstens weißt du dann, dass der Typ oder das Mädel einen dunklen Kapuzenpulli getragen hat.« In diesem Moment lief er auf seine Kollegin auf, die plötzlich stehen geblieben war, sich umdrehte und schweigend zum Wagen zurückging. Walde fragte sich, wo Grabbe blieb.

Gabi schloss den Wagen auf, zog das noch eingeschaltete Blaulicht vom Dach und setzte sich auf den Fahrersitz.

»Na endlich!« Die Stimme im Nacken ließ sie zusammenzucken, wodurch ihr die Warnlampe aus der Hand glitt und zu Boden kullerte. Hinter ihr saß Grabbe.

Gabi seufzte. »Mensch, hast du mich erschreckt!« Auf der Fußmatte drehte sich der Reflektor weiter um das Blaulicht. Es schien den Stoß unbeschadet überstanden zu haben.

»Du hast mich eingesperrt. Hinten ließ sich keine Tür öffnen!«

»Dann hatten die Kollegen wohl noch die Sicherung aktiviert.« Gabi seufzte erneut. »Warum bist du denn nicht nach vorn geklettert?«

»Mir war schon schwindelig genug von deinem Fahrstil.«

»Guten Morgen!« Hoffmann stand hinter einem blitzblank geputzten Tisch aus Edelstahl und lächelte Walde an, als begrüße er ihn zu einer Führung durch die Pathologie. Sein leuchtend weißer Kittel stand offen und gab den Blick frei auf ein weißes Hemd und eine dunkelblaue Krawatte, die auf einem kleinen Spitzbauch endete.

Ein paar Tische dahinter wandte ihnen sein Assistent den Rücken zu. Er hantierte leicht gebeugt und lautlos an Tiefenbachs Leiche.

»Hatten Sie eine schöne Feier?«, fragte Walde.

»Wunderbar«, Hoffmann lächelte. »Ich habe das erste Mal darüber nachgedacht, beruflich kürzer zu treten. Bei meinen Kindern habe ich schon viel verpasst, vielleicht könnte ich nun bei meinen Enkeln was nachholen.«

Die Tür wurde mit Schwung geöffnet. Gabi und Grabbe kamen herein.

»Hallo, Walter, du siehst gut aus.«

»Ich fühle mich auch blendend.«

»War Frau Tiefenbach schon da?«

Hoffmann schaute auf seine Uhr. »Eigentlich wollte sie schon hier sein.« Er wies über seine Schulter. »Aber das verschafft Bruno mehr Zeit, ihren Mann wieder herzurichten.«

Als er seinen Namen hörte, drehte sich Hoffmanns Assistent zu ihnen um. Die dicken Gläser seiner Hornbrille wirkten wie Vergrößerungsgläser. Er verzog seinen Mund zu einem schrägen Lächeln, bevor er sich wieder seiner Arbeit zuwandte. Sein Kittel wies Flecken auf, deren Herkunft Walde nicht wissen wollte. Er schaute zu Grabbe und sah den Ekel in dessen Gesicht.

»Wenn ihr möchtet, kann ich euch schon ein paar vorläufige Ergebnisse mitteilen.« Hoffmann zeigte mit erhobenen Händen in Richtung Bruno.

Grabbe folgte Walde und Gabi, die den hellen Marmortisch mit der Leiche von René Tiefenbach passierten und in gebührendem Abstand stehen blieben.

Hoffmann stellte sich neben seinen Assistenten, der mit emsigen Nadelstichen die Haut über dem Brustkorb des

Toten schloss. Auf dem Boden ringelte sich ein Schlauch aus feinen Metallgliedern, der in einem quadratischen Becken vor den großen Füßen des Opfers endete.

Hoffmann schloss die Druckknöpfe seines Kittels und räusperte sich. »Ein großer Mann.« Walde überlegte, ob damit die körperliche Größe oder der künstlerische Status von Tiefenbach gemeint war.

»Vom Zustand seiner Organe her hätte er noch Jahrzehnte leben können.« Er wies auf den Kopf der Leiche, an dem aus einem Verband direkt über den buschigen Augenbrauen nur noch ein Büschel dunkler Locken zu sehen war. »Die Schädelverletzung war nicht letal, auch nicht die Brüche an der Halswirbelsäule, letztere haben aber indirekt zum Tode geführt.«

»Und im Klartext?«, fragte Gabi.

»Er ist ertrunken.«

»Wie bitte?«

»Ich vermute mal, dass sich beim Gewitterregen eine Pfütze gebildet hat und er sich infolge einer Lähmung nicht bewegen konnte«, sagte Hoffmann. »Von den sekundären Sturzverletzungen an den Armen einmal abgesehen, gibt es keine Anzeichen äußerer Gewalt.«

Grabbe schaute angewidert auf das offene Kniegelenk des Toten.

Gabi war dem Blick ihres Kollegen gefolgt. »Was hat es damit auf sich?«

»Das sieht man gleich, diese Eingriffe wurden in Amerika vorgenommen.« In Hoffmanns Stimme schwang Respekt mit. »Sehr saubere Arbeit, obwohl …«

»Hat die Knieverletzung etwas mit seinem Sturz zu tun?«

»Nein, er hatte keine frische Knieverletzung.«

»Aber …« Walde zeigte auf die offene Wunde.

»Das war nur interessehalber. Ich habe die Narben gesehen.« Hoffmann räusperte sich leicht verlegen. »Die schwere Schädelverletzung stammt mit an Sicherheit grenzender Wahrscheinlichkeit von dem Knochen am Fundort.« Hoffmann war wieder auf sicherem Terrain.

Walde folgte seinem Blick auf die kleine Instrumentenablage, die links neben dem Assistenten am Rand des Seziertischs stand. Neben einer runden Metallschüssel, aus der mehrere durchsichtige Behälter ragten, in denen er verschiedene Organe des Toten vermutete, lagen zwei Klarsichthüllen. In der einen befand sich ein ellenlanger rötlich-brauner Knochen, in der anderen ein graues, teils gebröckeltes Stück.

»Das zweite Exponat, das die Kriminaltechnik aus dem Sturzbereich gesichert hat, ist ein Bruchstück eines sehr fragilen Rippenknochens«, fuhr Hoffmann fort. »Meines Erachtens ist Tiefenbach in einer Pfütze im Graben ertrunken.«

»Und wie lange könnte er nach dem Sturz noch gelebt haben?«

»Schwer zu sagen, vielleicht fünf Minuten.«

Der Assistent legte die Nadel auf den Tisch und fuhr sich mit dem Ärmel seines Kittels über die Stirn. Als er an den Kopfverband der Leiche fasste, legte ihm Hoffmann eine Hand auf den Arm. »Bruno, können Sie vielleicht noch einen Augenblick damit warten, bis wir hier durch sind?«

Hinter sich hörte Walde das tiefe Durchatmen seines Kollegen.

»Die schwerste Verletzung befindet sich am Hinterkopf«, Hoffmann wies mit dem Finger auf eine Stelle oberhalb des linken Ohrs des Toten. »Unfallverletzungen oberhalb der Hutkrempe sind weniger häufig. Wenn ich nicht selbst gesehen hätte, wie die Kriminaltechnik den Knochen geborgen hat, würde ich sagen, jemand hat ihm auch damit auf den Kopf geschlagen.«

»Die KT hat die Anhaftungen am Knochen eindeutig dem Fundort des Opfers zugeordnet«, sagte Grabbe, der sich soweit unter Kontrolle hatte, dass er neben Walde aufrückte. »Es ist davon auszugehen, dass Tiefenbach da runtergepinkelt hat. Es gibt keine Spuren an der Kante, dass etwas nachgegeben hat oder abgebrochen ist und er deshalb den Halt verlor.«

»Am Opfer sind keine Druckspuren oder sonstige Anzeichen von Gewaltanwendung zu finden.« Hoffmann zog aus der Brusttasche seines Kittels eine Brille, setzte sie auf und beugte sich über die Leiche. »Die Sturzhöhe betrug ungefähr drei Meter. Das ist nicht viel, aber meiner Meinung nach hoch genug, seine Lage während des Falls so zu verändern, dass man nicht auf dem Schädel landet.«

»Es sei denn, Tiefenbach wurde kopfüber hinuntergeworfen«, sagte Gabi.

»Aber das hätte zumindest Druckspuren hinterlassen«, sagte Grabbe. »Oder war er betrunken?«

»Knapp Null Komma Fünf Promille«, sagte Hoffmann. »Da kann man sich noch auf den Beinen halten.«

»Gibt es Hinweise auf sonstigen Drogenkonsum?«, fragte Grabbe.

»Negativ, er scheint clean gewesen zu sein.«

»Dann frage ich mich, wie Tiefenbach ... Hey!« Grabbe stolperte nach vorn und hielt sich gerade noch an der Kante des Seziertisches fest. »Sag mal, spinnst du?«, keuchte er und sah angewidert auf seine Hände.

Gabi hatte ihm von hinten einen Fuß vors Schienbein gehalten und ihn leicht geschubst. »So könnte es gewesen sein«, sagte sie und legte eine Hand auf seinen Oberarm, um ihm aufzuhelfen. Grabbe schüttelte ihre Hand ab und sah sie verärgert an.

»Wenn es auf diese Art gemacht wurde, gab es weder blaue Flecke noch Hautabschürfungen. So einfach kann man einen Mann zu Fall bringen, besonders, wenn es sich um einen Stehpinkler handelt«, fuhr Gabi fort, nahm den Schlauch aus dem Becken und hielt ihn Grabbe hin. »Hier kannst du dir die Hände waschen.«

»Tiefenbach wurde ein Bein gestellt und gleichzeitig wurde er in die Grube gestoßen?« Walde schaute den Pathologen an.

Dieser nickte. »So könnte es gewesen sein.«

Als sie im Flur auf den Fahrstuhl warteten, sagte Walde: »Wir sollten rauskriegen, wann Tiefenbach das Zelt verlassen hat.«

»Zuletzt hat er sich mit dem Journalisten Sacher im Zelt unterhalten«, Grabbe schlug einen kleinen Block auf. »Gegen Viertel nach elf soll das gewesen sein.«

»Wir brauchen die genaue Zeit. Da gibt es sicher noch mehr Zeugen. Vielleicht hat ihn auch jemand unterwegs in der Arena gesehen. Dann müssen wir die Uhrzeit mit der auf den Bildern von Gorzinsky abgleichen und feststellen, wann der Notruf beim NAW und bei uns einging.«

Das Fenster zum Aufzug blieb dunkel. Es waren auch keine Geräusche aus dem Schacht zu hören.

»Je nachdem, wie viel Zeit zwischen den Fotoaufnahmen und dem Notruf vergangen ist, können wir diesen Gorzinsky drankriegen«, sagte Gabi.

»Dann haben wir aber noch nicht unbedingt den Mörder«, sagte Walde.

»Ich nehme die Treppe.« Grabbe ging durch den Flur davon.

Die Anzeigenknöpfe neben dem Fahrstuhl blieben dunkel.

»Besser, wir nehmen auch die Treppe«, sagte Walde und wendete sich in die Richtung, in die Grabbe verschwunden war.

»Was hat er denn?«, fragte Gabi, als sie ihm durch den langen Flur folgte.

»Das fragst du noch, nach der Aktion von eben? Zum einen ist Grabbe höchst ungern in der Pathologie. Ich bin wirklich froh darüber, wie er das inzwischen hinkriegt. Und dann katapultierst du ihn in heimtückischer Rambomanier auf den Seziertisch.«

»Also erstens ist Rambo in keinem seiner Filme heimtückisch und zweitens … okay …«

Als sie aus dem Treppenhaus ins Foyer kamen, war Grabbe nur wenige Meter entfernt stehen geblieben.

Gabi ging zu ihm. »Du, Grabbe, sorry, das war eben …«

»Hey, lass mal«, wiegelte Grabbe ab. »Was ist denn da vorn los?« Er deutete zum Eingang, wo sich Menschen drängten und lautes Stimmengewirr zu hören war. Im Zentrum des Auflaufs stand eine schwarz gekleidete Frau mit Sonnenbrille und schwarzem Hut, die am Arm eines Mannes versuchte, durch einen Tross von Fotografen, Kameraleuten, Menschen mit Mikros und Diktiergeräten in die Klinik zu gelangen.

»Da ist Frau Tiefenbach«, rief Gabi.

Walde und Grabbe liefen zu der offen stehenden Schiebetür. Auch von innen staute sich eine größere Gruppe von

Leuten, die vergeblich versuchten, nach draußen zu gelangen. Walde schien es, dass noch mehr Blitze ausgelöst wurden, nachdem er sich mit Grabbe zu Marion Tiefenbach durchgekämpft hatte, um sie und ihren Begleiter, der ebenfalls eine Sonnenbrille trug, vor der Presse abzuschirmen und ins Krankenhaus zu lotsen.

Auch das Personal an der Pforte hatte seinen Glaskasten verlassen und unterstützte Walde und Grabbe dabei, den Presseleuten den Zutritt zum Krankenhaus zu verwehren. Endlich hatten die Witwe und der Mann, der sie am Arm führte, es geschafft, ins Foyer zu gelangen.

»Polizei! Sie haben hier keinen Zutritt. Verlassen Sie augenblicklich das Haus!« Ein Kameramann ging mit vorgehaltener Kamera einfach weiter. Walde drückte ihm seine Hand aufs Objektiv und brachte ihn damit zum Stehen. Derweil versuchte sich ein kleinerer Mann zwischen ihm und Grabbe hindurchzuwinden. Es war Gorzinsky, der seine Kamera vor der Brust hielt und dabei Fotos in Serie schoss, wie Walde am Klicken des Motors hörte. »Herr Gorzinsky, keinen Schritt weiter!«

Während der Fotograf stehen blieb, blickte Walde sich um und sah, wie Gabi Frau Tiefenbach in Empfang nahm.

Als Gabi sich der Frau des berühmten Baritons vorstellte, folgte diese ihr wortlos zur Treppe. Unten am Treppenabsatz nahm sie die Sonnenbrille ab.

»Das ist Elmar«, stellte sie den Mann an ihrer Seite vor.

»Angenehm.« Gabi reichte ihm die Hand. »Ich bin …«

»Entschuldigung«, unterbrach sie die Witwe. »Elmar hat mich mit seinem Taxi hierher gebracht und war so freundlich, mich durch die Meute zu lotsen.«

»Soll ich auf Sie warten?« Der Taxifahrer blieb stehen.

»Das ist eine sehr gute Idee«, sagte Gabi. »Das würde die Presse ablenken. Und wir würden einen anderen Ausgang wählen.«

Marion Tiefenbach reichte ihm einen zusammengerollten Geldschein.

»Danke, nicht nötig. Das mache ich gerne.« Der Taxifahrer stieg die Treppen wieder nach oben.

Während Gabi einen halben Schritt vor Frau Tiefenbach ging, wurde ihr bewusst, wie trostlos der Flur im Keller wirkte. Eine der Leuchtröhren an der Decke flackerte. Dazwischen lief ein Gewirr von Leitungen und Röhren. An der Tür zur Pathologie bat sie die Witwe, einen Moment zu warten. Gabi ging allein hinein und fand nur Bruno vor, der ihr mitteilte, Hoffmann sei in seinem Büro. Als die beiden Frauen ihn dort antrafen, kondolierte Hoffmann Marion Tiefenbach und bat sie, mit Gabi in seinem Büro zu warten, während er sich darum kümmern wollte, dass sie zu ihrem Mann konnte.

Sie nahmen auf den beiden Besucherstühlen vor dem Schreibtisch Platz, auf dem sich Aktenberge türmten.

»Ich habe gestern die Unterkunft gewechselt. Herr Kehlheim hat mich persönlich in die Tiefgarage eines anderen Hotels gebracht, und von dort aus bin ich mit dem Taxi, übrigens demselben Fahrer, der mich heute hergebracht hat, zum Hotel gefahren. Und heute Morgen waren die Paparazzi da.«

»Wenn dieser Elmar dichthält, bringen wir Sie nachher unbemerkt an der Presse vorbei.«

»Wir haben ja schon einige Erfahrungen gemacht, in München, als das alles losging. Rainer, ich kann mich einfach nicht an René gewöhnen, für ihn war es damals ein schrecklicher Spießrutenlauf.« Sie nahm ihren Hut ab.

Unter dem Deckenlicht wurden ihre dunklen Augenringe sichtbar.

Gabi spürte die Anspannung der Witwe. In dieser Situation verbot es sich, Fragen zum Fall zu stellen.

»Haben Sie es gesehen?«

»Was?«, fragte Gabi, obwohl sie ahnte, was gemeint war.

»Das Foto in der Zeitung, was sage ich, in den Zeitungen.« Die Witwe schüttelte den Kopf. »Sogar die Abendzeitung …«

»Ja. Es ist gestern Abend aufgetaucht.«

»Dann wissen Sie ja auch, von wem es stammt.«

Gabi nickte.

»Andy.« Sie stützte ihren gesenkten Kopf auf die linke Hand ab. »Rainer hat ihn gefördert, weil er ganz gute Bilder machte und weil Gorzinsky es geschafft hatte, clean zu werden. Andy hat das Vertrauen meines Mannes erschlichen und ihn dann ausgenutzt. Und auch ich habe geholfen, ihm Türen zu öffnen.«

»Aber er ist rückfällig geworden?«

»Sie kennen den Fall?«

»Nur zum Teil. Wir werden uns noch einlesen.«

»Ich glaube, Andy war immer süchtig, nur hatte er seine Tagesdosis halbwegs unter Kontrolle, wenigstens eine Zeit lang. Und als die Sucht ihn wieder im Griff hatte, hat er keinerlei Rücksicht mehr genommen und sein wahres Gesicht gezeigt.« Sie seufzte und sprach leise weiter. »Ich habe Andy gerade gesehen, draußen vor der Tür. Wenn ich eine Waffe hätte, würde ich mich vergessen.«

Dr. Hoffmann klopfte an die eigene Bürotür, bevor er eintrat und Frau Tiefenbach durch den Flur zu einem Raum geleitete. Gabi blieb an der Tür stehen, als die beiden den Raum betraten. Der Tote lag auf einer Bahre mit weißen

Laken. Zwei dicke Kerzen brannten am Kopfende. Daneben stand ein Holzstuhl. An der sauber gestrichenen Wand hing ein messingfarbenes Kreuz. Hier herrschte nicht die sterile Atmosphäre, die Gabi aus der Gerichtsmedizin gewohnt war.

Hoffmann trat an die Bahre. Der Tote war bis zu den Schultern aufgedeckt. Der Kopfverband war auf einen schmalen Streifen, der zum Großteil von den Haaren verdeckt wurde, reduziert worden. Die Arme des Toten ruhten mit übereinander gelegten Händen auf dem Laken.

»Lassen Sie uns bitte allein.« Die Witwe legte eine Hand auf die ihres toten Mannes und ließ sich auf den Stuhl sinken.

»Ist das neuerdings der Raum für Promis?«, fragte Gabi den Pathologen, als sie mit ihm auf dem Flur stand. Sie hatte große Lust auf eine Zigarette. Ein Kaffee wäre jetzt auch nicht schlecht gewesen. Dieser fensterlose hässliche Flur trug nicht gerade zu ihrem Wohlbefinden bei.

»Das Krankenhaus hat keine Kosten und Mühen gescheut, um diesen Raum herrichten zu lassen.« Hoffmann grinste. »Aber ich kann dich beruhigen. Er wird von nun an natürlich all unseren Fällen zur Verfügung stehen. Dass Tiefenbach den Anfang gemacht hat, ist reiner Zufall.«

Frau Tiefenbach kam mit gesenktem Kopf aus dem Zimmer. Sie schien nicht geweint zu haben. Vielleicht hatte sie keine Tränen mehr, dachte Gabi, als sie sanft ihren Arm berührte und sie zur Treppe führte. Für Dr. Hoffmann hatten beide keinen Blick mehr. Sie mieden das Foyer und gelangten durch den zweiten Stock eines Gebäudeflügels der großen Klinik zu einem Seitenausgang in den menschenleeren Park, wo sie an der Krankenhauskapelle vorbei nach wenigen Metern durch ein kleines Tor in der alten Umfriedungsmauer in die Peter-Friedhofen-Straße gelangten. Dort warteten Walde und Grabbe mit dem Wagen.

Sie brachten Marion Tiefenbach durch eine weniger frequentierte Straße der Fußgängerzone zum Hintereingang des Hotels *Kaiser Konstantin*.

»Wenn Sie möchten, bringe ich Sie hinein«, bot Gabi an.

»Ich möchte Ihnen keine Umstände machen.«

»Das ist kein Problem. Von hier aus ist es nicht weit zum Präsidium.«

Im Rückspiegel sah Walde, wie Gabi die Witwe zwischen Blumenkübeln hindurch zum Haus begleitete.

»Was haben wir denn nun eigentlich in der Hand?«, fragte Grabbe, als Walde den Wagen langsam durch die Fußgängerzone steuerte.

»Auf jeden Fall Grund genug, die Ermittlungen zu intensivieren.« Walde musste hinter einem Paketdienstwagen anhalten, dessen Fahrer in einen Laden hetzte. »Wir sollten, wie wir es besprochen haben, die Zeit vor und nach dem Sturz möglichst detailliert rekonstruieren.« Draußen kam der Paketbote zurück und winkte entschuldigend. »Ich bin mit Intendant Kehlheim verabredet und komme anschließend zu Fuß zum Präsidium.«

Am Heinz-Tietjen-Weg überließ Walde seinem Kollegen den Wagen. Auf dem Weg zum Theater passierte Walde die Rampe der Theaterwerkstätten. Es folgten die großen Fenster, an denen er als Schüler öfter stehen geblieben war, wenn unten in dem großen, kahlen Raum das Orchester oder das Ballett probte. Die spielfreie Zeit hatte begonnen, aber wahrscheinlich erforderten die Antikenfestspiele noch die

Anwesenheit eines Teils des Personals.

Hinter der Schwingtür zum Personaleingang gelangte Walde zum Pförtner, der ihn durch das offene Rund in der Scheibe ansprach. Als Walde nach dem Intendanten fragte, griff der Pförtner zum Telefon. Nach wenigen Worten legte er auf. »Professor Kehlheim erwartet Sie. Geradeaus durch den Gang und dann fünfte Tür links.«

Der Fußboden in dem schmalen Flur war abgetreten und schien länger nicht mehr gewischt worden zu sein. Im Vorbeigehen las Walde die Schilder neben den Türen. Die zur *Dramaturgie* stand offen. Er sah Holzmöbel, wie er sie aus dem Präsidium von der vorletzten Generation kannte.

Die Antwort auf sein Klopfen war kaum zu hören. Walde gelangte in ein unbesetztes Vorzimmer, in dem die Tür zum Büro des Intendanten offen stand.

Der lederne Schreibtischsessel hinter dem schweren Möbel war noch von Kehlheims Schwung in Bewegung. Der stämmig wirkende Intendant kam ihm entgegen und bot ihm einen Platz auf einem der Stühle mit verschnörkelter Lehne an, die um einen ovalen Tisch mit glänzender Platte aus Kirschholz standen.

»Ich kann Ihnen leider nur Wasser anbieten.« Kehlheim wartete, bis Walde sich gesetzt hatte, und nahm dann ihm gegenüber Platz. Er bewegte sich dabei so langsam, als habe er ein Problem mit dem Rücken oder traute der Stabilität des Stuhls nicht.

»Das ist ja so ein Wahnsinn! Die arme Marion.« Kehlheim stützte seine Arme auf die Tischplatte, in die feine Intarsien eingearbeitet waren. »Wie weit sind Sie mit Ihren Ermittlungen? Steht die Ursache für den Sturz fest?«

»Es gibt noch ein paar Fragen zu klären.« Walde zog einen Block aus der Jackentasche. Als er ihn auf den Tisch legte, bemerkte er, wie sich Kehlheims Oberkörper straffte. »Wann war die Vorstellung am Samstagabend zu Ende?«

»Das war ziemlich genau elf Minuten vor elf«, sagte der Intendant. »Während der Proben kann man ja nie durchspielen und eine Generalprobe gab es nicht. Eigentlich fanden Generalprobe und Premiere in einem statt. Deshalb habe ich erst an diesem Abend die genaue Zeit stoppen können.«

»Und danach waren Sie im Zelt, als auch Tiefenbach gekommen ist?«

»Ja, René und seine Kollegen mussten sich ja noch abschminken und umziehen. Die drei kamen eine Viertelstunde später. Ich weiß das so genau, weil ich noch mit der Cateringfirma telefoniert habe. Es gab Probleme.«

»Und wann hat Tiefenbach dann wieder das Zelt verlassen?« Walde machte sich Notizen.

»Das habe ich gar nicht mitgekriegt. Es waren ja so viele Leute da, und ich war erleichtert, als dann auch das Essen kam und die ganze Anspannung weg war. Ich habe es genossen, mich mit Förderern und Künstlern zu unterhalten, habe mich einfach gehen lassen. Bis dann … bis dann die schlimme Nachricht kam. Das war um Mitternacht.«

»Bis dahin haben Sie das Zelt nicht verlassen?«

»Nein. Und eines sollten Sie noch wissen – von mir wissen, irgendwer wird Ihnen das eh stecken.« Kehlheim beugte sich nach vorn, als könne jemand mithören. »Tiefenbach hat sich auf meinen Posten beworben, also er wollte nicht die Theaterintendanz, sondern nur die Antikenfestspiele übernehmen. Er soll angeblich eine Präsentation seines neuen Konzepts für die nächsten Tage geplant haben.« Kehlheim versuchte zu lächeln. »Wenn Ihnen das für ein Motiv reicht?«

»Ich denke darüber nach.« Walde blieb ernst, während er seinen Block wieder einsteckte. »Sie haben Künstler von Weltrang nach Trier gebracht.«

»Ja, die haben einen vollen Kalender, meist schon Jahre im Voraus. Mein Konzept hat sie überzeugt.«

»Auch René Tiefenbach?«

»Ich bin extra nach München geflogen. Wir haben ein herrliches Wochenende in seinem Haus verbracht. Er und Marion wohnen ja jetzt etwas weiter draußen direkt am Starnberger See. Ich konnte ihn überzeugen, dass das eine gute Geschichte ist, sein Comeback bei den Antikenfestspielen. Erst ein Höhepunkt, auch in meiner Karriere, und dann der traurigste Moment ...« Er öffnete den obersten Knopf seines Hemdes und wischte sich mit dem Handrücken über den Hals.

»Gibt es eine Einladungsliste zur Premiere und eine Aufstellung der Karten-Reservierungen?«

»Bei mir laufen alle Drähte zusammen.« Kehlheim stand auf, ging ins Vorzimmer und setzte sich an den Rechner. »Meine Mitarbeiterin hat heute Morgen leider einen Termin außerhalb.«

Walde war ihm gefolgt und beobachtete, wie auf dem Monitor eine Reihe von Ordnern erschien. Kehlheim öffnete eine Datei mit einer tabellarischen Namensliste.

»Kann ich die haben?«

»Kein Problem.«

»Am besten, Sie schicken sie ins Präsidium an meine Mail-Adresse.«

Er sah zu, wie Kehlheim das Mailprogramm öffnete. Das Telefon klingelte.

»Entschuldigen Sie mich bitte.« Kehlheim eilte nebenan zu seinem Schreibtisch.

Walde beugte sich über den Rechner. Er hörte Kehlheim in betont freundlichem Ton ins Telefon sprechen. Walde gab Grabbes Mail-Adresse ein und hängte die Datei an. Seine Neugier erwachte. Er markierte kurzerhand noch weitere Dateien in dem Ordner und sendete sie ab. Zur Sicherheit löschte er die Datei in der Outbox und verschickte nun noch einmal die Datei solo.

Auf dem Rückweg kaufte Walde in einer Bäckerei belegte Brötchen. Eins davon hatte er bereits gegessen, als er am Präsidium ankam. In der Personenschleuse am Eingang bekam er die Mitteilung, der Polizeipräsident wolle ihn dringend sprechen.

Gabi und Grabbe saßen in ihrem Büro einträchtig nebeneinander und schauten auf einen großen Bildschirm.

»Ich hätte wohl besser Popkorn mitgebracht«, sagte Walde, als er Grabbe die Brötchentüte reichte.

»Stiermann möchte dich sprechen«, sagte Grabbe.

»Wollt ihr mich loswerden?«, fragte Walde.

»Wir fangen noch mal an, es sind nur ein paar Minuten«, Gabi nahm die Fernbedienung. »Monika hat uns den Beitrag über Tiefenbach besorgt.«

Grabbe begutachtete den Inhalt der Tüte, reichte seiner Kollegin das Salamibrötchen und behielt das mit Käse.

Auf dem Bildschirm erschien Tiefenbachs Gesicht. Er wirkte sehr konzentriert und auf seine Worte bedacht. »Ich war immer sehr erdverbunden, tief verwurzelt, und das ist heute noch so. Wenn ich in einer fremden Stadt bin, brauche ich zwei Tage, um mich zu erden, um feine Wurzeln zu schlagen, vorher schwimme ich, aber dann ist es gut.«

Die Kamera wechselte in die Totale. Tiefenbach saß mit einer Journalistin auf einer Treppe.

»Das ist doch hier im Amphitheater!«, entfuhr es Walde.

»Das Interview ist letzte Woche aufgenommen worden und lief in 3-Sat und bei BR-Alpha.«

Tiefenbach sprach sehr artikuliert: »Ein Opernsänger steht nicht nur auf der Bühne und singt, er ist auch Schauspieler. Zum Glück gibt es mehr als drei Grundpositionen. Natürlich sieht man auf der Bühne die großen Gesten, aber auch die kleinen Gesten sind wichtig. Sie sorgen für besseren Ausdruck, und außerdem benutze ich meine Augen.« Dabei zwinkerte er und lächelte verschmitzt.

»Ein wirklich sympathischer Mann«, sagte Gabi mit vollem Mund.

»Oper orientiert sich immer mehr am Bild«, sagte die Journalistin.

»Ja, wir müssen die Vorstellungskraft des Publikums anregen. Nicht nur die Stimme, auch die Figur wird geliebt. Gott steckt nicht unbedingt eine schöne Stimme in einen schönen Körper. Ich muss in Form sein und versuchen, alles umzusetzen, was der Regisseur verlangt, egal, ob ich zwei Meter tief hinunterspringe, wenn es meine Knie zulassen, oder einen Turm hinaufklettere oder durch einen Feuerring springe.«

»Aber Sie sehen wirklich blendend aus«, schmeichelte seine Gesprächspartnerin.

Tiefenbach lachte: »Bei Opernfilmen gibt es Nahaufnahmen, da sieht man mitunter mein Doppelkinn. Auf der Bühne ist das kein Problem, da muss ich auch kein Opernglas fürchten.«

Es folgte ein Schnitt zu einer Szene während der Proben auf der Bühne des Amphitheaters.

»Das war's.« Gabi schaltete die Geräte aus. »Heute Nachmittag kommt Marion Tiefenbach hierher.« Sie gab Walde einen Packen Papier. »Bis dahin sollten wir das mal anschauen. Die Münchner Kollegen haben uns ihre Unterlagen gesendet. Ich habe sie dreimal ausgedruckt.«

»Sollten wir uns nicht besser in ihrem Hotel verabreden?«, fragte Walde und wog den schweren Papierstapel in seinen Händen.

»Hier sind noch die Ausdrucke der Dateien, die aus dem Theater gekommen sind.« Grabbe legte weitere Blätter obenauf. Walde überflog die Liste der Ehrengäste.

»Wo waren Sie denn?«, rief ihm die Sekretärin im Vorzimmer des Polizeipräsidenten aufgeregt entgegen. »Sie werden dringend erwartet.« Im Eilschritt ging sie zur Tür ihres Chefs, wo sie nach dem Anklopfen Waldes Ankunft meldete.

»Herr Bock!« Stiermann verzichtete auf seine üblichen Höflichkeitsfloskeln, als Walde das helle Zimmer mit dem modernen Mobiliar betrat.

»Herr Präsident.«

Monika, die Pressesprecherin des Präsidiums, saß am Besprechungstisch. Sie nickte Walde lächelnd zu und fuhr damit fort, etwas in einen Block zu notieren. Auf dem Tisch lagen aufgeschlagene Zeitungen und Magazine. Selbst auf Stiermanns sonst penibel aufgeräumtem Schreibtisch herrschte ein Durcheinander aus Zeitungsartikeln.

Walde nahm am Tisch Platz. Früher gab es hier eine Sitzecke mit tiefen, weichen Sofas, aus denen man kaum mehr herauskam. Die neuen Möbel waren funktional und in einem kalten, nüchternen Design gehalten. So emotionslos, wie manche die Welt in Schwarz und Weiß, Gut und Böse einteilten, ohne Raum für Zwischentöne. Ein einziges Bild hätte dem Zimmer die Strenge nehmen können. Walde dachte an ein selbstgemaltes Bild, das er von Annika zu Weihnachten geschenkt bekommen hatte: Ein leicht schiefer Tannenbaum, an dem ein rot ausgemaltes Herz hing.

»Was sagt Dr. Hoffmann?«, fragte Monika, als Walde sich ihr gegenüber setzte und mit seinen Papieren die Zeitungen zur Seite schob.

»Tiefenbach hat den Sturz überlebt und ist anschließend ertrunken.«

»Wenn es nicht geregnet hätte, könnte er dann noch leben?«

»Nicht unbedingt, die Verletzung hätte wahrscheinlich auch über kurz oder lang zum Tode geführt, meint Dr. Hoffmann.«

»Gibt es irgendwelche Anzeichen für Fremdverschulden?«, fragte der Polizeipräsident.

»Er deutet einiges darauf hin«, antwortete Walde. »Wahrscheinlich wurde er gestoßen.«

»Kann er nicht das Gleichgewicht verloren haben?« Stiermann schnaufte laut.

»Was meinen Sie?« fragte Walde.

»Könnte es nicht doch ein Unfall gewesen sein?«

»In einer Woche sollte die Verhandlung gegen Tiefenbach in München beginnen. Er hatte ein umfassendes Geständnis angekündigt, was dem ein oder anderen sicher nicht sehr lieb gewesen wäre.« Walde ließ seine rechte Hand hörbar auf den Packen Papier vor sich fallen. »Die Münchner Kollegen haben uns umfangreiches Material zukommen lassen.«

»Dann gibt es eine ganze Reihe Tatverdächtiger«, sagte Monika.

Walde nickte. »Leute aus der Münchner Schickeria. Es

könnte aber auch jemand aus Trier sein. Man munkelt, er habe sich um den Posten des Intendanten der Antikenfestspiele beworben.«

»Das wird ja immer schöner«, entrüstete sich Stiermann. »Wer soll denn noch alles hinter der Geschichte stecken? Fehlt nur noch der Bischof!«

»Der stand zumindest auf der Einladungsliste der Premierengäste.« Walde betrachtete den runden Übertopf aus Edelstahl auf dem Fußboden neben dem Schreibtisch. Die glänzende Oberfläche des Topfes schien mit dem makellos polierten Parkett zu wetteifern. Heraus quoll eine dickstämmige Pflanze mit länglichen Blättern, die Walde an eine hochtoupierte Frisur der 60er Jahre erinnerte.

Stiermann ignorierte Waldes Bemerkung. »Wir sollten die Informationen für die Pressekonferenz abstimmen.«

»Welche Pressekonferenz?«, fragte Walde.

»Hast du meine Mail nicht bekommen?« Monika legte ihren Kugelschreiber auf den Block. Eine senkrechte Sorgenfalte erschien über ihrer Nasenwurzel.

»Ich hab' noch keine Mails abgerufen. Wann soll die denn sein?«

»Um drei in der Kantine. Wir rechnen mit circa zwanzig Journalisten. Die kriegen wir sonst nirgendwo im Haus unter.« Sie nahm ihren Stift wieder in die Hand. »Was sagen wir denn nun?«

»Alles deutet auf ein Fremdverschulden hin«, sagte Walde.

Stiermann rieb sich mit den Fingern über die rechte Schläfe, als könne das seine Gedanken fördern. »Bitte sowenig Einzelheiten wie nötig.«

»Bei Prominenten ist der Nachrichtenfaktor enorm, wenn es etwas Negatives zu berichten gibt. Und wenn dann noch ein Verbrechen ins Spiel kommt, gibt es kein Halten mehr.« Monika klappte ihren Block zu.

»Das ist der Preis der Berühmtheit.« Der Polizeipräsident erhob sich.

»Bis nachher.« Monika ging zur Tür.

Als Walde ebenfalls aufstand, bat Stiermann ihn, noch Platz zu behalten.

»Ihr Ermittlungseifer in allen Ehren.« Stiermann hatte den üblichen präsidialen Ton in der Stimme. »Das ist im Moment sicher auch im Hinblick auf die gesteigerte Aufmerksamkeit der Öffentlichkeit erforderlich. Aber ich schlage vor, dass Sie und Ihre Kollegen, wenn dieser Fall abgeschlossen ist, sich baldmöglichst wieder anderen, vielleicht in ihren Augen weit unspektakuläreren Aufgaben zuwenden.«

»Was meinen Sie damit konkret?«

»Ich kann und werde nicht ins Detail gehen, aber wenn Sie unsere Gesamtstatistik ansehen: Wir haben eine Quote von 12.000 Delikten im Jahr auf 100.000 Einwohner. Stellen Sie sich das mal vor!« Stiermanns Betroffenheit klang echt. »Und da sollte sich kein Mitarbeiter zu schade sein, auch mal in die Niederungen kleinerer Ermittlungen hinabzusteigen.«

»Und konkret?« Walde sah aus dem Fenster über die mannshohe Mauer auf der anderen Straßenseite, hinter der im Garten eines Altenheims ein junger Mann, wahrscheinlich ein Zivildienstleistender, eine alte Frau im Rollstuhl schob.

»Seit Wochen verzeichnen wir eine Einbruchsserie in Schulen und Kindergärten, wo jeweils nur vierzig bis sechzig Euro geklaut, aber dafür Türen eingetreten werden, Wasserflaschen in Kopierer und Rechner geleert und Schäden, die in die Zehntausende gehen, angerichtet werden. Stand von Montag: achtzehn Einbrüche in Schulen und elf in Kindergärten. Jetzt denken Sie sicher, was hat das mit meinem Dezernat zu tun? Ich bitte Sie, denken Sie an die Kinder, die morgens ihre heile Welt zerstört sehen, es verkraften müssen, dass an ihrem Urvertrauen gerüttelt wird.« Stiermann schüttelte den Kopf. »Ich kann ja noch verstehen, wenn die Geld zum Kiffen brauchen oder zum Saufen. Entschuldigung, so ist es doch. Aber dieser unsägliche Vandalismus treibt mich noch in den Wahnsinn.«

»Ich werde sehen, was ich machen kann«, sagte Walde.

»KHK Meyer würde sich sicher über Unterstützung freuen. Da wären dreißig und mehr Straftaten auf einen Schlag aufzuklären. Bei der jetzigen Statistik kommt jeder Bürger rein rechnerisch alle zehn Jahre mit einer Straftat in Berührung.«

»Man kann sich aber die eine oder andere Berührung mit einer Straftat auch ersparen«, seufzte Walde.

»Wie meinen Sie das?«

»Indem man nicht bei jeder Kleinigkeit den Nachbarn wegen Lärmbelästigung anzeigt, weil da gefeiert oder im Garten gelacht oder Musik gehört wird.«

»Ja, ja, davon hab' ich schon gehört.«

»Wie?«

»Das tut jetzt nichts zur Sache.« Stiermann erhob sich. »Denken Sie ruhig mal drüber nach, was ich Ihnen gesagt habe.«

Vor der Pressekonferenz hatte Walde zu Hause sein Sweatshirt gegen ein Hemd getauscht und ein Sakko angezogen.

Auf den beiden Tischen im vorderen Teil der Kantine wiesen Namensschilder die Plätze von Polizeipräsident Stiermann, Oberstaatsanwalt Roth, Monika als Polizeisprecherin und Walde aus. Davor gab es mehrere Stuhlreihen, auf denen die meisten Plätze schon besetzt waren. Dahinter waren Kameras auf hohen Stativen aufgebaut. Walde blieb in der Tür stehen, um nicht allein vor die Presse treten zu müssen. Als Monika zusammen mit dem Polizeipräsidenten und dem Oberstaatsanwalt zu einer Seitentür hereinkam, beeilte sich Walde, seinen Platz zu erreichen. Dabei stolperte er über den Wust aus Kabeln, die zu den Mikrofonen auf den Tischen führten.

Die Pressekonferenz wurde weitestgehend von Monika bestritten, die routiniert, als würde sie mehrmals in der Woche einer gierigen Pressemeute den Rachen stopfen, ihre letztlich nichtssagenden Informationen über den Stand der Ermittlungen verkündete. Stiermann und Roth kamen erst zu Wort, als die Presse im Anschluss Fragen stellen durfte. Dabei vergaßen die Fotografen von Minute zu Minute ihre Zurückhaltung und kreisten die beiden Tische immer weiter ein. Den zum dritten Mal wiederholten Spruch ‚Wir ermitteln in alle Richtungen' des Polizeipräsidenten im Ohr, schlüpfte Walde durch den Belagerungsring, um den Raum durch die Tür zu verlassen, hinter der ihn Gabi erwartete. Sie wollten die Gelegenheit nutzen, da die Presse anderweitig beschäftigt war, um unbemerkt zum Hotel von Marion Tiefenbach zu gelangen. Gabi ging wortlos in Richtung des Ausgangs zum Hof voraus.

»Herr Hauptkommissar?«, ein schlanker Mann mittlerer Größe zupfte Walde am Ärmel.

»Tendieren Sie nun zu der Unfalltheorie oder steckt für Sie Fremdverschulden dahinter?« Ohne ihm direkt den Weg zu versperren, schaffte es der Mann, dass Walde stehen blieb. Wenige Meter weiter öffnete Gabi die Tür zum Hof, worauf ein kräftiger Luftzug durch den schmalen Flur wehte.

»Ich vermute, es gibt einige Leute, denen der Tod von René Tiefenbach nicht ungelegen kommt.«

»Danke«, rief ihm der Mann nach, als Walde seiner Kollegin zwischen den geparkten Wagen hindurch zur Schranke folgte.

»Er hat damals im Kirchenchor gesungen, und er hat geboxt. Er war der schönste Mann der Stadt. Ich war so verliebt in ihn.« Marion Tiefenbach reichte ein Foto zum Sofa, auf dem Gabi und Walde saßen. Auf dem Tisch standen drei Tassen mit Kaffee, eine Warmhaltekanne und eine Platte mit Törtchen.

Walde sah auf dem Foto etwa zwei Dutzend junger Frauen in recht schrägem Outfit, die sich um einen haarigen Hippie scharten.

»Ich bin die links neben Rainer, also René. Das war auf einer der Abiturfeiern. Ich glaube, ich war eine Woche lang bekifft und blau.«

»Wann war das?«, fragte Gabi.

»1972.«

»Und seitdem waren Sie zusammen?«

»Nein, Rainer hat sich damals nicht dauerhaft für ein kleines Mädchen wie mich interessiert. Er war zweiundzwanzig, ich achtzehn. Wir haben zusammen Sprachen gelernt und waren zwei Monate liiert.«

»Wie kommt es, dass Sie zusammen Abitur gemacht haben?«

»Er war zwei- oder dreimal hängen geblieben, er hat sich nur für Sport und Musik interessiert, ist wegen Raufereien fast von der Schule geflogen. Unsere Direktorin hat ihm eine letzte Chance gegeben. Sie hat ganz früh sein Talent erkannt. Er hat in einem Gottesdienst, den sie besucht hat, ein Solo gesungen.«

»Und warum sind Sie damals nicht zusammen geblieben?«, fragte Gabi. »Falls ich Ihnen mit der Frage nicht zu nahe trete.«

»Er musste in die Welt hinaus, um zu lernen und Karriere zu machen. Ich war damals noch nicht flügge.«

»Und wann sind Sie wieder zusammengekommen?«

»Beim fünfundzwanzigsten Abitreffen.«

»Wie bitte?«

»Er war frisch geschieden.« Sie lächelte. »Ja, ich habe ihn auch gebraucht genommen.« Sie ließ sich das Foto zurückgeben. »Das ist nun auch wieder fast zehn Jahre her, von denen die meisten sehr gut waren. Bis auf das letzte.«

Gabi und Walde schwiegen.

»Rainer hat die Drogen nicht dazu benutzt, um vor der Realität zu fliehen«, fuhr sie fort. »Ganz im Gegenteil: Er wollte die Realität verstärken, wollte noch mehr Inspiration. Das war natürlich gar nicht nötig. Er hat sich verführen lassen.«

»Von wem?« Die Frage rutschte Gabi heraus. Sie spürte, dass es keiner Frage bedurfte. Marion Tiefenbach wollte erzählen. Das war nicht ungewöhnlich für Menschen in solchen Situationen.

»Rainer hat Gorzinsky bei einer Fotoausstellung in München kennen gelernt. Dann hat er sich von Andreas fotografieren lassen. Irgendwie hat es der Mann mit seinen ganzen kaputten Drogen- und Entzugsgeschichten geschafft, Rainer zu imponieren oder sein Mitleid zu erregen oder beides.« Sie rührte nochmal ihren Kaffee um, ohne zu trinken.

Walde erinnerte sich an das Briefchen im Papierkorb von Gorzinskys Zimmer, das er liegen gelassen hatte.

»Und dann hat auch Rainer Drogen genommen. Ich habe irgendwann eine Veränderung an ihm bemerkt, aber erst keinen Zusammenhang hergestellt. Ich hatte doch keine Ahnung und habe Rainer vertraut. Ich hätte das nie für möglich gehalten.« Wieder rührte sie in ihrem Kaffee. »Greifen Sie doch bitte zu!« Sie wies auf die Törtchen, von denen sich Walde nun ein drittes nahm. Ein Telefon klingelte, es schien sich um das Handy von Frau Tiefenbach zu handeln. Es klingelte etliche Male. Sie reagierte nicht.

»Das Kokain hat auch seinen Charakter verändert. Ich hätte nie gedacht, dass ein so guter Mensch wie Rainer sich so verändern könnte. Die Droge hat ihn kaputt gemacht. Fast so kaputt wie Andreas, diese Ratte.«

Ohne den Kopf zu drehen, spürte Walde, wie Gabi ihn triumphierend anschaute.

»Der Verfall hat nicht mal ein halbes Jahr gedauert. Mal war er gut drauf, dann wieder down. Früher war er immer lieb zu mir, weil es auch seine zweite Ehe war, und die ist, erfahrungsgemäß, oft besser als die erste, aber dann gab es viel Streit …«

»Und wie hat es sich später zwischen Ihnen beiden entwickelt?«, fragte Gabi.

»Wir hatten wieder unser altes Glück gefunden …« Sie nahm sich ein Taschentuch aus einer Spenderbox und wischte sich die Tränen ab. »Er sagte, ich gäbe ihm Sicherheit, bewahre ihn vor der Einsamkeit fremder Hotelzimmer und möglicherweise vor einem Rückfall. Deshalb bin ich mit hierher gekommen. Früher habe ich mit einem kleinen

Digitalrekorder alle seine Auftritte aufgezeichnet.«

»Aber bei der Premiere waren Sie nicht dabei«, sagte Walde.

»Der Druck war zu groß. Ich hätte das nicht ausgehalten und bin im Hotel geblieben.«

»Allein?«

Sie nickte.

»Entschuldigen Sie, ich muss Sie das fragen. Kann jemand bezeugen, dass Sie zwischen dreiundzwanzig und vierundzwanzig Uhr hier im Hotel waren?«

»Nein, ich war allein. Wobei, ich habe mir was vom Zimmerservice bringen lassen.«

»Wann war das?«

»Das kann ich nicht mehr genau sagen. Aber es war spät. Vielleicht eine halbe Stunde, bevor der Anruf aus dem Amphitheater kam …«

Grabbe rollte seinen Stuhl vom Schreibtisch zurück, als Gabi und Walde ins Büro kamen. Seine linke Hand klemmte in einem aufgeschlagenen Ordner, in der rechten hielt er einen Textmarker.

»Hattest du etwa die Füße hochgelegt?«, fragte Gabi.

Grabbe ignorierte ihre Frage. »Ich hab' mal die Münchner Ermittlungsakten quergelesen. Da sind einzelne Aussagen von zehn Seiten und mehr dabei, manche Typen haben geredet wie ein Wasserfall.« Grabbe tippte mit dem Textmarker auf einen der vielen Papierstöße auf seinem Tisch. »Das sind an die zwanzig Leute, die sich zum Teil auch gegenseitig in die Pfanne gehauen haben. Und Tiefenbach war eine Art Kronzeuge. Wahrscheinlich gab es einen Deal mit der

Staatsanwaltschaft. Er sollte als Erster vor Gericht kommen. Prozessbeginn wäre Ende der Woche gewesen.«

»Nur wenige Tage nach der letzten Vorstellung in Trier«, sagte Walde. »Dann hätte er nach einem gelungenen Comeback mit gestärktem Selbstbewusstsein vor Gericht auftreten können.«

»Möglich«, sagte Grabbe und nahm das oberste Blatt von einem anderen Stapel. »Hier sind alle Namen der Leute aufgelistet, gegen die Tiefenbach ausgesagt hat. Ich habe die Namen mit den Kartenreservierungen für die Antikenfestspiele abgeglichen.« Grabbe verstummte und schaute auf seine Hände.

Gabi tippte ungeduldig mit den Fingerspitzen auf den Tisch. »Und?«

»Bingo.« Grabbe lächelte. »Kurt Ferdinand Orthauser, als Beruf steht hier Komponist, ein ganz bunter Hund aus der Münchner Schickeria, stammt aus einem Immobilienclan. Er hat in den USA studiert und dort ein Jahr als Sanyasin in einem Ashram bei Bhagwan höchstpersönlich in Oregon verbracht. Der alte Orthauser hat ihn zurückgeholt und wohl mit Geld gelockt. Dann hat der Junior die Kurve gekriegt und als Komponist und Dirigent ...«

»Moment mal, das ist doch der von der Luxemburger Staatskapelle, also der Gastdirigent bei den Antikenfestspielen«, Gabi zog ein Heft aus ihren Unterlagen und blätterte es durch.

»Er gehörte zu Tiefenbachs Münchner Kokserclique«, fuhr Grabbe fort. »Sein Prozess ist genau eine Woche nach der Verhandlung gegen Tiefenbach terminiert, der ihn verpfiffen hat.«

»Hier hab' ich's. Kurt Ferdinand Orthauser, Gastdirigent der Luxemburger Staatskapelle.« Gabi tippte auf die Seite im Programmheft, von der sie vorgelesen hatte. »Warum sollte er Karten reservieren? Der kriegt doch sicher ein Kontingent Freikarten.«

»Das erklärt auch, warum er die Kartenreservierung storniert hat.« Grabbe wies auf eine gelb markierte Zeile.

»Gute Arbeit«, sagte Walde. »Kannst du rauskriegen, wo er wohnt?«

»Er wird wahrscheinlich in einem Hotel in Luxemburg wohnen. Übrigens hab' ich ein paar Artikel ausgedruckt, die sich mit dem Partylöwen Orthauser beschäftigen.« Grabbe übergab Walde zusammengetackerte Blätter.

»Hat die KT was Neues?«

»Keine Ahnung, Sattler ist gerade im Amphitheater.«

»Okay, dann fahren Gabi und ich mal da hin«, sagte Walde. »Bei der Gelegenheit können wir mit Tiefenbachs Kollegen und Orthauser reden.«

Auf dem Parkplatz des Präsidiums ging Gabi zu ihrem Wagen. Walde folgte ihr.

»Haben wir keinen Dienstwagen?«, fragte er, als Gabi per Fernbedienung ihren Roadster aufschloss.

»Ich möchte später gleich nach Hause. Du kannst aber auch …«

»Ist schon gut.« Walde stieg ein und versuchte vergeblich, den Sitz weiter zurückzuschieben, während sich das Verdeck knapp über seinem Kopf nach hinten öffnete. Die Sonne blendete und gleichzeitig zerzauste der Wind seine Haare. Gabi nahm die Sonnenbrille vom Innenspiegel. Er hielt sich eine Hand über die Augen und war über eine herannahende größere Wolke erleichtert. Gabi ließ das Verdeck des Wagens offen, als sie ihn neben dem Amphitheater abstellte.

Vor dem Tor standen brennende Kerzen vor einem gerahmten und mit einem Trauerflor versehenen Bild René Tiefenbachs. Darüber steckten kleine und größere Blumensträuße zwischen den Metallgittern. Ein Fotograf kniete wie zum Gebet nieder und hielt seine Kamera mit ausgestreckten Armen über das Pflaster, um die Szenerie aus der Froschperspektive festzuhalten.

Eine kräftige Windböe wirbelte den Staub vom Weg auf, der in die Arena führte. Besucher hatten heute keinen Zutritt. Nur Akteure der Antikenfestspiele und Polizisten durften an dem bärtigen Mann am Kassenhäuschen vorbei. Die Musik war erst zu hören, als sie die Arena erreichten und die Bühne in ihr Blickfeld rückte. Vor der Bühne nahmen Musiker die gesamte Breite ein. Ihre sommerliche Freizeitkleidung irritierte Walde, der ein Orchester nur mit feierlicher Garderobe verband. Viele trugen Hüte als Sonnenschutz, manche hatten sich Handtücher über den Kopf gelegt. Selbst der Dirigent trug einen hellen Strohhut, der so gar nicht zu der schwermütig klingenden Musik passte.

Walde blieb stehen und lauschte den Frauen, die auf der Bühne hingebungsvoll sangen und dabei kein Problem hatten, ihre Stimmen gegen die hundert Musiker des Orchesters zu Gehör zu bringen.

Es war heiß. Ich hätte etwas Leichteres anziehen sollen, dachte Walde. Schweiß lief ihm über die Schläfen. Er entdeckte Kehlheim, der auf einem Platz in den unteren Reihen der Zuschauertribüne saß. Er hatte den Kopf in die Hand gestützt und die Augen geschlossen.

Wieder trieb ein Windstoß eine Staubwolke durch das Rund des römischen Theaters. Hier und da wurden Notenblätter festgehalten.

Der Dirigent hob beide Arme. Die Musik brach ab. Walde sah, dass er keinen Taktstock benutzte. War das nur in den Proben so oder benutzte er auch keinen bei der Aufführung?, fragte sich Walde. Kehlheim schritt zur Bühne. Er nickte dem Dirigenten und den Musikern zu, die bereits ihre Instrumente in die Koffer packten. Auf dem Klavier erklangen ein paar Akkorde, dann fiel eine weibliche Stimme ein.

»Herr Kommissar?« Walde wurde am Ärmel seines Hemdes berührt. »Ich muss Sie dringend sprechen!«, sprach ihn ein Mann mit nach hinten gekämmtem dunklem Haar an. Unter der Unterlippe trug er ein Bartviereck, es sah aus, als sei Chaplins Bärtchen unter den Mund gerutscht. »Mein Name ist Dr. Hans-Peter Muth.«

»Was gibt es?«, fragte Walde, dem Menschen suspekt waren, die sich mit akademischem Titel vorstellten.

»Ich geh' schon mal vor.« Gabi trabte weiter Richtung Bühne.

»Es geht um die Ausgrabungen, die unter meiner wissenschaftlichen Leitung stehen«, fuhr der Mann fort. »Ich habe bereits Ihre Kollegen von der Kriminaltechnik über das Desaster in Kenntnis gesetzt.« Er schien nach Luft zu schnappen. Auf dem hellen T-Shirt des Mannes stand *SOMMERCAMP AUGUSTA TREVERORUM*. Denglisch war Walde schon hinreichend bekannt. Der Polizeipräsident hatte dafür eine Vorliebe. Hier kam auch noch Latein hinzu. Er überlegte, wie diese Kombination genannt werden könnte.

»Von welchem Desaster sprechen Sie?«

»Es ist mir unerklärlich, wie Sie dazu gekommen sind, Grabungsergebnisse an die Presse weiterzugeben. Dazu hatten Sie absolut kein Recht!«

»Ich verstehe nicht, was Sie meinen?«

»Seit wann veröffentlicht die Polizei archäologische Grabungsergebnisse, die noch überhaupt nicht dokumentiert sind, und lockt damit womöglich Raubgräber aus aller Welt an. Eigentlich müsste das Grabungsgelände unter Polizeischutz gestellt werden, damit nicht noch mehr Schaden angerichtet wird.«

»Falls Sie sich über meine Arbeit beschweren wollen, wenden Sie sich am besten an die Staatsanwaltschaft oder den Polizeipräsidenten.«

»Das werde ich tun.« Der Archäologe atmete hörbar ein, wobei sich seine Nasenflügel weiteten. »Wann können wir endlich versuchen zu retten, was noch zu retten ist? Meine Studenten harren hier schon den ganzen Tag aus.« Er wies zu den Bäumen oberhalb der Ränge, in deren Schatten sich etwa zehn junge Leute zwischen Wasserflaschen, Spaten und Werkzeugkisten niedergelassen hatten. Auf ihren T-Shirts prangte ebenfalls das Logo des Sommercamps. Ladenglisch. »Wann können wir endlich weitermachen?«

»Hören Sie, ich verstehe ja Ihr Anliegen. Aber immerhin ist hier jemand umgekommen. Und da muss eben gründlich ermittelt werden. Ich werde mit den Technikern sprechen.« Walde schaute zur Bühne, wo sich Gabi im Gespräch mit Kehlheim und den Darstellern befand.

»Von den Funden ist leider noch nichts gesichert worden, sie sind größtenteils sehr fragil, nicht einmal die genaue Lage ist dokumentiert, wir mussten ja bereits wegen der Proben zu *Elektra* abbrechen. Herr Kehlheim konnte das Kratzen der Spaten nicht ertragen.« Er rollte mit den Augen.

»Wie gesagt, nach dem Gespräch mit der Kriminaltechnik weiß ich mehr.« Walde nickte dem Archäologen zu und drängte sich zwischen den zum Ausgang strebenden Musikern hindurch an der Bühne vorbei. An einem Gerüst lehnten große Koffer mit Kontrabässen. Davor standen zwei rauchende Musiker, die skeptisch zu den dunklen Wolken am Himmel blickten.

Die Absperrung mit dem Schild ‚*Zutritt polizeilich untersagt*' befand sich inzwischen vor dem Bogen des Tunnels. Hinter dem Ausgang blieb Walde vor einem hüfthohen Absperrgitter stehen und blickte nach unten in den Graben, der wieder bis zu den Rändern mit schwarzer Folie bedeckt war. Er ging in die Richtung, aus der er die Stimmen hörte. Unter dem provisorischen Holzdach packten zwei Kriminaltechniker ihre Koffer, während Gerd Sattler und Dr. Hoffmann sich über eine Kunststoffkiste beugten. Walde sah, dass die Kiste Knochen enthielt.

»Das wird Dr. Muth vermutlich gar nicht freuen.« Sattler schmunzelte. »Aber dieser Archäologe«, er betonte das Wort auf der ersten Silbe, »würde gut daran tun, den Mund zu halten, egal, was für einen sensationellen Gladiatorenfriedhof er hier freigelegt haben will. Die gesamte Grube hätte abgestützt werden müssen, das ist wirklich lebensgefährlich. Und der Regen hat auch nicht unbedingt dazu beigetragen, das Gelände stabiler zu machen.«

Hoffmann hob einen größeren Knochen aus der Kiste, begutachtete ihn kurz und legte ihn wieder zurück.

»Hallo«, grüßte Walde. »Und was sagen Sie dazu?«

»Was soll ich dazu sagen?« Der Gerichtsmediziner wies auf die Kiste. »Der Kram gehört nun absolut nicht zu meinem Fachgebiet.«

»Die Knochen sind womöglich zweitausend Jahre alt.« Sattler schob die heruntergerutschte Brille mit dem breiten Steg aus dunklem Horn nach oben.

»Die Historie finde ich persönlich absolut spannend, so was sieht man ja nicht alle Tage, aber ich bin nicht imstande, mich dazu fachlich dezidiert zu äußern.« Hoffmann zuckte mit den Schultern.

»Ist es zum Beispiel möglich, dass diese Verletzung hier durch einen Schwerthieb zustande kam?« Sattler nahm den obersten Knochen und zeigte auf eine Einkerbung.

»Schon möglich, aber warum fragen Sie mich das?«

»Sie sind doch der Spezialist!«

»Aber nicht für so altes Zeug, was Sie da in Händen halten. Ich bin zudem Humanmediziner, und dieser Knochen stammt nicht von einem Menschen. Ich tippe mal auf ein Pferd oder einen Esel.«

»Wie bitte? Aber Muth sagte doch, das hier wäre ein Gladiatorenfriedhof! Was haben da Pferdeknochen zu suchen?«

»Keine Ahnung. Möglicherweise wurde das arme Tier bei Kämpfen in Mitleidenschaft gezogen.« Hoffmann streifte sich die Handschuhe ab. »Fragen Sie doch diesen Ausgräber, den Herrn Wut …«

»Muth«, korrigierte ihn Sattler. »Der wird uns wohl keine große Hilfe sein, der hat uns schon die Knochen verflucht, weil wir seine Funde angeblich nicht pfleglich genug behandelt haben.«

»Ist wohl total auf Knochen fixiert.« Hoffmann schmunzelte.

»Ein beinharter Knochen.« Sattler grinste.

»Dann werde ich meine müden Knochen mal nach Hause bewegen.« Hoffmann bückte sich und kletterte unter der Überdachung hervor.

»Ich hätte noch eine knochentrockene Frage: Können wir Schluss machen?«, wandte sich Sattler an Walde. »Wir sind fertig. Wir haben Faserspuren gefunden, Abdrücke von

Schuhen gesichert, von wem auch immer der Kram stammt, und ich habe die Kameraposition, aus der Gorzinsky die Fotos des Opfers gemacht hat.« Er zeigte auf die andere Seite des Grabens. »Er hat da drüben gestanden. Falls er früh genug da war, könnte er von da aus auch den Täter fotografiert haben, der womöglich hinter Tiefenbach aus dem Tunnel kam.« Sattler packte die Kiste mit den Knochen und wendete sich zum Gehen. »Von mir aus kann Muth hier wieder weiterbuddeln. Sag' dem Archäologen aber auch, dass er die Wände abstützen muss.«

Im Tunnel hörte Walde, wie die Klavierbegleitung abbrach und eine Sängerin allein noch ein paar Takte weitersang, als habe sie den Schluss verpasst. Muth stand rauchend an das Gitter am Tunnelausgang gelehnt. *AUF GLADIATORS SPUREN* stand auf dem Rücken seines T-Shirts.

»Wo waren Sie eigentlich am Samstagabend?« Walde registrierte, wie der Archäologe zusammenzuckte.

»Mit einer guten Flasche Moselriesling in meinem Wohnmobil.«

»Allein?«

Muth nickte.

»Der Tatort ist wieder freigegeben.« Walde ging an Muth vorbei. »Herr Sattler überlässt Ihnen die Knochen.«

»Ja, was ist mit ...?« Der Rest von dem, was Muth ihm nachrief, ging in der aufheulenden Motorbremse eines Reisebusses unter, der nebenan die Straße hinunter fuhr. Zwei Frauen huschten über die Bühne. Sie hielten ihre Röcke mit beiden Händen gerafft.

»Darf ich Sie eine Minute sprechen?« Ein junger Mann hatte auf der steil ansteigenden Wiese gesessen und stand nun auf, als Walde näherkam.

»Um was geht es denn?«

»Um Dr. Muth, ich denke, Sie sollten wissen, dass er gegen mich gewalttätig geworden ist.«

»Kann ich bitte Ihren Namen erfahren und in welcher Beziehung Sie zu Herrn Dr. Muth stehen.« Walde nahm sein kleines Notizbuch heraus.

»Rolf Wunsch.« Der Mann trug ein verwaschenes blaues T-Shirt über einer knielangen Kakihose. »Ich gehörte zum Sommercamp.«

»Was ist passiert?«

»Er ist handgreiflich geworden.«

»Aha.« Walde bemerkte, dass es dunkler geworden war. Er blickte nach oben. Eine tief hängende dunkelgraue Wolke berührte fast den Gipfel des Weinbergs oberhalb des Amphitheaters.

»Es war kurz vor einer schweren tätlichen Auseinandersetzung.«

»Um was ging es?«

»Das spielt doch keine Rolle, der kann doch nicht einfach handgreiflich werden.«

»Trotzdem würde ich gerne den Grund der Auseinandersetzung wissen«, blieb Walde hartnäckig.

»Der Geilheimer hat meine Freundin angemacht. Meine Ex. Das ist vorbei. Wer sich mit so einem Arschloch einlässt, ist für mich gestorben.«

»Und warum erzählen Sie mir das?«

»Damit Sie wissen, mit was für einem Mistkerl Sie es zu tun haben.«

»Wo bleibst du denn?« Gabi erwartete Walde am Fuß der Treppe zur Arena.

»Sattler ist mit der Untersuchung fertig«, berichtete Walde. »Hoffmann war da. Weißt du, was er zu den Knochen sagt, auf denen Tiefenbach gelandet ist?«

»Du wirst es mir sicher gleich sagen. Ich muss weg, bevor das da losgeht.« Sie zeigte zum Himmel, der sich bedrohlich dunkel bewölkt hatte. »Ich hab' dir ja vorhin schon gesagt, dass ich noch was vorhabe.«

Ein Kleinbus fuhr mit knirschenden Rädern durch den feinen Kies. Kehlheim saß neben dem Fahrer. Die beiden Sitzreihen im Fond waren ebenfalls besetzt.

»Mist, waren das nicht Kehlheim und Orthauser?«, fragte Gabi. »Wo wollen die denn hin?«

»Hast du Orthauser nicht gesagt, dass ich mit ihm reden möchte?«

»Wie denn, der hat doch dirigiert?«

An der Bühne erfuhr Gabi, dass der Regisseur und einige Darsteller sich vom Fahrdienst ins Theater bringen ließen, um dort im Trockenen weiterzuproben.

Als sie vom Parkplatz auf die Straße Richtung Innenstadt einbogen, kamen ihnen die meisten Pkw mit eingeschaltetem Licht entgegen. Es konnte nicht mehr lange dauern, bis es regnen würde.

»Willst du nicht das Verdeck schließen?«, fragte Walde.

»Hab ich schon versucht, es funktioniert nicht.«

»Was?«

»Wenn der Motor auf Touren ist, klappt es bestimmt«, sagte Gabi.

Walde nahm die Kladde mit Grabbes Recherchematerial zur Hand. Als Erstes erblickte er eine Seite aus einer Münchner Gazette mit der Homestory über Kurt Ferdinand Orthauser. Ein Bild zeigte den Dirigenten, wie er, ganz in

Orange gekleidet und mit einer Mala um den Hals, an einem weißen Flügel spielte.

»Orthauser hat in den USA Philosophie, Betriebswirtschaftslehre und Musik studiert«, sagte Walde.

»Interessante Kombination. Man weiß ja in jungen Jahren nie so recht, ob man Musiker, Hippie oder Investmentbanker werden will.«

»Er soll ein Jahr lang als Sanyasin in einem Ashram in Oregon gelebt haben.«

»Das sagte Grabbe bereits.« Gabi wirkte am Steuer, im Unterschied zu sonst, ein wenig angespannt.

»Was gab's bei dir?«, fragte Walde.

»Überraschend nette Leute und gar nicht arrogant. Die Hertha Bergmann, die *Elektra*, schien von Tiefenbachs Tod sehr mitgenommen zu sein. Sie und die andere, die Klytämnestra, haben am Samstagabend nichts Ungewöhnliches bemerkt.«

»Und sonst?«

»Also ich habe noch mit ein paar anderen Darstellern und dem Regisseur gesprochen.« Sie zwinkerte Walde zu. »Der hat schon ganz eifersüchtig geguckt, als ich mit Markus gesprochen habe, den wollte ich nicht enttäuschen.«

»Markus?«

»Der hatte am Samstag eine andere Rolle und muss heute Abend René Tiefenbach ersetzen, ein reines Nervenbündel.«

»Sollten wir ihn im Auge behalten?«

»Er sieht nicht schlecht aus.«

»Ich meine«, Walde atmete tief durch, »durch Tiefenbachs Tod eröffnen sich ihm doch ungeahnte Chancen.«

»Nee, das glaube ich nun nicht, dass er für zwei Auftritte einen Mord begangen hat. Die beiden sollen sich auch gut verstanden haben. Was man von Tiefenbach und dem Archäologen nicht sagen kann.« Sie schob sich die Sonnenbrille ins Haar. »Übrigens sagte Markus, Tiefenbach habe sich mit dem Archäologen, diesem …«

»Muth«, ergänzte Walde.

»Genau, mit diesem Muth habe er sich angelegt.«

»Wie? Ich dachte Kehlheim und Muth …« Ein dicker Tropfen zerplatzte auf Waldes Stirn, während der Wagen an einer roten Ampel zum Halten kam.

»Nein, Tiefenbach.« Gabi beugte sich nach vorn und fummelte neben der Lenksäule herum. Sie lehnte sich wieder zurück und schlug mit der rechten Hand auf das Armaturenbrett. »Mist, es funktioniert immer noch nicht! Zwischen den Proben soll er dem Muth auf die römischen Funde gepinkelt haben.«

»René Tiefenbach?«, fragte Walde.

»Genau, und anschließend hat er sich an den Schürfgeräuschen der Grabenden gestört, die sonst niemand auf der Bühne hören konnte.«

»Und deshalb mussten die Leute vom Sommercamp ihre Grabungen unterbrechen? Übrigens hat einer von denen mich vorhin angesprochen. Muth soll gegen ihn handgreiflich geworden sein, hat ihn aber nicht geschlagen.« Weitere Tropfen platschten auf Waldes Kopf. »Sollen wir es mal manuell versuchen?«

»Ich hab' die Betriebsanleitung nicht dabei. Die hab' ich mal abends mit in die Wohnung genommen, um sie in Ruhe zu lesen.«

»Ist es das erste Mal, dass die Elektrik versagt hat?«, fragte Walde.

»Das ist schon über ein halbes Jahr her.«

»Aber im Winter hattest du das Verdeck auch nicht so häufig offen.« Walde überlegte. »Lass' mich raten, seitdem liegt die Betriebsanleitung in deiner Wohnung.«

Der Regen ließ die Tinte auf dem Blatt verlaufen. Walde faltete es zusammen und öffnete das Handschuhfach. Drinnen lag zwischen einem Straßenatlas und einem Stadtplan von Amsterdam ein Schal, den er herauszog.

»Wann warst du denn in Amsterdam? Möchtest du den umbinden?« Er reichte ihr den Schal.

Sie langte zielsicher hinter sich, zog eine Plastiktüte hervor und drückte sie ihm in die Hand. Der Regen wurde stärker. Gabi schaltete die Scheibenwischer an. Während der Fahrt hielt die Windschutzscheibe den meisten Regen ab. Vor der Ampel in der Kaiserstraße staute sich der Verkehr soweit zurück, dass sie mindestens zwei Grünphasen brauchen würden, um weiterzukommen.

»Nicht zu fassen, du weißt nicht, wie man das Verdeck von Hand schließt?« Walde stülpte sich die Plastiktüte über den Kopf, während Gabi sich vor der roten Ampel das Kopftuch umband und die Heizung auf volle Touren stellte.

»Wenigstens bleiben die Sitze trocken.«

Ein gelber VW Beatle zog hupend auf der linken Spur an ihnen vorbei, die Insassen winkten ihnen zu. Auf dem Alleenring herrschte Feierabendverkehr. Neben Walde wurde eine Scheibe auf der Fahrerseite heruntergelassen. Ein Handy kam zum Vorschein.

»Fotografiert der etwa?«, rief Walde und wischte sich mit der Hand über den Nasenrücken.

»Schämst du dich?«

Er antwortete nicht.

»In solchen Situationen siehst du die Einstellung unserer Mitbürger … die sind von Neid zerfressen.« Sie schaute grimmig zu dem Wagen hinüber, worauf dort die Scheibe wieder hochsauste.

»Dieser Muth haust in einem Wohnmobil, das er nachts im Amphitheater parkt, manchmal auch am Landesmuseum, und für einige seiner Studenten soll er so was wie ein Guru sein«, sagte Gabi. »Hin und wieder soll er den hübschesten die Gunst erweisen, beim Meister übernachten zu dürfen.«

Sie erreichten die Hindenburgstraße. Gabi bog hinter dem Humboldt-Gymnasium ab und hielt unter der Überdachung vor dem Eingang des Theaters, stieg aus, riss sich das triefend nasse Kopftuch herunter und trat gegen den Hinterreifen des Wagens. Dann öffnete sie den Kofferraum und beugte sich hinein.

»Da steckt irgendwo ein Hebel hinter der Verkleidung.«

Walde verließ ebenfalls den Wagen und schüttelte die Plastiktüte aus. Sein Hemd klebte ihm auf der Haut wie letzten Samstag nach dem Waldlauf im Gewitter. Er verkniff es sich, darauf hinzuweisen, dass sie hier nicht stehen durfte. Ein paar Meter weiter durchpflügten Autos im Schritttempo, die Scheibenwischer rackerten auf höchster Stufe, das sich auf der Straße sammelnde Wasser.

»Scheiß Hydraulik!« Gabi zog ein dunkles Kunststoffteil ab, das empfindlich ächzte. »Den muss ich nach rechts oder links um 180 Grad drehen, wenn ich ihn … da ist er ja.«

Sie kam wieder hervor und wuchtete mit Schwung das Verdeck nach vorn.

»Ich komm' schon klar! Du kannst gerne los«, rief Gabi. Ein Schwall Wasser ergoss sich über Waldes Schuhe.

»Bis morgen!« Sie stieg ein, wendete den Wagen und brauste winkend davon.

An den Glastüren zum Theaterfoyer hingen Plakate von Aufführungen der gerade abgelaufenen Saison sowie der Antikenfestspiele. Von einem blickte ihn René Tiefenbach mit ergriffener Miene an.

Die erste Glastür zum Foyer des Theaters war verschlossen. Walde versuchte es bei den drei anderen. Vergeblich. Das hätte er sich denken können. Die Spielzeit war vorbei. Es half nichts. Er spurtete die gut hundert Meter durch den Regen zur anderen Seite des Gebäudes, wo er unter dem kleinen Vordach vor dem Bühnen- und Personaleingang durchschnaufte. Jetzt war er vollkommen nass. Auch hier war die Eingangstür verschlossen.

Vom Vordach fiel ein dichter Regenvorhang. Gebückt lief Walde unter dem Dachvorstand am Gebäude entlang. Er gelangte zu den Rosten über den großen Fenstern der Proberäume im Keller. Im zweiten Fenster brannte Licht. Walde spähte in den Raum, offensichtlich wurde gerade geprobt.

Auf dem dunklen Parkett standen sich eine Frau und ein Mann gegenüber, bei dem es sich wohl um Markus, die Zweitbesetzung des Orest, handelte. Klar, dachte Walde, so schnell kann es gehen. Gestern noch die zweite Geige in Wartestellung und heute vorn an der Bühne. Da ist sicher noch einiges zu proben bis alles sitzt. Und Tiefenbach zu ersetzen war eine Aufgabe, die er wohl kaum erfüllen konnte. Während sich Kehlheim dahinter mit verschränkten Armen auf einem Stuhl fläzte und Johanna Jilsa lächelnd an der Wand lehnte, sang der Mann mit dramatischer Mimik. Walde sah nur die Bewegungen des Mundes. Das Prasseln des Regens und die dicke Scheibe des Fensters ließen keinen Ton zu ihm nach draußen dringen. Der Sänger zeigte hoch in Waldes Richtung. Doch er schien ihn nicht zu sehen und wandte sich wieder seiner Partnerin zu, bei der es sich, wenn Walde die Szene richtig deutete, um *Elektra* handelte. Markus brach ab. Er drehte sich zu Kehlheim, der, nach vorn gebeugt, eine Anweisung gab.

Das gab Walde die Gelegenheit, fest gegen die Scheibe zu klopfen. Drinnen schien ihn niemand zu hören. Er pochte fester.

Kehlheim schaute unwirsch nach oben. Es dauerte eine Weile, bis er Walde erkannte und ihm mit Handzeichen zu verstehen gab, dass er hinaufkäme. Walde ging zum Bühneneingang zurück. Mittlerweile hatte er keinen trockenen Faden mehr am Leib. Er würde sich eine Erkältung einfangen, dachte er. Das fehlte gerade noch.

»Heute hat sich wohl alles gegen uns verschworen«, sagte Kehlheim, als er nach einigen Versuchen endlich die Tür aufgeschlossen bekam. »Erst das Gewitter, und dann folgt …«

»Die Heimsuchung durch die Kriminalpolizei«, ergänzte Walde und zupfte sich das klatschnasse Hemd von der Haut. »Ich wollte eigentlich Herrn Orthauser sprechen.«

»Der ist nicht hier.«

»War er nicht vorhin mit Ihnen zusammen im Bus?«

Kehlheim fuhr mit der flachen Hand über ein Plakat, das neben dem durch eine Glasscheibe abgetrennten Raum des Pförtners hing. »Doch, aber wir haben ihn an der Basilika abgesetzt. Das ist unsere Ausweichstätte, wohin wir heute notgedrungen die Aufführung verlegen müssen. Aber Sie sind ja klatschnass!« Der Intendant schien dies erst jetzt zu bemerken. »Ich würde Ihnen ja gerne einen heißen Kaffee anbieten, aber wir sind hier auf uns selbst gestellt.«

»Danke.«

»Aber kommen Sie doch mit, wir finden vielleicht was Trockenes für Sie.«

»Nicht nötig, machen Sie sich keine Umstände.« Während er das sagte, folgte er Kehlheim, der durch den langen Flur an seinem Büro vorbeieilte, mit Schwung eine Türklinke herunterdrückte und abrupt gebremst wurde.

»So sollte es auch sein.« Kehlheim lächelte, während er es eine Tür weiter versuchte. Sie war nicht abgeschlossen.

In dem kleinen Raum dominierten zwei auf Holzböcke gelagerte Arbeitsplatten mit jeweils einer Nähmaschine darauf.

Der Intendant trat zu einem Kleiderständer, warf einen prüfenden Blick auf Walde und schob die auf Bügeln hängenden Teile auseinander.

»Da hätten wir was.« Er zog ein hellblaues Hemd mit Rüschen heraus. »Nein, doch nicht.« Kaum hatte er es zurückgehängt, hielt er Walde ein helles, naturfarbenes Leinenhemd hin und grantelte: »Was Besseres haben wir leider nicht. Aber immerhin trocken.«

Die Größe schien in Ordnung. Walde schälte sich aus seinem Hemd, während der Intendant die dünnen Lederschnüre am Halsausschnitt lockerte.

Erst als Walde das Leinenhemd übergezogen hatte, bemerkte er die trompetenförmigen Ärmel.

»Absolut zeitlos«, kommentierte Kehlheim.

»Danke.« Walde nickte dem Intendanten zu. »Ich bringe es Ihnen sobald wie möglich zurück.« Er krempelte die Ärmel hoch.

»Der Bus müsste wieder zurück sein. Ich lasse Sie vom Fahrdienst zur Basilika bringen«, sagte Kehlheim.

*

Der Regen hatte nachgelassen, auf den Straßen war es ruhig. Der Fahrer sprach während der Fahrt kein Wort. Allerdings schien er sich gut auszukennen, denn er fuhr am Ende der Weberbach durch eine Seitenstraße über einen kleinen Parkplatz bis zum Kiosk gegenüber dem Eingang der Basilika und ersparte Walde damit den weiteren Weg über den Vorplatz, der sich nach den heftigen Regen in eine Seenplatte verwandelt hatte. Als er die Stufen hinunterging, sah er, wie zwei Skater, die von den Arkaden eine Rampe hinuntersausten, eine Gischtspur hinter sich herzogen.

Neben der automatischen Drehtür standen die Seitenflügel offen. Ein Mann bugsierte eine riesige, mit Metallbeschlägen verstärkte Rollkiste durch die Tür.

Der Anblick des gewaltigen Innenraums der Basilika mit der hohen Kassettendecke und den zwei riesigen Fensterreihen überwältigte Walde immer wieder aufs Neue. Der rechteckige Raum, heute eine evangelische Kirche, hatte zu Zeiten der Römer als Thronsaal gedient. *Kaiser Konstantin* hatte sich die Raumwirkung dergestalt zunutze gemacht, dass sich jeder Besucher umso kleiner fühlen musste, je weiter er in den Raum hineinschritt. Alles schien in diesem Saal einen Klang zu erzeugen, der sich über den Steinfußboden und die unverputzten Wände aus Millionen übereinander geschichteter flacher Ziegel fortsetzte und in einem gewaltigen Nachhall vereinigte.

Die Bühne lag auf der gegenüberliegenden Seite des weiten Innenraums. Hinter den Kirchenbänken waren einfache Holzstühle aufgestellt worden. In der Nähe der Bühne, über der ein großes goldenes Kreuz hing, wurden schwere Kisten geschleppt, Kabel verlegt, Stühle gerückt und Scheinwerfer an Masten befestigt.

Walde gelangte unbehelligt durch den Raum. Direkt vor der Bühne wurden schwarze, übereinander gestapelte Stühle für das Orchester von Sackkarren gehoben und mit den Sitzflächen zum Dirigentenpult hin ausgerichtet. Ein Mann mit schulterlangen, von grauen Strähnen durchzogenen blonden Haaren bewegte sich zwischen den Reihen hindurch und hakte beim Abzählen mit dem ausgestreckten Zeigefinger seiner rechten Hand jeden einzelnen Stuhl ab. Er trug ein weißes Hemd und eine weiße Fliege.

»Herr Orthauser?« Walde folgte ihm zwischen die Stuhlreihen.

»Einen Moment.« Der Mann ging weiter und rief dann einem der Helfer zu, der die Stühle entlud. »Hier fehlen noch zwei, sonst müssen die Kontrabässe stehen. Und denkt daran, dass da noch Platz bleibt für die Trommeln!«

»Kann ich Sie einen Augenblick sprechen?« Walde suchte die Taschen seiner Hose ab, wobei ihm dämmerte, dass die Dienstmarke noch in der Brusttasche seines nassen Hemdes steckte. »Mein Name ist Bock von der Trierer Kriminalpolizei, sind Sie Kurt Ferdinand Orthauser?«

Der Mann musterte Waldes Hemd. »Ja, aber im Moment ist es schlecht.«

»Ich werde es kurz machen.«

»Wie Sie sehen, bin ich bei der Arbeit.«

»Ich auch.« Walde legte das nasse Hemd über eine Stuhllehne. Etwas fiel aus der Brusttasche. Während er sich bückte und seine Dienstmarke aufhob, wurde ein Mischpult mit einer Vielzahl von Drehknöpfen und Kontrollanzeigen vorbeigetragen.

»In zwei Stunden beginnt die Aufführung.«

Walde konnte sich nicht vorstellen, dass hier in zwei Stunden tausend Leute einer Oper lauschen sollten. »Wo sind Ihre Musiker?«

»Zum Essen.« Orthauser beobachtete, wie die Notenhalter aufgestellt wurden. »Das ganze Orchester ist viel zu weit auseinander gezogen. Das sind gut und gerne dreißig Meter. Da lässt sich kein transparenter Orchesterklang mehr erzielen, und die erste Reihe der Zuschauer sitzt praktisch an meinen Frackschößen. Wer da hockt, hat Pech gehabt.« Er grinste. »Wenigstens können die ihr Geld nicht zurückverlangen. Da ist heute die B-Prominenz vertreten, von denen musste aber auch keiner was für seine Karten bezahlen. Die A-Prominenz war bei der Premiere.«

Walde folgte seinem Blick zum dicht von Stühlen umringten Dirigentenpult. Neben ihnen stand ein Helfer mit zwei Notenständern.

»Nur zu!«, forderte Orthauser den Mann auf und wandte sich wieder Walde zu. »Lassen Sie uns nach hinten gehen.«

Ihre Schritte hallten über den Steinfußboden, als sie zum Taufbecken neben dem Portal gingen.

»Ich muss heute Abend noch lange genug stehen.« Orthauser setzte sich auf eine der mit dünnen Kissen bedeckten Steinbänke, die um das Taufbecken angeordnet waren.

Walde setzte sich neben ihn. Orthausers Gesichtshaut war großporig und wirkte aufgedunsen. Unter den kleinen Augen hingen schlaffe Tränensäcke. Er schien unter akutem Schlafmangel zu leiden.

»Für wen hatten Sie die Karte bestellt?«, fragte Walde.

»Welche Karte?«

»Eine Eintrittskarte für die Premiere von *Elektra*.«

Der Dirigent bog ein Ende seiner Fliege nach unten. »Das

weiß ich nicht mehr, ich wurde andauernd gefragt. Und dann habe ich ein großzügiges Kontingent erhalten. Es ist unglaublich, wie viele Leute gratis in die Vorstellung kommen. Je vermögender sie sind, umso einfacher scheint es zu sein, an Freikarten heranzukommen.«

»Es war nur eine einzige Karte«, blieb Walde hartnäckig.

»Nur eine? Auch das ist mir entfallen. Vielleicht erinnere ich mich ja wieder, ich rufe Sie dann an. Haben Sie eine Visitenkarte?«

Eine junge Frau kam zur Eingangstür herein. Sie trug ein Schminkarsenal aus Pinsel, Puder, Lippenstiften, Wimperntusche, Rouge und Lidschatten wie einen Bauchladen vor sich her. Sie hatte einen graubraunen Schal am Hals geknotet und von dort über den Kopf geschlungen. Hinter ihrem Kopf quollen ungebändigte lange, brünette Locken aus dem Schal. In ihrer ärmellosen Fellweste wirkte sie wie eine Höhlenbewohnerin aus Urzeiten.

»Wir werden gleich noch eine Klangprobe machen«, sagte Orthauser. »Hier in der Basilika haben wir eine ganz besondere Akustik. Meine Hundertschaft soll die Sänger noch zur Entfaltung kommen lassen. Sie können sich nicht vorstellen, was es für mich bedeutet, mit Hertha Bergmann und Johanna Jilsa zusammenarbeiten zu dürfen.«

»Und mit Tiefenbach«, ergänzte Walde.

»Mensch, die sind doch nur für das Amphitheater! Hier wird uns garantiert kein Windstoß die Blätter von den Pulten wehen.« Die Worte galten einem Mann, der mit einem Korb Wäscheklammern zur Tür hereingekommen war und augenblicklich wieder kehrtmachte.

»René war wirklich großartig, aber in Markus steckt auch eine Menge Potenzial.«

Mit Markus meinte der Dirigent wahrscheinlich den Sänger, den Walde vorhin bei der Probe im Theater gesehen hatte.

»Ich kann mir denken, weswegen Sie mich sprechen wollen«, kam Orthauser Walde zuvor. »Sicher haben Sie schon bei Ihren Kollegen in München nachgefragt.«

»Die berichteten …«

»Dass mich Tiefenbach in diese unangenehme Geschichte hineinziehen wollte.« Mit Daumen und Zeigefinger zog Orthauser ein langes Haar aus dem Kissen, auf dem er saß. »Das ist jetzt wirklich der denkbar ungünstigste Augenblick für dieses unerquickliche Thema.« Er seufzte. »So wie ich die Kunst von Privatem trenne, sah ich in René Tiefenbach auf der einen Seite den genialen Künstler und auf der anderen Seite den Menschen mit all seinen Schwächen.« Er seufzte erneut. »Schon möglich, dass auch ich manchmal ein wenig über die Stränge geschlagen habe.«

»Den Erwerb und Konsum von mehreren hundert Gramm Kokain nennen Sie ein wenig über die Stränge schlagen?«

»Das wurde von der Klatschpresse total aufgebauscht.«

»Ich zitiere aus den Akten.«

»Ich möchte nichts Schlechtes über einen Toten sagen, aber René hatte immer schon einen leichten Hang zur Übertreibung. Eine gewisse Theatralik gehörte zu seinem Beruf, das nehme ich ihm nicht übel.«

»Das wird das Gericht zu beurteilen haben.«

»Kann sein, dass René sich eine Strafmilderung von belastenden Aussagen versprochen hat, obwohl es eine Kronzeugenregelung bei uns in Deutschland gar nicht gibt.«

»Wo waren Sie am Samstagabend zwischen 23 und 24 Uhr?«

»Auf der Bühne und dann im Zelt.«

»Ununterbrochen? Mussten Sie nicht mal zwischendurch raus?«

»Nicht, dass ich wüsste.«

*

Als Walde zur Wohnungstür hereinkam, duftete es nach Essen. Was es war, konnte er nicht erraten. In Annikas Zimmer wurde eine Schublade zugeknallt. Ihr Kopf erschien in der Tür. »Endlich!«

Er ging zu ihr, bückte sich und umarmte sie.

»Bist du schon bettfein?«

Annika nickte.

»Auch schon die Zähne geputzt?«

Sie nickte wieder.

»Sagst du Mama noch gute Nacht?«

Während sie barfuß und leichtfüßig ins Wohnzimmer lief, lockerte Walde auf dem Weg zum Schlafzimmer die Lederriemchen am Halsausschnitt und streifte sich das Hemd über den Kopf. Er schnappte sich ein T-Shirt, hängte das nasse Hemd ins Bad und begrüßte kurz Doris.

Annika lag schon im Bett, neben sich für ihren Vater genügend Platz lassend. Das Buch ‚*Kannst du nicht schlafen, kleiner Bär?*' lag aufgeschlagen vor ihr. Als Walde sich neben sie legte, griff er nach dem Buch.

»Aber ich lese doch heute!« Sie klammerte ihre kleinen Hände um den Einband.

»Ach so!« Walde schob sich ein Kissen in den Nacken,

machte es sich so bequem wie möglich und lauschte. Die ersten Sätze las er noch mit. Sie hatte die Geschichte bereits so oft gehört, dass sie sich Wort für Wort eingeprägt hatte. Nach und nach ließ der einlullende Tonfall seiner Tochter ihn die Augen schließen und sich vorstellen, wie der Bärenvater immer wieder sein Buch zur Seite legte und aus seinem gemütlichen Sessel aufstand, um eine weitere Lampe zum Bett des Bärenkindes zu bringen.

Dem Ploppen des zuschlagenden Buches folgte ein Schmatzer auf seine Wange. Er öffnete die Augen. Annika hatte das Licht gelöscht. An der Decke strahlten die fluoreszierenden Sterne wie in einer mondlosen Nacht. Er drehte den Kopf zur Seite und schaute in die ganz nahen Augen seiner Tochter.

»Du hast ganz toll gelesen.« Er setzte sich seufzend auf. Am liebsten wäre er liegen geblieben. »Schlaf' gut und träum' was Schönes.«

»Aber nicht lange.«

»Warum, hast du noch was vor?«

»Ich muss doch in die Nachtschule«, entrüstete sie sich.

»Stimmt. Das hätte ich fast vergessen.« Walde schwang seine Beine aus dem Bett. »Wie kommst du eigentlich dahin?«

»Mit meinem Freund.«

»Darf ich den mal kennen lernen?«

»Den kannst du nicht sehen.«

»Warum?«

»Der ist …«

»Unsichtbar?« fragte er.

Sie nickte.

»Dann viel Spaß.« Er ging aus dem Zimmer, ließ wie immer die Tür angelehnt und das Licht in der Diele brennen.

*

Auf dem Herd in der Küche stand ein großer Topf. Walde hob neugierig den Deckel, schloss die Augen und sog den Duft in die Nase: Gemüsesuppe.

»Sie ist noch warm.« Doris kam herein. »Frisch vom Markt. Den Rest friere ich ein.«

»Falls ich was übrig lasse.« Walde schöpfte sich einen Teller voll und balancierte ihn zum Tisch.

In Annikas Hochstuhl saß ein Stoffbär mit fleckigem Lätzchen und verschmierter Schnauze.

»Annika hat geübt, ihr Brüderchen zu füttern.« Doris stellte ein Körbchen mit geschnittenem Baguette neben Waldes Teller.

»Tiefenbach scheint tief in den Drogensumpf abgerutscht gewesen zu sein. Und anschließend hat er die halbe Münchner Schickeria verpfiffen.«

»So eine Art Kronzeuge?«, fragte Doris.

»Manchmal macht die Staatsanwaltschaft einen Deal, um Zeit oder Geld zu sparen oder um in geschlossene Zirkel einzudringen, was weiß ich. Jedenfalls sind zwei aus der Münchner Koksclique zurzeit in Trier, der Gastdirigent Orthauser und der Paparazzo Gorzinsky.«

»Und was ist mit Tiefenbachs Frau?«, fragte Doris.

»Sie hat angedeutet, dass es nicht immer so einfach war mit ihrem Mann. Der Prozess gegen Orthauser sollte eine Woche nach dem gegen Tiefenbach beginnen. Ein verurteilter Tiefenbach wäre gezwungen gewesen, auszusagen. Wäre der Prozess geplatzt, hätte er die Aussage mit der Begründung verweigern können, sich nicht selbst belasten zu wollen.«

»Vielleicht wollte man Tiefenbach nur verletzen, um damit seinen Prozess platzen zu lassen«, sagte Doris. »Hört sich nach einer Frauensache an.«

»Wie? Das verstehe ich jetzt nicht.«

»Frauen vergiften ihre Männer oder stoßen sie vom Balkon.« Sie schmunzelte. »Das gilt aber erst ab dem dritten Stock. Die Grube war ja nicht ganz so tief. Schmeckt's?«

Walde ließ den Löffel sinken und wischte sich mit dem Handrücken über den Mund. »Zumindest wurde sein Tod billigend in Kauf genommen. Es gibt aber auch noch eine dritte Theorie. Man wollte Tiefenbach demonstrieren, was er zu erwarten hätte, wenn er vor Gericht den Kronzeugen spielte.«

Doris nahm sich ein Stück Brot aus dem Körbchen. »Orthauser kann's gewesen sein.«

»Oder es war Gorzinsky oder Tiefenbachs Frau oder der Intendant. Auf dessen Stelle hatte sich Tiefenbach beworben. Die sollen gar nicht miteinander gekonnt haben. Oder es war jemand ganz anderes, den wir noch nicht auf dem Schirm haben.« Walde tupfte mit Brot den Rest Suppe aus dem Teller. »Und dann gibt es noch diesen Dr. Muth, der den angeblichen Gladiatorenfriedhof entdeckt hat. Der soll mit Tiefenbach aneinandergeraten sein. Was meinst du?«

Doris stützte den Kopf auf die rechte Hand, schloss die Augen. So blieb sie eine Weile sitzen. Dann lehnte sie sich im Stuhl zurück. »Ich möchte mich nicht festlegen. Das wäre unprofessionell, wenn du nur noch in eine Richtung ermitteln würdest. Im Fernsehen ist das egal, aber die Realität erfordert ein wenig mehr Ernsthaftigkeit, sonst läuft womöglich eine Mörderin frei herum.«

»Eine Mörderin?«

»Hätte ich Mörder gesagt, würdest du auch nicht gleich alle Frauen ausschließen.«

Dienstag

»Sieh mal!« Beim Frühstück schob Doris ihm die Lokalzeitung rüber. Sie titelte: AUS GRÄBERFELD WURDE MINENFELD. Ein Bild, das wahrscheinlich von der sonntäglichen Pressekonferenz stammte, zeigte die von den Planen befreite Grabungsstelle. Walde überflog den Artikel. Archäologische Sensation ... Gladiatorenfriedhof ... Polizei verhindert Dokumentation ... Darunter folgte ein einspaltiges Foto, das Walde bei der Pressekonferenz im Präsidium zeigte. Er konnte sich nicht daran erinnern, gelächelt zu haben, aber auf dem Foto tat er es.

»Ich denke, es gibt einige Leute, denen der Tod von Tiefenbach nicht ungelegen kommt«, bezog Kriminalhauptkommissar Waldemar Bock Stellung.

»Du siehst gut aus.« Doris beugte sich zu ihm hinüber, wobei ein Klecks Marmelade von ihrem Brötchen knapp neben der Zeitung landete. »Und schick angezogen bist du auch.«

Es war kühler geworden. In seinem Büro schloss Walde das Fenster, das er über Nacht hatte auf Kippe stehen lassen. Während er die aufgekrempelten Ärmel seines Hemdes herunterrollte, klingelte sein Telefon.

»Können Sie bitte mal kurz zu mir herüberkommen?« Stiermanns Stimme klang zu freundlich. Das war verdächtig.

Auf dem ziemlich vollen Schreibtisch des Polizeipräsidenten lag die Lokalzeitung obenauf. Stiermann thronte bereits abwartend hinter dem Papierstapel. Der Umstand, dass das Gespräch nicht in der Sitzecke stattfand, signalisierte Walde, dass Stiermann keineswegs einen dialogischen Austausch im Sinn hatte. Ganz Vorgesetzter legte der auch gleich los: »Das habe ich gar nicht mitbekommen.« Stiermanns Finger landete auf Waldes Bild im Titelartikel. »Ich kann mich nicht entsinnen, dass Sie auf der Pressekonferenz eine persönliche Bewertung abgegeben haben.«

»Da haben Sie recht!«

»Und wie kommt die Presse dann hierzu?« Er tippte auf den Text unter Waldes Foto.

»Auf dem Flur hat mich jemand im Vorbeigehen angesprochen«, sagte Walde.

»Dass Tiefenbachs Tod einigen Leuten nicht ungelegen kommt, das haben Sie wirklich genau so gesagt?«

»Ob genau so, weiß ich nicht, aber sinngemäß stimmt es.«

»Da haben wir eine sehr fähige Polizeisprecherin, und Oberstaatsanwalt Roth und ich waren ebenfalls anwesend.« Stiermann scharrte mit den Füßen über das Parkett. »Wir geben uns die größte Mühe, dass der Fall nicht zu hoch gehängt wird, und dann zerstören Sie mit einem unbedachten Satz unsere gesamten Bemühungen.«

»Dieser Satz war nicht unbedacht und enthält genau meine Einschätzung. Welche Schlüsse daraus gezogen werden, darauf habe ich keinen Einfluss.«

»Aber Sie sehen doch, was die Presse daraus gemacht hat. Sogar die örtliche kann sich diesem Hype nicht entziehen. Das muss jemand von der *dpa* gewesen sein, der Sie da auf dem Gang abgepasst hat.«

Walde zuckte mit den Schultern.

»Wie kommen Sie dazu, hinter meinem Rücken ...« Stiermann rang nach Luft. »Das war total unprofessionell.« Er knallte die Hand auf die Zeitung. »Wenn Sie den Fall bald abgeschlossen haben ...«

»Ich habe dem Journalisten meine ...«

»Jetzt geht es lediglich um Schadensbegrenzung! Und das heißt konkret: Lösen Sie den Fall so schnell wie möglich! Und anschließend würde ich es gutheißen, wenn Sie Ihre geschätzten Fähigkeiten zugegeben auch weit unspektakuläreren Problemen wie der Serie von Einbrüchen in Kindergärten widmen könnten.« Stiermann stieß sich mit beiden Händen von seinem Schreibtisch ab und rollte mit dem Stuhl nach hinten. »Und diesem Grabungsleiter, diesem Dr. Muth, werde ich mal die Bauaufsicht vorbeischicken, das ist doch lebensgefährlich, was der da veranstaltet«, Stiermann hackte mit dem Zeigefinger auf die Zeitung. »Und bei der Verwaltung *Burgen, Schlösser, Altertümer* kenne ich auch jemanden, mal hören, ob die Grabungen überhaupt in diesem Umfang genehmigt sind.« Stiermann tippte eine Nummer ins Telefon, woraufhin sich die Dame aus seinem Vorzimmer meldete.

»Wie war's?«, fragte Gabi, als Walde in ihr Büro kam. Sie stand, mit einem Kaffeebecher in der Hand, neben Grabbes

Schreibtisch und schaute auf dessen Monitor.

»Wir sollen bei der Aufklärung von Kindergarteneinbrüchen helfen.«

»Wie bitte?«

»Das scheint Stiermann wichtiger zu sein, als …«

»Spinnt der jetzt total?« Gabi schüttelte den Kopf und fragte dann: »Hast du gestern Abend was bei Orthauser rausgekriegt?«

»Er will zur Tatzeit im Zelt gewesen sein.«

»Ich sehe mal, was ich über ihn herauskriege beziehungsweise ob es dafür Zeugen gibt.« Grabbe drehte sich zu Walde um. »Ein Journalist hat heute kurz vor acht angerufen.«

»Von der *dpa*?«, Walde verzog das Gesicht.

»Nein, vom Trierischen Volksfreund, Dieter Sacher.«

»Ach so.« Walde war noch nicht dazu gekommen, sich mit dem Journalisten in Verbindung zu setzen. Sacher hatte sich kurz vor Tiefenbachs Tod mit ihm im Zelt unterhalten und war wahrscheinlich der Letzte, der mit ihm gesprochen hatte.

»Danke, am besten fahre ich gleich mal beim TV vorbei.«

Das Verlagsgebäude der Zeitung lag in einem Industriegebiet. Walde parkte auf einem der Besucherparkplätze neben der großen Steinskulptur eines bebrillten Zeitungslesers. Im ersten Stock stand die Tür zu Sachers Büro offen. Hinter dem Schreibtisch blickte ein freundlich lächelnder Mann von der Tastatur auf.

»Nur noch einen Satz! Nehmen Sie Platz.«

Walde ließ die Tür offen und setzte sich an den Besuchertisch. Kurz darauf kam Sacher für seine Leibesfülle mit erstaunlich behänden Bewegungen zu ihm herüber und streckte ihm eine Hand zur Begrüßung entgegen. Er setzte sich ihm gegenüber.

»Ich vermute mal, Sie wollten auch Kontakt zu mir aufnehmen, deshalb habe ich angerufen. Nicht, dass ich etwas Spektakuläres zu berichten hätte.« Sacher stützte sich wie ein Barrenturner mit beiden Händen auf den Lehnen des Stuhls ab.

»Ja, das stimmt, ich hätte es auch heute versucht, allerdings bin ich meistens erst gegen halb neun im Büro. Ich dachte, Zeitungsredakteure würden auch eher später zur Arbeit kommen.«

»Seit ich meine Kinder zur Schule bringe, bin ich hier meistens der Erste und habe ein, zwei relativ ungestörte Stunden.« Sacher grinste.

»Sie haben René Tiefenbach wahrscheinlich als Letzter am Samstagabend gesprochen.«

»Er war bester Stimmung, falls Sie das wissen möchten.« Der Journalist blickte Walde ernst in die Augen. »Er ist gegen halb zwölf aus dem Zelt gegangen. Soviel ich weiß, wollte er zur Toilette.«

»Und die anderen, die Honoratioren, sind die geblieben? Ich denke mal an Kehlheim und Orthauser.«

»Das weiß ich nicht so genau. Dann ging ja auch gleich das Gewitter los. Ich glaube, die sind auch raus, wenigstens Orthauser.«

»Und Kehlheim?«

»Ich glaube, der auch. Aber da bin ich mir nicht ganz sicher. Ein paar Minuten später bin ich nach Hause gefahren und habe erst am nächsten Morgen erfahren, was passiert ist.«

»Haben Sie Tiefenbach näher gekannt?«, fragte Walde.

»Ich habe ihn mal für ein Interview zu Hause besucht. Wir haben uns einen ganzen Nachmittag unterhalten. Anschließend bin ich von ihm und seiner Frau zum Abendessen eingeladen worden. Das war insgesamt ein sehr angenehmes Erlebnis.«

»Sie sind selbst Opernfreund?«

»Das ist meine Obsession, und ich bin glücklich, dass ich die hier in der Zeitung, ich will nicht sagen ausleben, aber doch hin und wieder einbringen kann.«

»Im Kulturleben der Stadt kennen Sie sich sicher bestens aus.«

»Ja, schon ein wenig, was Musik und Theater angeht. Bei den bildenden Künsten muss ich passen.«

»Es wird behauptet, die Antikenfestspiele gäbe es ohne Sie schon längst nicht mehr.«

»Das schmeichelt mir, aber ich weiß, wo mein Platz ist. Ich bin nur Beobachter und kommentiere, was vorgeht.«

»Ich kann mir vorstellen, dass längst nicht alles in der Zeitung landet, was Sie in Erfahrung bringen.«

»Jedenfalls hat unsere Zeitung sich auch nicht diesem Kesseltreiben gegen Tiefenbach angeschlossen. Als Tiefenbach mit Koks erwischt wurde, haben sich auf einmal alle Medien für ihn interessiert, nicht nur die für die Opernwelt und Feuilletons zuständigen, sogar der *Bild* war er eine Titelzeile wert, als ginge es um den zukünftigen Fußballbundestrainer.«

Eine junge Frau stand in der Tür, sah Walde und sagte leise in Sachers Richtung: »Ich komme nachher noch mal rein.«

»Ich habe Ihnen noch gar nichts angeboten. Möchten Sie einen Kaffee?«, wandte sich Sacher wieder Walde zu.

Walde schüttelte den Kopf.

»Mir kommt schon das ein oder andere zu Ohren«, fuhr Sacher lächelnd fort. »Ich kann mir denken, dass Sie die Vorgänge um die Bewerbung Tiefenbachs als Intendant interessieren. Franz Kehlheims Vertrag läuft aus. Und er steht in dem Ruf, sich nicht gerade beliebt zu machen. Was er auf die Beine gestellt hat, kann sich durchaus sehen lassen. Dennoch, bei allen rühmlichen Fähigkeiten gehören Diplomatie und Kompromissbereitschaft, ‚soft skills', wie man so schön sagt, nicht gerade zu seinem Kompetenzspektrum.«

»Und Tiefenbach war ein ernsthafter Konkurrent?«

»Tiefenbach kannte sich aus und war geschätzt, sicher hätte er auch große Namen nach Trier bringen ...« Ein Telefon klingelte.

Als der Journalist nicht reagierte, nahm Walde sein Mobiltelefon heraus.

»Schöne Scheiße, stell' dir vor, Gorzinsky ist tot«, sagte Gabi.

»Wo habt Ihr ihn gefunden?« Den Bruchteil einer Sekunde sah Walde den Graben im Amphitheater vor sich.

»In seinem Zimmer, in der *Pension Maas*.«

»Ich komme gleich da hin.« Als Walde auflegte, hatte er den Gesprächsfaden verloren. Während er Sacher anschaute, versuchte er, seine Gedanken wenigstens für einen Moment wieder auf das Gespräch zu lenken.

»Ich habe zuletzt gesagt, dass Tiefenbach auch andere Stars hätte hierher bringen können«, half ihm der Journalist.

»Hätte Tiefenbach den Job als künstlerischer Leiter oder Intendant angenommen?«

»Auf keinen Fall. Als Bariton hatte er noch ein paar gute Jahre vor sich. Und ich wage zu behaupten, dass er den Zenit seiner Karriere noch nicht überschritten hatte. Für einen

Job in der Provinz war es für ihn ganz sicher noch zu früh.«

»Ich muss leider los,« sagte Walde, während er sich erhob. »Ich wundere mich, dass die Ermittlungen gegen Tiefenbach kein Problem für die Bewerbung waren, gerade in einer Stadt wie Trier.«

»Geht mir ähnlich.«

*

Auf der Straße vor der *Pension Maas* stand ein Krankenwagen mit eingeschalteten Warnleuchten. Vom Treppenhaus warf Walde im ersten Stock beim Vorbeigehen einen Blick in die Rezeption, wo ein Mann hinter der Theke telefonierte.

Oben im Flur roch es stark nach Zigarettenrauch. Wahrscheinlich war das die Etage mit den letzten Raucherzimmern. Das Schild ‚*Bitte nicht stören*!' hing noch außen an der Tür mit der Nummer 9. Daneben stand der mit Putzmitteln und Wäsche bestückte Servicewagen des Zimmermädchens. Dahinter stieg Rauch auf. Ein Handy klingelte. Walde blieb stehen.

»Ja?«, klang Gabis vertraute Stimme aus dem Flur.

»...«

»Gorzinsky, ein Paparazzo aus München ...«

»...«

»Ja, genau der.«

»...«

»Keine Ahnung.«

»...«

»Ich bin noch unterwegs.«

»...«

»Sobald ich Näheres weiß, melde ich mich.«

»Wer war dran?«, fragte Walde, als Gabi das Gespräch beendet hatte.

»Stiermann«, antwortete Gabi und nahm einen Aschenbecher vom Servicewagen.

»Und du bist also noch unterwegs?«

Walde betrat das Zimmer. Neben der Tür stand Grabbe im weißen Schutzoverall und mit blauen Schuhüberzügen und inspizierte den hinteren Teil des Zimmers. Als er Walde hereinkommen sah, schlug er verschämt die Augen nieder. Die Tür ließ sich durch die Koffer der Kriminaltechnik nicht weiter öffnen. Noch während sich Walde über die Rot-Kreuz-Aufkleber darauf wunderte, hörte er eine fremde Stimme unwirsch sagen: »Das ist mir schon lange nicht mehr untergekommen.« Drei Männer knieten auf dem braunen Teppichboden vor der Tür zum Bad. Ihre weiten orangeroten Jacken mit den hell reflektierenden Streifen ließen lediglich den Blick auf die nackten Füße und die dünnen Unterschenkel der Person zu, die auf dem Boden lag. Was war denn hier los? Walde ging näher heran. Gorzinsky lag reglos auf dem Rücken, das Gesicht leichenblass, der leicht offen stehende Mund gab den Blick auf den beschadigten Schneidezahn frei. Unter dem Kopf hatte sich eine Blutlache verfestigt und pappte nun mit den Haaren zusammen. Gorzinsky trug dunkle Retroshorts. Oberhalb des rechten Fußes wand sich das Tattoo einer Schlange mit einem ausgeprägten gelbroten Schuppenmuster über den bleichen Waden bis zum Knie. Unter dem zu kurzen blauen T-Shirt war eine kleine Tätowierung in der Leistengegend zu sehen.

»Am Handrücken ist nichts zu machen.« Der Notarzt versuchte, eine Vene in der Armbeuge zu treffen.

Gorzinsky zuckte nicht einmal, als der Arzt die Nadel erneut einstach.

»Das erinnert mich an Zürich.« Der Arzt strich mit der Hand über die Venen auf der Innenseite des Unterarms des Verletzten. Walde betrachtete die vernarbten Stellen. Es sah aus, als befänden sich statt Venen unregelmäßig geflochtene dünne Seile unter der Haut.

»Da gab es einen berüchtigten Park.« Dr. Hoffmanns Stimme kam aus dem kleinen Bad, von wo er beobachtete, wie Gorzinsky notversorgt wurde.

»Platzspitz«, ergänzte sein Kollege am Boden. »Das Schweizer Amsterdam. Da hatte ich so manchen Patienten, an dem es kaum mehr eine Stelle für einen venösen Zugang gab.«

Ein Sanitäter nahm etwas aus einem der Koffer, die Walde der Kriminaltechnik zugeordnet hatte. Der Arzt legte eine Infusion, zog eine Spritze auf und drückte sie in den Zugang zur Vene.

»Ihr könnt die Trage holen«, forderte er die Sanitäter auf.

Während sein Kollege mit einer kleinen Lampe in die Augen des Verletzten leuchtete und ihm dann eine Halskrause anlegte, hielt der Pathologe die Infusionsflasche.

Nachdem die beiden Sanitäter, begleitet vom Notarzt, den Bewusstlosen aus dem Zimmer getragen hatten, wandte sich Walde an den Pathologen Dr. Hoffmann: »Wird er durchkommen?«

»Entschuldigen Sie, dass ich mir diese Frage auf der Zunge zergehen lasse.« Hoffmann schien trotz des Fehlalarms bestens gelaunt. »Wenn ich das heute Abend meiner Frau erzähle, wird sie es nicht glauben.« Er lachte und wiederholte Waldes Frage: »Wird er durchkommen? Unglaublich.« Dann schaute er Walde an, der geduldig wartete. »Ich denke schon. Den Blutverlust wird er verkraften. Wenn auch mein Interesse sich eigentlich auf das Postmortale beschränkt, so würden mich dennoch die Blutwerte des Herrn interessieren. Und ich bin hier geblieben, falls ...«

»Falls Gorzinsky den Löffel abgegeben hätte?«, fragte Gabi, die ins Zimmer gekommen war.

»Ja, vielleicht, schließlich war ich noch nie dabei, wenn einer meiner Patienten gestorben ist.« Hoffmann nahm sein Diktiergerät aus der linken Jackentasche und steckte es auf der anderen Seite ein.

»Vielleicht befleißigt sich der Kollege, beim nächsten Mal vorher nachzusehen, ob ...«

»Ich habe gar nicht soweit gedacht«, sagte Grabbe so leise, dass Walde ihn kaum verstand. »Ich hab' mich darauf verlassen, was das Zimmermädchen gesagt hat.«

»Seit wann stellt ein Zimmermädchen den Totenschein aus?«, ereiferte sich Gabi.

»Dafür wurde Dr. Hoffmann ja gerufen.«

»Rufen wir jetzt im Notfall gleich den Pathologen?«

»Die Umstände ließen für mich die Lage eindeutig erscheinen.« Grabbe wurde noch kleinlauter.

»Dumm gelaufen«, sagte Hoffmann in mildem Ton.

»Jeder blamiert sich, so gut er kann.« Gabis Bemerkung hätte nach Waldes Ansicht nun wirklich nicht mehr sein müssen. Ich muss mal mit ihr reden, dachte er, während er auf den Schrank und die Schreibkommode schaute. »Warum stehen eigentlich alle Schranktüren und Schubladen auf? Das soll sich die KT nachher mal genauer ansehen.«

»Ich habe das Gefühl, dass alle Speichermedien und der

Laptop fehlen.« Grabbes Stimme klang immer noch zaghaft.

»Wie kann man so was fühlen?«, fragte Gabi.

»Also«, Grabbe seufzte. »Ich hab nachgesehen …«

»Während der arme Kerl«, Gabi zeigte auf die Blutlache in der Tür zum Bad, »da gelegen hat.«

»Da wusste ich ja noch nicht, dass Gorzinsky nicht tot, also … Und da hab' ich mich halt ein bisschen umgeschaut. Dr. Hoffmann war noch nicht da.«

»Jetzt ist aber mal Schluss!«, sagte Walde in energischem Ton zu Gabi.

»Hast du die Schubladen und Schranktüren aufgelassen?« wendete Walde sich an Grabbe.

»Nee, die waren schon offen, als ich reingekommen bin. Und das Zimmermädchen hat bestimmt nicht alle Schränke geöffnet, nachdem sie Gorzinsky entdeckt hat.«

Walde machte einen großen Schritt über die Blutlache ins Bad. Die blauen Badezimmerfliesen verströmten den Charme der 60er Jahre. Neben der Duschkabine war die Decke von Schimmel dunkel gefärbt.

»Gibt es einen Verdacht, was Gorzinsky zugestoßen sein könnte?« Die Fliesen verliehen Waldes Stimme einen leichten Hall.

Hoffmann trat hinzu und wies auf eine Stelle des Türrahmens. »Ich vermute mal, sein Kopf hatte an dieser Stelle einen sehr unsanften Zusammenstoß.«

»Das kann doch kein Unfall gewesen sein.«

Ein Stockwerk tiefer saß ein korpulenter rotgesichtiger Mann hinter einem Thekenverschlag aus braun-roten Brettern.

»Herr Maas, das ist mein Kollege, Kriminalhauptkommissar Waldemar Bock.«

Der Pensionsbetreiber erhob sich und reichte Walde die Hand, während Gabi sich eine Zigarette anzündete. Der Mann war groß, deutlich über sechzig und hatte sein pomadig glänzendes Haar nach hinten gekämmt. Walde sah hinter der Theke einen geöffneten Ordner, Blätter verschiedener Größen, einen Taschenrechner und einen Locher.

»Seit wann wohnt Gorzinsky bei Ihnen?« Walde legte eine Hand neben die Rufglocke.

»Seit letztem Mittwoch.« Maas sprach mit dunkler, fester Stimme. »Eigentlich wollte er am Sonntagabend abreisen. Weil er bis elf hätte auschecken müssen, hat er korrekt bis Montag bezahlt. Er saß fast den ganzen Sonntag hier bei mir am Empfang und hat Bilder verkauft. Irgendwas hat mit seinem mobilen UMTS-Modem nicht gestimmt. Deshalb musste er meinen Zugang nutzen. Da ist ihm am Samstagabend wohl ein genialer Schuss gelungen.«

Nach seinen kaputten Venen zu urteilen, kannte er sich mit allerlei Schüssen aus, dachte Walde, während Gabi fragte: »Hatte er Besuch?«

Maas schüttelte den Kopf.

»Oder sonstige Kontakte? Hat jemand angerufen oder eine Nachricht hinterlassen oder haben Sie mitgekriegt, dass er ...«

»Er war oft hier unten, auch schon vor dem Sonntag, weil er was im Internet zu erledigen hatte. Das geht hier im Haus nur an der Rezeption.«

»Wir waren vorgestern, am Sonntagabend, schon mal hier«, sagte Gabi.

»Das hat er mir erzählt. Auch die Geschichte aus München. Andy«, Maas sprach den Vornamen englisch aus, »hatte da bei mir kein Problem.« Gabi zündete sich erneut eine Zigarette an.

»Tut mir leid, aber hier ist Rauchverbot.« Maas zauberte einen nicht ganz sauberen Aschenbecher unter der Theke hervor.

»Und letzte Nacht?« Gabi drückte genervt ihre Zigarette aus.

Im Treppenhaus tauchte Sattler mit seinen Kollegen auf.

»Zimmer neun«, rief ihnen Walde zu.

»Wie war das letzte Nacht?«, wiederholte Gabi.

»Ab dreiundzwanzig Uhr ist die Bar … also die Rezeption geschlossen. Alle Gäste haben Schlüssel für die Außentür.« Maas zeigte auf ein Schlüsselbrett an der Wand hinter ihm, mit 14 nummerierten Schlüsselhaken. »Ich muss ja auch mal heim.«

»Und nachts ist kein Personal im Haus?«

»Nein.«

»Und an diesem Sonntagabend?«

»Da bin ich früher weg. Meine Gäste sind meist Vertreter. Die reisen ab Montagabend an. Am Wochenende sind die zu Hause. In der Saison kommen hin und wieder Städtetouristen, aber mit zwei Sternen geben sich die meisten nicht mehr zufrieden. Gestern Abend war ich bis kurz nach zehn hier. Da hat Andy noch mit einem aus Zimmer 5 ein Bier getrunken. Ich hab hier irgendwo den Namen.« Maas blätterte die Zettel auf seinem Schreibtisch durch. Er zog ein Blatt in A5-Größe heraus, schob sich die auf seiner Brust baumelnde Brille, die an den Bügeln von Goldkettchen gehalten wurde, auf die Nase. »Können Sie das lesen?« Er hielt Gabi den Zettel hin.

»Du bist doch der Spezialist für Hieroglyphen.« Gabi schob Walde das Anmeldeformular hin.

War der erste Buchstabe des Vornamens ein W?

»Ich hab' eine Kopie des Ausweises, die können Sie haben.« Der Pensionsbetreiber kramte einen Stapel Blätter unter der Theke hervor.

»Und wann sind Sie heute gekommen?«, fragte Walde, während Maas ihm die Kopie des Ausweises übergab.

»Wie immer. Ich bin wochentags ab sechs im Haus, um das Frühstück zuzubereiten. Frühstück gibt es von sieben bis zehn Uhr. Zwei Sorten Brötchen, zwei Sorten Brot, Butter, Margarine, Marmelade …«

»Und das machen Sie alles allein?«, unterbrach ihn Gabi.

»Die Martha kommt um sieben. Ab zehn Uhr geht sie in die Zimmer, macht Betten, wischt die Bäder et cetera. Bei Andy hing ja das Schild. Eine halbe Stunde später ist sie dann trotzdem rein.« Maas seufzte. »Sie war ziemlich fertig. Ich hab sie nach Hause geschickt.«

»Schreiben Sie mir bitte den vollständigen Namen und die Adresse auf und geben Sie mir das Meldebuch«, sagte Gabi.

»Das ist noch nicht ganz auf dem neuesten Stand.«

»Dann holen wir es uns gleich, wenn wir hier fertig sind.«

Oben in Zimmer 9 war Sattler mit seinen Leuten von der Kriminaltechnik schon zugange. Ihre Ausrüstung stand zum Teil noch auf dem Flur. Walde und Gabi hörten, wie Grabbe den Kollegen erläuterte, was passiert war. Seine gravierende Fehleinschätzung der Lage ließ er unerwähnt.

*

Meyer saß vor Grabbes Schreibtisch und las in einer Akte.

»Na«,Gabi schlug ihrem Kollegen vom Dezernat Eigentumsdelikte auf die Schulter, »wie ist es?«

»Könnte besser sein.« Meyer ließ den von Nikotin verfärbten Zeigefinger an der Zeile, die er gerade las. »Wollte nur wissen, wie es bei euch so läuft.«

»Und da wühlst du gleich so tief in den Akten?«

»Stiermann hat mich eben angerufen.«

»Was wollte er?«, fragte Walde, der an der Tür stehen geblieben war.

»Er hat so was angedeutet, als ob wir uns auf eine SoKo einstellen sollten. Weil es ja nun schon einen zweiten Toten im Fall Tiefenbach gäbe und ein Zusammenhang zwischen dem Opernsänger und dem Paparazzo nicht von der Hand zu weisen sei.« Er klappte die Akte zu. »War es wirklich Raubmord?«

»Wer sagt denn das?«, fragte Gabi.

»So wie ich Stiermann verstanden habe ...«

»Es gibt keinen zweiten Toten.«

»Dann ist es ja gut«, bemerkte Meyer trocken, während er sich auf die Lehnen seines Stuhls stützte und leise ächzend aufstand. »Dann kann ich mich ja weiter um meinen Kinderkram kümmern.«

»Was für Kinderkram?«, fragte Walde seinen Kollegen, als er mit ihm zur Tür hinausging und ihn über den Flur begleitete.

»Ist doch sowieso immer der gleiche Beschiss.« Meyer machte eine wegwerfende Handbewegung. »Da horcht die

Presse auf oder ein Politiker fühlt sich beunruhigt und schon wird eine mindestens zwanzig Mann starke Sonderkommission präsentiert, und der ganze andere Kram bleibt liegen. Das ist doch nur Humbug, den Leuten vorzugaukeln, wir hätten da irgendwo zwanzig Mann rumsitzen, die nix anderes zu tun hätten, als darauf zu warten, eine Sonderkommission zu bilden. Und meine Kindergartenbande kann sich freuen.«

Sie waren zu Waldes Büro gekommen. »Ich hab' von der Einbruchsserie gehört. Möchtest du einen Kaffee?«

»Können wir den unten bei mir trinken? Ich hab' meinen Zigarettenkonsum eingeschränkt, glaubt mir zwar keiner, ist aber so.« Meyer starrte Walde an, als wollte er ihn mittels Hypnose überzeugen. »Aber zum Kaffee, da brauche ich halt eine.«

In Meyers Büro schien es Walde nicht ganz so übel wie sonst nach verräucherter Kaschemme zu riechen.

»Der Stiermann hat das inzwischen auch kapiert.« Meyer stieß den Rauch durch die Nase. Er war noch immer bei seinem Lieblingsthema Rauchverbot mit allen daraus resultierenden Verfolgungen für eine ohnehin durch Lungenkrebs und Gefäßverengung bedrohte Minderheit. »Wenn ich hier nicht mehr rauchen darf, dann bin ich weg. Ich habe schon soviel Scheiße in meiner Dienstzeit erlebt, das reicht für mindestens einen Burn-out.«

»Bist du in deinem Fall schon ein Stück weitergekommen?« Walde versuchte, wieder auf das Thema zurückzukommen. Er rührte weiteren Zucker in seinen Kaffee, der sehr bitter schmeckte.

»Ich habe viele Fälle. Meinst du die Einbruchsserie in die Kindergärten?«

»Mhm.«

»Warum interessiert dich das?«

Walde versuchte beiläufig zu klingen. »Stiermann hat mir davon erzählt.«

»Aha!« Meyers Blick verwandelte sich in Röntgenstrahlen. »Hat er dich auch um Mithilfe gebeten?«

Walde grinste.

»Da lachen ja die Hühner.« Meyer schlug mit der zur Faust geballten Hand, in der er das Feuerzeug hielt, auf den Tisch.

»Meint der, wir sind zu blöd, oder was?« Er fuhr mit dem Zeigefinger über den frischen Kratzer im Holz.

»Keine Ahnung.« Walde zuckte mit der Schulter.

»Was sollen wir denn machen?«, fragte Meyer. »Wache schieben an mehr als fünfzig potenziellen Zielen?«

»Hmh.«

»Weißt du, was ich Stiermann vorgeschlagen habe?«

»Nein, aber ich bin gespannt.«

»Wir installieren in allen Kindergärten eine Alarmanlage mit direkter Verbindung zum Präsidium.«

»Und?«

»Dafür gibt es keine Mittel.«

»Hmh.«

»Und weißt du, was die im Kindergarten am Wolfsberg gemacht haben? Also, die Eltern haben gesammelt und die Kohle für eine Alarmanlage aufgetrieben.«

»Alle Achtung.« Walde nickte anerkennend.

*

Am Nachmittag kam der Anruf aus der Klinik, Gorzinsky sei ansprechbar.

»Können wir noch schnell runter zu Dr. Hoffmann?«, fragte Grabbe, als sie vom Parkdeck zur Pforte des Krankenhauses gingen.

»Ist das für Gorzinsky?« Walde deutete auf den Blumenstrauß und das Päckchen in Grabbes Händen.

»Teil, teils, kannst du mal halten?« Grabbe reichte Walde den Blumenstrauß und das Päckchen, das in Geschenkpapier eingeschlagen war.

Während sie stehen blieben und Grabbe telefonierte, sah Walde zu einem Mann hinüber, der vor dem Haupteingang des Krankenhauses, eine filterlose Zigarette rauchend, in seinem Rollstuhl saß. Das linke Hosenbein seiner Freizeithose war leer und hing schlaff herunter.

»Hoffmann kommt rauf«, Grabbe nahm Walde lediglich die Schachtel aus der Hand, während sie im Strom der Besucher das Krankenhaus betraten.

»Das wäre doch nicht nötig gewesen«, rief Hoffmann, als er aus der Tür zum Treppenhaus kam und den Blumenstrauß in Waldes Hand sah.

»Eine kleine Aufmerksamkeit für Sie als Entschuldigung wegen heute Morgen.« Grabbe überreichte dem Pathologen das Päckchen.

»Wirklich, für mich?« Hoffmanns Lächeln wich einer verdutzten Miene.

»Ich hoffe, Sie mögen Konfekt.«

»Und wie, aber woher wissen Sie … und das Traurige ist,

niemand hat mir was Süßes zum Hochzeitstag geschenkt. Meine Familie hat sich abgesprochen, weil ich dummerweise mal meine Blutzuckerwerte erwähnt habe, die leicht im Grenzbereich liegen.« Hoffmann hielt die Tür zum Treppenhaus auf. »Darf ich Sie begleiten? Sie sind doch zu Gorzinsky unterwegs?«

Bis zum zweiten Stock hatte Hoffmann den Tesastreifen vom Geschenkpapier gelöst und linste hinein. »Oh, Domsteinpralinen, die habe ich noch nie probiert! Als Pathologe bekommt man ja eher selten Aufmerksamkeiten von Patienten oder deren Angehörigen.«

Als sie im vierten Stock ankamen, steckte sich Hoffmann genüsslich schmatzend die zweite Praline in den Mund.

Auf dem Flur der Intensivstation nahm eine Schwester Grabbes Blumenstrauß entgegen, weil hier keine Blumen erlaubt waren.

»Ich habe mich von den Kollegen auf dem Laufenden halten lassen. Gorzinsky wird wahrscheinlich heute Abend auf die normale Station verlegt werden«, flüsterte ihnen Hoffmann zu, als sie die grünen Besucherkittel über ihre Kleidung streiften. Gorzinsky lag in einem Krankenbett, an dessen Seiten Gitter angebracht waren. Im Zimmer war es warm und stickig. Hinter und neben dem Bett gab es eine Fülle von Apparaturen. Ein regelmäßiger Piepton schien die Herzfrequenz des Patienten wiederzugeben, der die Augen geschlossen hatte und zu schlafen schien. Nur der Mund war, wie schon am Morgen, leicht geöffnet.

Der Fotograf trug einen Kopfverband. Unter dem Kinn lief ein Netzverband zu beiden Seiten nach oben und rahmte das Gesicht ein. Das Laken war bis zu seinen Hüften zurückgeschlagen, und auch sein linkes Bein war nicht zugedeckt. Das Knie wirkte dicker als der Oberschenkel. Die Hüftknochen und Rippen zeichneten sich deutlich unter der blassen Haut ab.

»Guten Tag, Herr Gorzinsky, wie geht es Ihnen?« Grabbe war an das Bett herangetreten.

Gorzinsky öffnete die Augen. »Sie sehen …« Seine Stimme versagte.

»Möchten Sie was trinken?« Hoffmann reichte ihm eine Schnabeltasse mit einer blassorangenen Flüssigkeit.

Gorzinsky hob den rechten Arm und ließ ihn stöhnend wieder sinken. Die Infusionsnadel schien ihm Schmerzen zu bereiten. Er nahm den Becher mit der linken Hand und hob unter Mühen den Kopf ein wenig an, um zu trinken.

»Nicht so gut.« Gorzinskys Worte kamen so zäh wie vom Löffel tropfender Honig. »Sie sehen ja.«

»Dürfen wir Ihnen ein paar Fragen stellen?«

»Ja.«

»Können Sie uns sagen, wie es zu Ihrer Kopfverletzung kam?«

»Keine Ahnung.«

»Können Sie sich wirklich an nichts erinnern?«

Gorzinsky schüttelte langsam den Kopf.

»Wissen Sie, wo Ihr Laptop und die Kamerachips sind?«

»Nein.« Gorzinsky wirkte apathisch.

»Falls Sie sich bedroht fühlen, können wir Sie bewachen lassen.«

Gorzinskys Stimme war kaum mehr hörbar, als er etwas murmelte, das sich nach einer Verneinung anhörte.

»Wenn es Ihnen besser geht, kommen wir wieder.« Grabbe schaute zu Walde. Dieser nickte. »Gute Besserung.«

*

»Andreas Gorzinsky benötigt ein paar Tage strengste Bettruhe, er hat eine schwere Gehirnerschütterung erlitten«, sagte der Pathologe, als sie sich im Flur der Kittel entledigt hatten. »Sechsundfünfzig Kilo bei einsdreiundachtzig Körpergröße,« fuhr Hoffmann fort, der wohl die Blicke seiner beiden Begleiter im Krankenzimmer bemerkt hatte. »Der Mann hat höchst beunruhigende Leberwerte, wahrscheinlich verursacht durch eine chronische Hepatitis C in Kombination mit einem nicht krankheitsgerechten Konsumverhalten.«

»Das heißt?«, fragte Walde.

»Er hatte einen Drogencocktail aus Alkohol und Opiaten im Blut. Der hat wahrscheinlich überhaupt keinen Schmerz gespürt. Wenn Gorzinsky so weitermacht, wird er über kurz oder lang Leberkrebs oder eine Zirrhose bekommen.«

»Können Sie einschätzen, wann Gorzinsky niedergeschlagen wurde?«, fragte Grabbe.

»Mit dieser Fragestellung bin ich in meinem bisherigen Berufsleben noch nicht konfrontiert worden, ich meine bei Lebenden.« Hoffmann nahm einen Kuli aus der Brusttasche seines Kittels, schaute darauf, als könne er davon eine Antwort ablesen, und steckte ihn wieder zurück. »Ich habe das Opfer in der Pension nicht weiter untersucht, nur in eine andere Lage gebracht und Puls und Atmung kontrolliert.« Er grinste. »Blutdruck zu messen gehört für gewöhnlich nicht zu meinen Aufgaben.«

»Und was war mit dem Blut, das Gorzinsky verloren hat?«

»Das Blut war getrocknet. Das heißt aber nicht viel.

Wenn es im Bad eine Fußbodenheizung gibt, kann das ganz schnell gehen.«

»Und wenn nicht?«

»Blut verhält sich nicht anders als sonstige Flüssigkeiten. Wenn es aus dem Körper tritt, unterliegt es den Gesetzen der Schwerkraft.«

»Es läuft nach unten«, stellte Grabbe fest und sah, wie Walde genervt die Augen zur Decke hob.

»Richtig«, sagte Hoffmann im Ton eines geduldigen Lehrers zu einem begriffsstutzigen Schüler. »Und wenn es eine plane Fläche erreicht, breitet es sich aus und trocknet umso schneller, je geringer die Höhe der Flüssigkeit ist.« Er seufzte. »Das Beste wäre, wenn Gorzinsky sich erinnerte«, rief er den Polizisten nach, die sich mit erhobenen Händen verabschiedeten.

Als Hoffmann kurz danach mit einer weiteren Praline in der Hand die Station verlassen wollte, stand vor der Eingangstür eine Frau. Sie war klein, dunkelhaarig und trug einen Dutt. Sie sprach Dr. Hoffmann an. »Darf ich hinein?«

»Kommt drauf an, was Sie da wollen?«

»Herrn Gorzinsky besuchen.«

»Da müssen Sie im Stationszimmer nachfragen«, antwortete Hoffmann und hielt ihr die Tür auf, durch die sie mit schnellen, kurzen Schritten schlüpfte.

»Gut, dass du Gorzinsky nichts von den Blumen gesagt hast.« Walde wich dem einbeinigen Mann im Rollstuhl aus, der ihnen im Eingangsbereich entgegenrollte.

»Warum?«, fragte Grabbe.

»Sonst denkt er noch, du hättest ein schlechtes Gewissen.«

»Hab' ich ja auch.«

»Willst du eine Schadensersatzklage angehängt bekommen?« Walde musste lauter sprechen, weil ein knatterndes Motorengeräusch einsetzte. Er schaute nach oben und sah einen roten Hubschrauber im Tiefflug über dem Gebäude verschwinden.

»So hab ich die Sache noch gar nicht betrachtet.« Grabbe hatte ebenfalls nach oben geschaut und wich nun in letzter Sekunde einem hüfthohen Betonpoller aus.

»Sag' mal, was ist denn mit dir und Gabi los?«, fragte Walde. »Warum hat sie dich vorhin in der Pension so angemacht?«

»Du kennst sie ja«, war Grabbes lapidare Antwort.

»Soll ich mit ihr reden oder sollen wir mal zu dritt …«

»Nee, lass, das regele ich selbst.« Grabbe winkte ab.

Walde nahm sein Mobiltelefon heraus und informierte Gabi über den Besuch bei Gorzinsky.

Als er auflegte, sagte er: »Gabi übernimmt die Befragung der Pensionsgäste. Es ist kurz nach fünf«, stellte er mit Blick auf seine Uhr fest.

»Hab' nichts dagegen.« Grabbe hatte bereits den Autoschlüssel in der Hand.

»Dann bis morgen.« Als Grabbe sich zum Parkdeck wandte, ging Walde in Richtung Fußgängerzone weiter.

Am Hauptmarkt sah Walde durch die Tür der *Gerüchteküche* zur Theke, wo Jo sich mit dem Wirt Uli unterhielt, beide waren Freunde von Walde.

Walde ließ sich auf dem Hocker neben Jo nieder, legte ihm zur Begrüßung eine Hand auf die Schulter und bestellte einen Espresso und eine Weinschorle.

»Wegen Samstagabend, ich hab' gehört, dass …« Uli schien ein Grinsen zu unterdrücken, »… dass deine Kollegen kommen mussten.«

»Woher weißt du das denn?«

»Hast du vergessen, wie dieses Etablissement heißt?« Uli hob seine rechte Hand mit ausgestrecktem Zeigefinger in die Höhe und ließ sie einmal kreisen. »Sorry, ich hab' bei euch draußen auf der Terrasse nur ganz leise Musik gehört. Ich wollte ja nicht in der Wohnung rauchen, als ihr zum Amphitheater gefahren seid.«

»Schon gut.«

»Als Doris zurückkam, ging alles hopp la hopp«, fuhr Uli mit seinem Rechtfertigungsversuch fort. »Da wollte ich dann auch heim und hab' es wohl vergessen. Wir hatten ja schon ein wenig Wein gebechert.« Er drückte die Espressomaschine.

Walde wartete, bis das Mahlgeräusch verstummt war. »Ist schon okay, ich hab nur eine Anzeige wegen Lärmbelästigung am Hals und das weiß, woher auch immer, inzwischen sogar der Präsi.«

Der Espresso wurde vor ihn auf die Theke gestellt. Walde nahm den Keks von der Untertasse.

»Wenig los hier«, bemerkte Walde mit Blick ins Lokal, wo nur ein Pärchen, offensichtlich amerikanische Touristen, an einem Tisch am Fenster saß.

»Seitdem fast nirgendwo mehr geraucht werden darf, kommen die Leute nicht mehr«, sagte Uli. »Früher, als ich noch eigenverantwortlich das Rauchverbot ausgesprochen habe, fanden das sogar manche Raucher toll. Und nun, wo man es fast in allen Kneipen nicht mehr darf, ist es ruhiger geworden.«

»Das wird auch wieder besser werden«, warf Jo ein.

»Hast du ein neues Extrablatt in Arbeit?«, fragte Walde. Die in unregelmäßigem Abstand erscheinende Kleinpublikation brachte Hintergrundinformationen zu aktuellen Ereignissen in der Stadt, die in der Tageszeitung, bei der Uli bis vor wenigen Jahren Redakteur gewesen war, aus welchen Gründen auch immer, nicht veröffentlicht wurden.

»Nee, zum einen krieg' ich in letzter Zeit kaum Werbung verkauft, zum anderen geht in ein paar Tagen das Altstadtfest los.«

»Hat sich inzwischen was im Fall des toten Baritons bei den Antikenfestspielen ergeben?«, fragte Jo und trank so geräuschvoll aus seinem Glas, als befände er sich noch bei der Weinverkostung.

»Du sagst es doch selbst: Tod des Baritons.« Uli goss einen Schuss Sprudel in Jos Glas. »Wäre es Mord und stünde unser lieber Intendant Franz Kehlheim unter Verdacht, ja dann …«

»Wer sagt denn, dass es nicht so ist?«, fragte Jo und warf einen Seitenblick auf Walde, der mit regungsloser Miene zuhörte.

»Kehlheim hat ein Alibi, das weißt du doch genauso gut wie ich«, sagte Uli.

»Okay, aber es gibt eine Reihe anderer verdächtiger Personen, die auch nicht ganz uninteressant sind«, entgegnete Jo. »Seine Frau, er soll sie in aller Öffentlichkeit geschlagen haben, damals, zu seinen Drogenzeiten. Und da ist noch dieser Stümper Muth. Der schafft es irgendwie jedes Jahr von neuem, mit seinem Sommercamp irgendwo Unheil anzurichten.«

»Du kennst ihn?«, fragte Walde und sah Uli nach, der mit dem großen schwarzen Portemonnaie in der Hand zu den beiden Touristen ging.

»Leider.«

»Warum?«, hakte Walde nach. Sein Freund war begeisterter Hobbyarchäologe mit besten Beziehungen zu dieser Szene.

»Ach, der Kerl geht mir auf den Keks. Soviel ich weiß, durfte er zuletzt nur noch an Westwallbunker oder Panzersperren aus dem Zweiten Weltkrieg ran. Wie er die Erlaubnis bekam, auf dem Gelände des Amphitheaters sein Unwesen treiben zu dürfen, ist mir schleierhaft.«

»Was hat er denn angestellt?«

»Der Mann ist ein, wie soll ich es ausdrücken, ein Hooligan unter den Archäologen. Er nennt sein Sommercamp ‚Auf den Spuren der Gladiatoren' und findet ausgerechnet einen Gladiatorenfriedhof. Und dann biegt er sich alles so zurecht, bis es stimmt. Schau dir allein die Grabung an!« Jo fuhr mit der Hand den imaginären Graben entlang. »Die hat er quer durch den Weg, den zur Römerzeit tausende Besucher des Amphitheaters gehen mussten, geführt. Total bescheuert! Wie sollten dort Gladiatoren beerdigt werden?«

»Tote Gladiatoren im Amphitheater, das hört sich doch ganz plausibel an.«

»Es ist absolut keine professionelle archäologische Methode, nach etwas Bestimmtem zu suchen.« Jo hob sein Glas und besah sich den Inhalt gegen das Licht. »Und dann noch an Stellen, wo es ganz sicher nichts zu finden gibt.«

»Wer, glaubst du, hat Tiefenbach umgebracht?« Uli war zurückgekommen und sah Walde erwartungsvoll an.

»Wenn ich euch Hobbykriminalisten so zuhöre, bin ich sicher, dass ihr selbst drauf kommt.«

*

Am Abend war Walde wieder mit Vorlesen an der Reihe. Noch immer ging es um die Geschichte aus der Bärenhöhle. Annika lehnte müde an seiner Schulter. Mehrmals schaute er zu ihr hinüber, ob sie die Augen noch offen hatte. Er las schließlich bis zum Ende und klappte sanft das Buch zu.

»Schlaf' gut und träum' was Schönes.«

»Du auch, Papa.«

»Übrigens, Annika hat nichts mit der Annika aus Pippi Langstrumpf zu tun. Sonst hätten wir dich auch Pippi nennen können.« Er schwang die Beine aus dem Bett.

»Pippi.« Sie kicherte.

»Oder besser noch Kacka.«

Sie kicherte noch mehr.

»Annika ist einfach ein schöner Name wie Johanna oder …«

»So schön ist Johanna nun auch wieder nicht«, murmelte Annika im Halbschlaf.

Schon wenige Minuten, nachdem Walde mit dem Zupfen auf dem Bass begonnen hatte, schmerzten seine Fingerkuppen. Er nahm sich vor, jeden Tag ein paar Minuten zu spielen, um wieder mehr Hornhaut aufzubauen.

Im Wohnzimmer saß Doris auf der Couch und klapperte leise mit drei Nadeln. Im Fernsehen lief eine Tatortwiederholung. Walde setzte sich neben sie und legte eine Hand auf ihren Bauch. »Wie geht es unserem Gottfried?«

»So wird er nicht heißen«, sagte sie, ohne den Blick vom Fernseher zu wenden.

»Okay, wie geht es unserem Jungen?«

»Gut, denke ich, morgen habe ich um zwei einen Termin bei meiner Frauenärztin, du kannst ja mitkommen.«

»Mach' ich.« Er zeigte auf ihre filigrane Strickarbeit. »Wird das ein Söckchen?«

Sie nickte.

Walde dachte daran, wie winzig Annika nach der Geburt gewesen war. Die ersten Wochen konnte sie im Waschbecken gebadet werden. Ihre Zehennägel waren so winzig, dass er sich niemals getraut hätte, sie zu schneiden.

Im Tatortkrimi beugte sich ein Pathologe über die nackte Leiche einer jungen Frau.

»Weißt du schon, wer der Mörder ist?«, fragte Walde und nahm sich eine kleine Brezel aus der Schale vom Tisch.

»Ich bin mir noch nicht ganz sicher.«

»Die Folge hast du doch bestimmt schon gesehen.«

»Trotzdem ist der Fall knifflig, aber ich gucke hauptsächlich wegen des verstörten Kommissars.«

»Verstörter Kommissar«, wiederholte Walde.

»Ist dir nicht aufgefallen, dass die meisten Ermittler in den Fernsehkrimis irgendwie schräg sind?«

»Mhm,« er runzelte die Stirn.

»Irgendeinen Spleen oder ein Trauma schleppen fast alle mit sich herum. Der hier«, sie zeigte auf den Fernseher, wo ein Mann sich am Telefon kurz angebunden gab. »Der geht sogar während der Dienstzeit zur Psychologin.«

»Hmh.«

»Und ein richtiges Familienleben hat kaum einer.« Sie lächelte ihn an. »Nicht so wie du. Mit Frau und eineinhalb Kindern, Hund und Katze.«

Mittwoch

Walde, Grabbe, Gabi und Sattler warteten bereits seit über zwanzig Minuten auf Stiermann. Der Polizeipräsident hatte sie zur Lagebesprechung in das an sein Büro angrenzende Konferenzzimmer gebeten. Während neben den Tassen von Gabi und Walde nur jeweils ein kleiner Block mit Stift lag, hatte Sattler etliche in Folie verpackte Asservate dabei. Vor Grabbe türmte sich ein kleiner Aktenberg. Stiermanns Platz war noch leer.

Der Kaffee war stark. Walde wischte sich mit der Hand die winzigen Schweißperlen von der Stirn.

»Sollen wir schon mal anfangen?« Gabi trank aus und stellte geräuschvoll die leere Tasse ab. »Ich meine, wir können ja dem Chef immer noch eine Zusammenfassung geben.«

Walde schaute auf seine Uhr und nickte ihr zu.

»Also«, Gabi richtete ihren Oberkörper auf und stützte die Ellbogen auf den Tisch. »Ich hab gestern Abend das Zimmermädchen Martha in die *Pension Maas* bestellt. Sie hat gestern Morgen um zehn mit dem Reinigen der Zimmer begonnen. An Gorzinskys Tür hing das Schild ‚*Bitte nicht stören*!'. Eine halbe Stunde später ist sie rein. Das Zimmer soll nicht abgeschlossen gewesen sein.«

»Warum ist sie schon nach einer halben Stunde ins Zimmer, obwohl das Schild ‚*Bitte nicht stören*!' an der Tür hing?«, fragte Walde.

»Wahrscheinlich wollte sie mit ihrer Arbeit fertig werden«, antwortete Gabi.

»Und die übrigen Gäste?«, fragte Walde.

»In der Nacht zum Dienstag waren noch drei weitere Gäste im Haus, alles Vertreter. Nach dreiundzwanzig Uhr waren sie auf ihrem Zimmer und haben es bis zum Frühstück nicht mehr verlassen. Einer will gegen Mitternacht Schritte auf dem Flur gehört haben. Ob das Gorzinsky war oder ob ihn jemand besuchte, konnte er nicht sagen.«

»Ich hab' die Namen gecheckt«, meldete sich Grabbe zu Wort. »Keiner der Gäste ist bisher auffällig geworden, hat mit Tiefenbachs Fall oder sonst wie mit der Drogenszene zu tun.« Er schaute auf die Drogenutensilien, die vor Sattler auf dem Tisch lagen.

»Ja, also.« Sattler griff nach einem der durchsichtigen Beutel, in dem sich mehrere gefaltete Papierchen in der Größe eines Daumennagels befanden. »Neben einem leeren Briefchen mit winzigen Spuren von Kokain haben wir in dem Pensionszimmer eine umfangreiche Sammlung von Medikamenten sichergestellt, von Valeron über Valium, Ephedrin bis hin zu Ritalin.«

»Ist das nicht das Zeug, das zappelige Schulkinder kriegen?«, fragte Grabbe.

»Nicht nur die.« Gabi wollte sich Kaffee nachschenken, aber die Thermoskanne war leer. »Habt ihr den Laptop und die Speicherkarten der Kameras gefunden?«

»Negativ«, antwortete Sattler.

»Die Kameras und Objektive bringen locker ein paar tausend Euro«, sagte Walde. »Die Speicherkarten und der Laptop jedoch sind wohl nicht wegen ihres Wertes gestohlen worden.«

»Das könnte mit den ominösen Fotos zusammenhängen, die in der Serie der Bilder von Tiefenbachs Sturz im Amphitheater fehlen.« Während Grabbe zielsicher die Ausdrucke mit Kontaktabzügen der Fotos von dem in die Grube gestürzten Sänger aus seinem Aktenstapel zog und auf die beiden schwarzen Bilder in der sonst lückenlosen Serie zeigte, öffnete sich die Verbindungstür zum Büro des Polizeipräsidenten.

»Lassen Sie sich nicht stören. Sorry, ich wurde aufgehalten. Der Ministerpräsident …« Stiermann ließ seine Worte wirken und griff zur Kaffeekanne, bevor er fortfuhr. »Als Schirmherr der Antikenfestspiele sah er sich genötigt …« Er stellte fest, dass die Kanne leer war, griff zum Telefon und orderte Nachschub. »Also, ich habe ihm meine Überlegung mitgeteilt, eine Sonderkommission zu bilden.« Er lächelte. »Bei allem Respekt, den ich natürlich vor dem Ministerpräsidenten habe«, Stiermann zwinkerte Walde zu, »als ich ihm sagte, die SoKo solle *Elektra* heißen, meinte er, das erinnere ihn zu sehr an irgendwelche technischen Geschichten mit Strom und so. Da ist mir eine Alternative eingefallen. Was halten Sie von SoKo Finale?«

»Das trifft den Nagel auf den Kopf, Herr Präsident«, pflichtete ihm Grabbe bei. »Es war schließlich Tiefenbachs finale Vorstellung.«

Stiermanns Sekretärin brachte frischen Kaffee und ersparte Walde eine Reaktion auf die Namensgebung.

Während sich Stiermann einschenken ließ, wandte er sich an die Runde: »Ich habe Sie unterbrochen. Fahren Sie bitte fort.«

»Was könnte denn auf den Fotos abgebildet gewesen sein?«, fragte Gabi. Grabbe schob das Blatt zum Polizeipräsidenten und erläuterte: »Diese Kontaktabzüge haben wir am Sonntag bei Gorzinsky gefunden.«

»Vielleicht hat der Blitz nicht funktioniert«, sagte der Polizeipräsident.

»Gorzinsky benutzte wahrscheinlich keinen Blitz. Er hat wohl mit lichtstarken Objektiven und sehr hohen ASA-Werten gearbeitet«, sagte Sattler. »Bei der Opernaufführung durfte nicht geblitzt werden, und ein Paparazzo arbeitet gerne diskret.«

»Es sei denn, er hatte den ultimativen Schuss vor der Linse. Dann könnte ihm eine Entdeckung egal gewesen sein.« Gabi schenkte sich Kaffee nach.

Walde schaute aus dem Fenster. Hinter der hohen Mauer im Garten des Altenheims fuhr ein alter Mann in einem Elektrostuhl rückwärts, stoppte knapp vor einer Buchsbaumhecke und setzte dann nach vorn. »Auch wenn Tiefenbach nur gepinkelt hat«, sagte Walde, »war das für jeden Paparazzo ein gefundenes Fressen ... und vielleicht wurde Gorzinsky obendrein Zeuge ...«

»Das wäre der Hammer«, fiel Gabi ihm ins Wort. »Und das würde auch erklären, warum man ihn niedergeschlagen hat und alle Bilddatenträger verschwunden sind.«

»Weil Gorzinsky vermutlich den Mörder erpresste, und das hat ihn fast das Leben gekostet«, folgerte Stiermann. Er stand auf und räusperte sich. »Meine Dame, meine Herren.« Sein Ton wurde präsidial. »Ich denke, von der Bildung einer SoKo sollten wir vorerst noch Abstand nehmen«, dozierte er. »Schließlich haben wir nun doch keinen zweiten Todesfall und beim ersten ist auch noch nicht hundert Prozent sicher, ob es sich um ein Verbrechen handelt.«

Sobald der Präsident die Tür hinter sich zugezogen hatte, verabschiedete sich auch Sattler.

»Wir schaffen das auch zu dritt«, sagte Walde, als er mit Grabbe und Gabi in deren Büro zurückgegangen war. »Außerdem haben wir ja noch Sattler und Dr. Hoffmann.«

»Gorzinsky wusste um die Brisanz der beiden Fotos, sonst wären sie auf den Kontaktabzügen gewesen.« Gabi hatte hinter ihrem Schreibtisch Platz genommen.

»Vielleicht hat er die Fotos irgendwo im Internet abgelegt, aber wo?«, sinnierte Grabbe. »Die aufzuspüren ist weit schwieriger, als eine Stecknadel im Heuhaufen zu finden.«

»Wir sollten sehen, dass wir an den Laptop oder die Speicherkarten aus den Kameras rankommen«, sagte Walde. »Der Kram liegt womöglich in irgendeinem Müllcontainer. Es wäre nicht schlecht, wenn wir uns mal die Mülltonnen in der Pension und in den Häusern ringsum und auch die Abfallkörbe vornähmen.«

»Wer soll das machen?«, fragte Grabbe und griff nach seinem läutenden Telefon. »Grabbe?«

»...«

»Ja, keine Ursache, Herr Doktor, das freut mich.« Grabbe stellte den Lautsprecher am Telefon ein.

»Wirklich lecker, ich habe sie schon alle verputzt«, sagte Dr. Hoffmman. »Sie können mich gerne mal wieder zu so einem Fall rufen und mich mit einer Packung Domsteinpralinen entschädigen.«

»Das werde ich ganz sicher nicht tun.« Grabbe bereute, den Lautsprecher eingeschaltet zu haben.

»Übrigens«, fuhr Hoffmann fort. »Da ist, kurz nachdem sie die Station verlassen haben, Besuch für Gorzinsky gekommen.«

»Wer war das?«

»Eine Frau, klein, unscheinbar, höchstens einssechzig, schlank, dunkle Haare, undefinierbares Alter«, sagte Hoffmann. »Dutt am Hinterkopf.«

»Name?«

»Sie hat sich mir nicht vorgestellt. Bis demnächst.« Hoffmann legte auf.

»Mist«, sagte Grabbe. »Die haben wir nur knapp verpasst.«

»Kümmerst du dich um die Tonnen?«, sagte Walde und blickte dabei Grabbe an.

»Ich wollte eigentlich im Internet recherchieren, ob nicht irgendwelche Spuren von Gorzinskys Fotos zu finden sind.«

»Das kannst du ja anschließend machen.«

»Gabi und ich werden uns diesen Dr. Hans-Peter Muth nochmals vorknöpfen.«

»Funktioniert es wieder?«, fragte Walde, während Gabi das Verdeck ihres Wagens zurückfahren ließ. Sein Zeigefinger war zum blauen Himmel gereckt, über den ein paar dünne, sich in der Sonne auflösende Wolken zogen.

»Zumindest geht es einwandfrei auf.«

»Hätten wir nicht einen Dienstwagen nehmen können?«

»Zum einen sitzt man doch hier drin viel besser.« Sie fädelte sich schnittig in den Verkehr ein und winkte lässig nach hinten, als wäre der Fahrer des Wagens hinter ihr freiwillig voll auf die Bremse gestiegen.

»Und zum anderen?«, fragte Walde, als Gabi schweigend weiterfuhr.

»Wie, zum anderen?«, sie schaute ihn verständnislos an. »Ach so, wegen ... Also, das Cabrio erweckt in mir ein Gefühl von Freiheit und Freizeit. Das ist jetzt schwer zu erklären. Ich hab ja gar nicht so viel Freizeit, und deshalb ist es manchmal auch im Dienst ganz schön, mit diesem Gerät zu fahren.« Sie gab Gas und überfuhr eine auf Rot schaltende Ampel.

»Bevor ich es vergesse, Marion Tiefenbach hat ein Alibi. Ihr wurde am Samstagabend gegen dreiundzwanzig Uhr dreißig eine Flasche Champagner aufs Zimmer serviert.« Gabi wollte auf die linke Fahrspur wechseln und lenkte wieder ein, als sie den weißen Sprinter bemerkte, der nebenan auftauchte. »Hast du was dagegen, wenn wir sie zurück nach Bayern reisen lassen und Tiefenbachs Leichnam zur Einäscherung im Krematorium freigeben?«

»Wenn Hoffmann fertig ist und die Staatsanwaltschaft …«

»Roth hat schon sein Okay gegeben.«

Walde stützte sich mit der linken Hand am Armaturenbrett ab, als Gabi es nun doch schaffte, sich vor den von anderen Wagen aufgehaltenen Sprinter zu schieben.

»Es ist sonnig und warm gemeldet«, sagte Gabi. »Kein Gewitter, nichts.«

»Heute gibt es ja auch keine Aufführung«, bemerkte Walde, während sie über den von der Hitze bereits wieder staubtrockenen Weg zur Nordtribüne des Amphitheaters gingen.

Sie stiegen über die engen Stufen den steilen Hang empor zu dem schmalen Grat auf dem Hügel, der an der Rückseite, wo er an den hohen Stützmauern etliche Meter senkrecht abfiel, mit einem Geländer eingefasst war. Walde wurde von seiner hinter ihm gehenden Kollegin am Arm gefasst. Als er stehen blieb, hörte er die Stimmen. Es waren zwei Männer, die unten miteinander sprachen. Er wagte nicht, über das Geländer auf der hohen Mauer nach unten zu schauen, um nicht gesehen zu werden.

»... die sind doch abgereist, wir hatten das Camp sowieso schon eine Woche verlängert.« Walde erkannte Muths Stimme.

»Und wer bringt das wieder in Ordnung?«, fragte ein anderer Mann in lautem und sehr bestimmendem Ton.

Walde schaute zu Gabi hinüber, die ebenfalls angespannt lauschte.

»Was heißt hier in Ordnung? Jetzt geht es doch erst los. Die Funde müssen gesichert und dokumentiert werden!«, empörte sich Muth.

»Was Sie hier getan haben, ist allenfalls eine Störung der Totenruhe. Meiner Meinung nach haben Tote auch nach zweitausend Jahren noch Respekt verdient.«

»Wir werden doch hier nicht über ethische Ansichten diskutieren?«

»Nein, das werden wir nicht.« Die Stimme des Gesprächspartners klang so emotionslos, als wäre er nach der Uhrzeit gefragt worden. »Ich möchte Sie bitten, das Gelände zu verlassen. Hiermit erteile ich Ihnen Hausverbot. Die schriftliche Begründung erhalten Sie, sobald Sie uns eine Adresse mitgeteilt haben, die eine Zustellung per Einschreiben möglich macht.«

»Das ist doch nicht Ihr Ernst?«

»Welche Regressforderungen und sonstigen juristischen Folgen auf Sie zukommen, ist zum gegenwärtigen Zeitpunkt noch nicht abzusehen. Jedenfalls liegt uns bereits ein Schreiben des Anwalts von Frau Marion Tiefenbach vor, der den Umstand prüft, eine Schadenersatzklage gegen das Land Rheinland-Pfalz wegen unzulänglicher Sicherungsmaßnahmen im Bereich der Grabung«, er hob seine Stimme zu dem anklagenden Ton eines wütenden Staatsanwalts, »Ihrer Grabung, wohlgemerkt, anzustrengen.«

»Was?«

»Verlassen Sie jetzt das Gelände! Andernfalls muss ich den Sicherheitsdienst rufen.«

»So einfach geht … das wird ein Nachspiel haben.« Muth klang vollkommen perplex.

Nun reckte Walde doch den Kopf über das Geländer und sah nach unten. Der zweite Mann trug einen dunklen Anzug. Er hatte braunes lockiges Haar und einen Captain-Ahab-Bart.

Muth entfernte sich mit gesenktem Kopf Richtung Tunnel.

»Er geht«, raunte Walde Gabi zu und eilte zu den Stufen, die hinab zu dem Weg Richtung Ausgang führten. Sie liefen die Stufen hinunter und verpassten Muth, der, ohne seine Umgebung wahrzunehmen, vorbeihastete. Sie folgten ihm schnellen Schrittes.

»Herr Dr. Muth«, rief Gabi, als sie bereits in Sichtweite des Ausgangs waren. »Bitte warten Sie!«

Muth blieb stehen. Er verschränkte die Arme vor seiner Brust, als wollte er sich gegen einen Angriff wappnen. Als er Walde erkannte, straffte er sich. »Ja? Was gibt's?«

»Wir möchten Sie sprechen.«

»Das ist im Moment schlecht.« Muth blickte zu dem großen Tor, das geöffnet wurde, und dann wieder zu Walde und Gabi. »Ich muss …«

»Das muss leider warten, bis Sie mit uns gesprochen haben.« Gabis Ton wurde energisch.

»Was ist denn heute nur los?« Muth schüttelte den Kopf, während hinter ihm ein kleiner Bagger auf Gummirädern durchs Tor rollte. »Erst erteilt mir der Heini von der Verwaltung Hausverbot und dann will mich die Polizei nicht rauslassen.«

Walde wartete, bis der Minibagger vorbeigerumpelt war. »Wir sind gekommen, um uns mit Ihnen über andere Dinge zu unterhalten.«

»Dafür habe ich jetzt keinen Kopf.«

»Den sollten Sie sich aber machen.«

»Die wollen sich doch nur die Sensation auf ihre eigenen Fahnen schreiben.«

Walde hatte keine Lust auf Muths neuerliches Gejammer. »Ich würde vorschlagen, Sie begleiten uns ins Präsidium und da unterhalten wir uns ganz in Ruhe.«

Walde brauchte ein paar Sekunden, bis er Gabis Gesichtsausdruck verstand. Wo sollten sie den Mann in Gabis Zweisitzer unterbringen?

Nachdem Gabi mit dem Archäologen das Gelände verlassen hatte, folgte Walde dem Geräusch des Baggers, der durch die zweite Unterführung verschwunden war. Unter dem Bogen hingen noch Dieselschwaden. Das Gerät war von hinten an die Grabung herangefahren worden. Dort gab ein Mann in dunkelgrauem Anzug dem Baggerführer Anweisungen und beobachtete, wie die ersten Schaufeln mit Abraum in die Grube geworfen wurden.

»Mein Name ist Bock von der Trierer Kriminalpolizei.« Walde trat zu dem Mann.

»Reinhard Blumfeld, *Burgen, Schlösser, Altertümer des Landes Rheinland-Pfalz.*« Der Mann reichte ihm die Hand.

»Gerade eben habe ich mit Herrn Dr. Muth gesprochen.«

»Hat er sich bei Ihnen beschwert?«

»Wie kommen Sie denn darauf?«, fragte Walde zurück.

»Es gab andauernd Stress zwischen den Leuten vom Camp

und denen der Antikenfestspiele.« Der Ärger schien erst verspätet bei Blumfeld aufzusteigen. »Die drei Hauptakteure waren Muth, Kehlheim und Tiefenbach.«

»Um was ging es?«

»Kehlheim und besonders Tiefenbach haben sich über den störenden Lärm der Grabungsarbeiten beschwert und Muth auf der anderen Seite darüber, dass ihm die Opernleute in die Grabung gepinkelt hätten. Schlimmer als im Kindergarten!«

»Konnten Sie schlichten?«

»Warum sollten wir schlichten? Beide Seiten konnten froh sein, dass Sie von uns die Erlaubnis hatten, überhaupt im Amphitheater sein zu dürfen. So was war früher unvorstellbar. Hier gibt es Konzerte aller Art, die antiken Stätten werden nicht nur konserviert, sondern auch genutzt. Darüber sollten sich doch alle Beteiligten freuen. Und was passiert? Der eine reißt mir Wege auf, wo er nie und nimmer hätte graben dürfen, die Anlieger überziehen uns mit Klagen wegen Lärmbelästigung, weil die Oper nicht pünktlich um dreiundzwanzig Uhr endet. Und dann bringen sie sich auch noch gegenseitig um. Ich dachte, die Zeit der Gemetzel an diesem Ort wäre längst vorbei!«

»Sie meinen …?«

»Irgendwer hat doch den Tiefenbach auf dem Gewissen? Und da liegt doch der Verdacht nahe.« Blumfeld holte tief Luft. »Also, ich will mich jetzt nicht zu weit aus dem Fenster lehnen. Wenn Dr. Muth da gelegen hätte«, er deutete auf den Graben, in den der Bagger Erde einfüllte, »dann wäre mein erster Gedanke gewesen, dass da jemand von den Opernleuten dahinter steckt. Aber damit müssen Sie sich beschäftigen.«

»Was geschieht mit der Grabung?«

»Das Sommercamp ist schon vor einer Woche zu Ende gegangen, und zeitgleich ist auch Dr. Muths Grabungsgenehmigung abgelaufen. Eigentlich hätte er alles wieder in aufgefülltem Zustand übergeben müssen, aber Sie sehen ja.« Er schwenkte den Arm über die Gräben, winkte dem Baggerfahrer zu und rief, als dieser seine Ohrschützer lupfte: »Verdichten! Denken Sie ans Verdichten!«

»Seit dem Goldschatz von der Schwesternklinik ist hier in Trier nichts Außergewöhnliches mehr gelaufen. Alle gieren nach der nächsten Sensation. Und manche glauben wohl, die Welt würde das von Trier erwarten. Auch der Dr. Muth denkt so. Der ist total mediengeil und hat immer schon versucht, aus den kleinsten Funden eine Sensation zu stricken. Die Grabfunde, die Muth da als angeblichen Gladiatorenfriedhof verkaufen wollte, stammen womöglich aus einer Belagerung Triers um 353 n. Chr., und die tierischen Knochen sind zumeist von Pferden und Maultieren. Die hatten auch rein gar nichts mit Gladiatorenkämpfen zu tun. Vieles spricht dafür, dass hier das Schlachthaus eines Metzgers stand, der sich auf die Verwertung von altersschwachen oder verletzten Gäule spezialisiert hat. Es finden sich auch Hundeknochen.«

»Und was ist mit den abgetrennten Gliedmaßen bei zwei der Toten?«

»Ach was, von Abtrennung kann keine Rede sein. Die Fußknochen sind durch die aggressive Beschaffenheit des Bodens an dieser Stelle abgefault, was ebenfalls zum Teil mit den Rippen und Beckenknochen geschehen ist. So einfach ist das. Muth hat die Unkenntnis der Studenten ausgenutzt und sie teils unter unverantwortlichen Bedingungen schuften lassen. Und was dann abends so abging, war auch nicht …« Er brach ab, weil Waldes Telefon klingelte.

»Entschuldigen Sie.« Walde zog das Handy aus seiner Hosentasche.

»Papa, du musst kommen!«

Walde hatte im selben Moment das Bild einer am Boden liegenden schwangeren Doris vor Augen, neben ihr Annika, die um Hilfe rief.

»Was ist passiert?« Walde spürte, wie seine Stimme flatterte.

»Im Kindergarten, da sind Verbrecher …«

»Wo sind sie?«

»Weg.«

»Meinst du Einbrecher?«

Sie schwieg. Wahrscheinlich nickte sie.

»Herr Bock, entschuldigen Sie die Störung«, nun war eine Frau am Telefon, »Ihre Tochter wollte Sie unbedingt informieren, dass heute Nacht hier eingebrochen worden ist.«

»Danke, wenn es sich einrichten lässt, komme ich vorbei.«

»Sorry«, wendete sich Walde wieder Blumfeld zu. »Sie waren dabei stehen geblieben, was hier abends abging.«

»Naja«, Blumfeld räusperte sich. »Das sind junge Leute, die auch gerne mal gefeiert haben. Und Muth war immer mittendrin.«

»Sein Wohnmobil soll manchmal nachts hier im Amphitheater gestanden haben.«

»Ja, das haben wir auch erst später erfahren. Aber der Spuk ist ja nun vorüber. Er hat Hausverbot.«

*

»Wollen Sie mich nicht über meine Rechte aufklären?« Muth trank seinen Kaffee aus.

»Das ist bei einer Zeugenbefragung nicht nötig.« Grabbe nippte an seinem heißen Kaffee. Er fragte sich, ob sein Gegenüber nebenher als Feuerschlucker arbeitete. »Erst mal hätten wir gerne Ihren kompletten Namen und Ihre Adresse.«

»Dr. Hans-Peter Muth, Postfach ...«

»Haben Sie keine Wohnung?«

»Zur Zeit nicht.« Muth schenkte sich Kaffee nach. »Ich darf doch?«

Grabbe nickte. »Und das funktioniert?«

»Ich muss nicht jeden Morgen meine Post durchsehen, und Kontogeschäfte kann ich online erledigen. Das meiste läuft sowieso per Mail ab.«

»Und was ist mit Rechnungen?«

»Die wichtigsten Versicherungen laufen per Lastschrift. Der Rest ...«, Muth zuckte mit den Schultern, »juckt mich nicht.«

»Haben Sie die Liste der Teilnehmer am Sommercamp dabei?«

»Ja, also nicht direkt.«

»Und, wo ist sie?«

»Ich habe ein Problem mit dem Drucker.«

»Dann hätten Sie uns die Liste doch mailen, auf eine CD brennen oder einen Stick laden können.« Grabbe beobachtete, wie Gabi ebenfalls nur an ihrer Tasse nippte.

»Was soll das überhaupt bringen? Die Leute vom Camp

waren am Samstagabend ebenso wenig im Amphitheater wie ich.«

»Wir werden Sie nachher zu Ihrem Wohnmobil begleiten und dann laden Sie uns die Liste auf einen Datenträger«, schaltete sich Gabi in die Befragung ein. »Wo waren Sie am Samstagabend nach dreiundzwanzig Uhr?«

»Am Landesmuseum, auf dem Parkplatz neben dem Verwaltungsgebäude.«

»Von da aus ist man zu Fuß in fünf Minuten am Amphitheater«, stellte sie fest.

»Na und, ich bin aber nicht hingegangen, außerdem war ich nicht allein.«

»Wer war bei Ihnen?«

»Lara Seidensticker.«

»Ist das eine Ihrer Studentinnen?«, fragte Gabi.

»Sind wir hier bei der Sitte? Ich dachte, es geht um Mord?«

»Einer Ihrer Studenten behauptet, Sie seien ihm gegenüber gewalttätig geworden.«

»Ein verschmähter Bewerber, der mir eins auswischen will. Er hat es nicht überwunden, dass ich mit ...«

»Lara, der Freundin des jungen Mannes«, ergänzte Grabbe, wobei er die letzten beiden Worte betonte.

»Ich glaube, der junge Mann«, er äffte Grabbes Ton nach, »hat wohl noch keine Gewalt erlebt. Einen Schubser habe ich ihm gegeben und ihn vielleicht auch noch leicht geschüttelt, damit er wieder zu sich kommt.«

»Tiefenbach wurde auch nur geschubst«, sagte Gabi.

»Hat mich der Studi angezeigt?«

»Nein.«

»Dann ist es ja gut.« Muth trank die zweite Tasse leer.

»Und was machen Sie im Winter?«

»Den zögere ich mit Exkursionen in die Provence hinaus.«

»Graben Sie da auch?«

»Nein, da veranstalte ich Workshops, bevorzugt über Aquarellmalerei.«

»Und danach?«

»Von Ende November bis April bin ich sesshaft.«

»Und wo?«

»Was sich halt so ergibt. Eine Wohnung oder ein kleines Haus. Manchmal auch als Mitbewohner.«

»Kann das auch mal bei einer Teilnehmerin eines Ihrer Kurse sein?«

Muth grinste und schwieg.

*

In der Mitte der Eingangstür, wo sich Ornamentglas befunden hatte, war eine Holzplatte eingepasst. Auf sein Klingeln öffnete ihm die Kindergartenleiterin, eine dunkelhaarige Frau. Sie sprach noch etwas schneller als sonst. Während sie durch den Flur mit den durch Tierbilder gekennzeichneten Garderoben gingen, an denen heute nur ganz wenige Jacken hingen, erklärte sie ihm, dass Doris neben der Festnetznummer und Doris' Mobilnummer auch seine Handynummer für Notfälle im Kindergarten hinterlegt habe, seine Tochter im Garten sei und sich nicht wie sonst üblich nach dem Mittagessen hingelegt habe. Irgendwo begann ein Telefon zu läuten. Sie fuhr unbeirrt fort und berichtete, letzte Nacht seien knapp achtzig Euro gestohlen worden, er könne sich den Schaden, der hauptsächlich an der Eingangstür und der Tür zu ihrem Büro entstanden sei, gerne ansehen. Als sie zu ihrem Büro gelangten, entschuldigte sie sich und schlüpfte an einem Mann vorbei, der etwas auf einem Klemmbrett notierte.

Walde schaute auf seine Uhr. Es war kurz vor zwei. In einer halben Stunde war er mit Doris beim Arzt verabredet.

»Guten Tag, Herr Kommissar, mein Name ist Reusch von der Offizia«, der Mann steckte den Stift in einen Halter am Brett und reichte ihm die Hand. »Darf ich fragen, ob Sie dienstlich hier sind oder ein Kind in diesem schönen Kindergarten haben?«

»Meine Tochter hat mich angerufen«, antwortete Walde und fragte den Mann nicht, woher er ihn kannte. »Sie sind Sachverständiger der Versicherung?«

»Nicht direkt, ich nehme den Schaden auf. Das hier ist keine komplizierte Geschichte.« Der Mann trug trotz der Hitze einen dunkelblauen Anzug mit Fliege.

Walde hörte die Leiterin telefonieren. Es schien sich um den Anruf eines besorgten Elternteils zu handeln, der Näheres zum Einbruch erfahren wollte.

Der Mann von der Versicherung nahm eine kleine Kamera aus seiner Jackentasche.

»Wenn die nicht bald geschnappt werden, wird das teuer, richtig teuer.« Er beugte sich nach unten und fotografierte das lädierte Türschloss. »Aber irgendwann hört die Geschichte von selbst auf.«

»Glauben Sie?« fragte Walde.

»Ja, denen wird das langweilig, und wenn die Bande nicht auffliegt, wendet sie sich anderen, lukrativeren Objekten zu.«

Im großen Garten gab es sonnige Plätze, auf denen Schaukeln und Klettergerüste im Sandbett standen und Grünflächen mit Bäumen, die fast so hoch waren wie die Mauern der dahinter aufragenden Krankenhausgebäude, die durch das dichte Blattwerk kaum mehr zu sehen waren. Walde ging um einen Hügel herum, der zu einer gelben Rutschbahn an der anderen Seite führte. Zwei Jungen stießen eine große Nestschaukel an, durch deren Geflecht zu erkennen war, dass ein Kind darin lag. Als sie Walde erblickten, stoppten sie die Schaukel und flüsterten miteinander.

»Na endlich!« Annikas Kopf tauchte über dem blau gepolsterten Rand auf.

»Was heißt na endlich? War ich nicht schnell genug?« Walde beugte sich zu ihr hinunter und gab ihr einen Kuss auf die Stirn. Das schien ihr unangenehm zu sein.

»Papa, wir sind jetzt die KiGaPo!«, sagte sie.

»Was ist denn das?«

»Das ist die Kindergartenpolizei«, antwortete einer der beiden Jungen, die deutlich älter als Annika waren.

»Und wer bist du?«, fragte Walde.

»Ich bin Jens und das ist Felix, wir gehen bald in die Schule.«

»Und mich kennst du ja schon«, ließ sich Annika hören, die es sich wieder im Korb gemütlich gemacht hatte. »Ich hab denen erzählt, du bist ein richtiger Polizist.«

»Bin ich«, sagte Walde, »ich habe mir die Türen im Kindergarten schon mal angesehen.«

»Und wir haben das da gefunden«, rief Jens und zeigte auf eine dünne Aluröhre, die im Sand neben der Schaukel lag.

»Interessant!« Walde ging in die Hocke. »Und wo hat das gelegen?«

»Da hinten.« Der Junge zeigte auf eine rosa blühende Hecke am Maschendrahtzaun. »Damit haben die bestimmt die Tür kaputtgemacht. Der Felix hat das Eisen angefasst. Da sind jetzt bestimmt auch seine Fingerabdrücke drauf.«

»Musste ich ja«, sagte der andere Junge.

»Gut, dass du mich darauf aufmerksam machst.« Walde besah sich das ungefähr zwanzig Zentimeter lange und höchstens zwei Zentimeter dicke Rohr. »Ich muss mal nachdenken.« Er legte die Hand an die Stirn.

»Kombinieren heißt das«, flüsterte Jens den beiden anderen zu.

Walde überlegte. Sollte er die Alustange fachgerecht sicherstellen? Oder machte er damit zu viel Wirbel und steigerte die Verunsicherung der Kinder?

Er nahm sein kleines Notizbuch heraus. Der Stift hatte sich aus der Schlaufe gelöst. Er fand ihn seltsamerweise in der gegenüberliegenden Tasche. Er notierte sich: ‚*KT und Meyer befragen*'.

»Wo hast du das Rohr angefasst?«, fragte er Felix.

Der Junge kniete sich neben das Rohr und zeigte auf ein Ende. Walde nahm es genau dort mit spitzen Fingern und schob es in seine Jackentasche. »Das habt ihr gut gemacht. Ich werde der Sache auf den Grund gehen.« Unbewusst war seine Stimme tiefer geworden.

»Schiebst du mich an?«, fragte Annika.

Die beiden Jungs kletterten hoch, stellten sich links und rechts auf den Rand und hielten sich an den starren Trägern fest.

Während Walde den Korb zum Schwingen brachte, fragte einer der Jungen. »Kennst du den Witz vom Stift?«

»Nein, ich glaube nicht«, antwortete Walde.

»Trifft ein kleiner Stift einen großen Stift. Sagt der kleine

Stift zum großen Stift: 'Ich wäre auch gerne so groß wie du.' Sagt der große Stift zum kleinen Stift: ‚Dann Wachsmalstift!'«

Die beiden Jungen ließen sich neben Annika in den Korb fallen. Alle drei bekamen sich nicht mehr ein vor Lachen.

Die Praxis lag ganz in der Nähe, aber es half nichts, dass Walde die Strecke sehr schnellen Schrittes zurücklegte. Er kam zehn Minuten zu spät zur Frauenärztin, wo er um halb drei mit Doris verabredet war.

An der Anmeldung erfuhr er, dass Doris sich bereits im Behandlungszimmer befand. Das Angebot der Arzthelferin, ihr dorthin zu folgen, lehnte er ab, weil er nicht mitten in die Untersuchung platzen wollte, und ging ins Wartezimmer.

Dort saßen bereits ein halbes Dutzend Frauen. Gegenüber der Tür waren zwei äußere Plätze neben einer großen Birkenfeige frei. Walde ließ einen Stuhl Abstand zu der jungen Frau, die in einer Illustrierten blätterte.

Er ließ den Blick durch das Wartezimmer schweifen und fragte sich, was die Frauen wohl über einen männlichen Besucher beim Frauenarzt dachten. Eine der Frauen war hoch schwanger. Walde musterte sie verstohlen. Auch ohne Illustrierte schien sie sich nicht zu langweilen. Er fasste sich an den Kopf, weil er spürte, dass ihn dort etwas berührte. Es war ein Blatt der ausladenden Pflanze. Er stand auf und ging zum Zeitschriftenständer. Es gab nur Hefte der Zeitschrift ‚*Eltern*'. Mit einem Heft setzte er sich auf einen Platz außer Reichweite der Birkenfeige, deren Blätter glänzten, als wären sie mit Wachs poliert worden.

Beim Durchblättern überlegte er, ob er nicht doch besser ins Behandlungszimmer gegangen wäre. Ein Artikel mit der Überschrift *‚Männerwehen'* fand seine Aufmerksamkeit. Annikas Geburt war schon ein paar Jahre her, und letztlich war es ein Kaiserschnitt geworden, bei dem er im OP nicht anwesend sein durfte. Er kannte also nur das Davor und Danach.

In dem Artikel wurden Ratschläge gegeben, wie sich Männer im Kreißsaal verhalten sollten. Die Tipps reichten vom Mithecheln während der Wehen bis zum Rauchen vor der Tür und zum Biertrinken in der Cafeteria, wobei auch der Ratschlag nicht fehlte, gegen den anschließenden Mundgeruch ein Bonbon zu lutschen. Er grinste und las den Artikel ein zweites Mal, als Doris in der Tür erschien. »Schade, dass du nicht pünklich warst!«

Walde legte die Zeitung zurück, bevor er sich von den ihn interessiert musternden Frauen verabschiedete.

Er umarmte Doris. »Was sagt die Ärztin?«

»Alles in Ordnung. Wir dürfen noch.«

»Was?« Walde blickte zur Sprechstundenhilfe hinüber. Sie starrte ungerührt auf den Bildschirm.

»Na, laufen gehen.«

»Ach so.« Walde hielt Doris die Tür zum Treppenhaus auf.

»Du hast was verpasst«, sagte sie auf dem Weg nach unten. »Man kann ja schon so viel erkennen, und alles in Farbe. Wirklich, das hättest du sehen müssen!«, begeisterte sie sich. »Er hatte den Daumen im Mund, jedenfalls sah es so aus.«

»Schade, tut mir leid, ich war noch bei Annika im Kindergarten.«

»Ich hätte mir auch einen Film mitgeben lassen können.«

»Warum hast du nicht?«

»Das kostet extra. Warum warst du im Kindergarten?«

»Da ist eingebrochen worden, letzte Nacht, und Annika hat mich angerufen, vielmehr anrufen lassen.«

»Und wie geht sie damit um?«

»Ich denke, sie kommt damit klar, und die Typen werden wir schnappen!« Schon eine Sekunde später bereute Walde, was ihm da herausgerutscht war.

»Das ist gut. Ich muss noch zur Apotheke und was einkaufen und Annika abholen. Kannst du mit Quintus rausgehen?«

»Wann?«

»Jetzt.«

»Wie stellst du dir das vor? Ich bin im Dienst.«

»Aber du hast doch auch jetzt Dienst.«

»Ja, aber hier fällt das nicht so auf, als wenn ich mit einem Hund an der Leine durch die Stadt spaziere.«

»Wo warst du denn?«, fragte Gabi, als Walde am Nachmittag in ihr Büro kam. Sie hielt ein Telefon am Ohr. »Hier ist die Trierer Kriminalpolizei … Español, no …«, sie kam ins Stocken. »Du kannst nicht zufällig Spanisch?«, fragte sie. Als Walde abwinkte, legte sie auf. »Wie kann man an einem Kurs in Deutschland teilnehmen, wenn man nur Spanisch spricht?«

»Habt ihr die Liste?«

»Ja, das war noch ein Tanz. Aber ich glaube, Muth ist nicht Gorzinskys Erpressungsopfer.«

»Das glaube ich auch nicht«, sagte Grabbe.

»Warum?«, fragte Walde.

»Muth hat definitiv keine Kohle. Er scheint sein Nomadenleben auch deshalb zu führen, um Unterhaltszahlungen zu umgehen.«

»Und was ist mit den anderen Leuten aus dem Camp?«

»Von denen war niemand am Samstagabend im Amphitheater. Außer mit der Spanierin, das hast du ja eben mitgekriegt, haben wir mit allen gesprochen.« Grabbe tippte auf eine Liste mit Namen, neben denen sich handschriftliche Notizen befanden.

»Und diese Lara?«

»Sie sagt, sie sei bei Muth im Wohnwagen am Landesmuseum gewesen. Sie will schon um dreiundzwanzig Uhr geschlafen haben.«

»Danach könnte er sich weggeschlichen haben«, spekulierte Walde, während er einen Blick auf das Vernehmungsprotokoll warf, das Muth, bevor er gehen durfte, unterschrieben hatte.

»Und wo hast du gesteckt?«, fragte Gabi.

»Ich war bei meiner Tochter. In ihrer Kita ist eingebrochen worden.«

Den Besuch beim Frauenarzt und den Spaziergang mit Quintus am Moselufer verschwieg er. Eigentlich war es unlogisch, danach beurteilt zu werden, ob man am Schreibtisch saß, Leute befragte oder irgendwelchen Hinweisen und Spuren nachging. Man konnte auch vor lauter Indizien sammeln, Spuren verfolgen und Befragungen den Überblick verlieren und versäumen, nachzudenken und die richtigen Schlüsse zu ziehen.

Er bemerkte, wie Grabbe und Gabi einen kurzen Blick wechselten, beließ es aber bei seiner Erklärung. »Ich bin bei Sattler.«

Im Labor fiel nur spärliches Licht durch die Schlitze der Rollos. Sattlers Gesicht wurde von einer Lampe auf dem Tisch so angestrahlt, dass der Schatten seiner Brille in Balkengröße an der Decke erschien.

»Was gibt's?« Sattler blickte von einer rechteckigen Lupe auf, die an einem schwenkbaren Arm befestigt war.

»Hat das was mit einem Einbruch zu tun?« Walde zeigte auf das hell angestrahlte Brecheisen.

»Gut kombiniert!«

»Es könnte ja auch jemand damit erschlagen worden sein.«

»Dann wüsstest du es«, sagte Sattler.

»Okay.« Walde nickte. »Das Teil steht nicht zufällig im Zusammenhang mit der Serie von Einbrüchen in Kindergärten und Schulen?«

»Nee, der Besitzer dieses Teils ist ein alter Bekannter, der gibt sich mit so was nicht mehr ab. Warum interessiert dich das?«

»Im Kindergarten meiner Tochter wurde letzte Nacht eingebrochen. Seid ihr da gewesen?«

»Nicht, dass ich wüsste.«

»Hat Meyer euch nicht gerufen?«

»Das hätte auch wenig Sinn gemacht. Wir waren bisher an zwei, drei Tatorten, da konnten wir wenig bis nichts ausrichten.«

»Haben die Täter Handschuhe benutzt?«, fragte Walde.

»Weiß ich nicht.« Sattler nahm seine Brille ab und rieb sich über den Nasenrücken. »Da war alles voller Fingerabdrücke. Von den Kindern, den Erzieherinnen, Praktikanten, Eltern, Großeltern, Au-pairs oder wer sonst noch die Kinder bringt oder abholt. Wo sollen wir da anfangen und wo aufhören? Und wenn wirklich ein brauchbarer Fingerabdruck eines Täters darunter gewesen wäre, hätte das auch wenig gebracht. Die sind doch sowieso bei uns noch nicht erfasst.«

»Wahrscheinlich noch nicht. Aber das ist nur eine Frage der Zeit bis wir sie haben.«

»Ich soll dir ausrichten, du sollst dich bitte noch mal bei Gabi melden«, begrüßte ihn Meyer.

»Woher wissen die, dass ich zu dir ..?«

»Wahrscheinlich Intuition.« Meyer grinste. »Und angeblich willst du mir deine Mithilfe bei der Einbruchsserie anbieten?«

»Wer sagt denn so was?«

»Hmh, da muss ich mich wohl verhört haben.« Meyer setzte eine unschuldige Miene auf. »Weshalb bist du denn hier?«

»Bei meiner Tochter im Kindergarten … also da waren sie auch, letzte Nacht. Wenn ich was tun kann, lass es mich wissen. Das nimmt ja wirklich Überhand mit dieser Serie. Ruf' mich an, falls sich was tut, meine Handynummer hast du ja.«

*

In der Diele roch es nach überbackenem Käse und Gemüse. Schlagartig wurde Walde bewusst, dass er seit dem Frühstück nichts mehr gegessen hatte und sein Magen reagierte wie ein Pavlov'scher Hund. Er zog seine Schuhe aus, legte die Schlüssel auf die Kommode neben einen hellen, in Folie verpackten Keks.

»Ich bin da!«, er streckte seinen Kopf ins Wohnzimmer. Dort war niemand. Er fand Doris in einer Liege auf der Terrasse, wo sie in einem Buch las.

»Warmer Auflauf steht im Backofen«, sagte sie, als wüsste sie, wie ausgehungert er war. »Annika ist ziemlich platt, weil sie heute Mittag nicht geschlafen hat, aber sie wollte unbedingt auf dich warten.«

Auf dem Weg zu Annikas Zimmer schnappte er sich den Keks, riss die Folie auf und biss eine Ecke ab. Als der Keks zerbröselte, hielt er die Hand darunter und stopfte ihn sich ganz in den Mund.

Die Aufregung des Tages hatte Annika wach gehalten. Walde ließ sich neben ihr auf dem Bett nieder. »Was macht die KiGa …«, weiter kam er nicht, der Keks war trocken wie Wüstenstaub.

»Der Ludger sagt nicht KiGaPo, er sagt …«, sie prustete los und hielt sich die kleine Hand vor den Mund, »KiGaArsch.«

Walde kaute auf dem Keks. »Darf ich?« Auf dem Nachtschrank stand eine Tasse Tee.

Er trank einen Schluck. »Verstehe ich nicht.«

»KiGaPo.« Sie betonte die letzte Silbe.

»Ah, jetzt verstehe ich.«

»Ich hab' Felix und Jens gesagt, du schnappst die Verbrecher.«

»Einbrecher.« Er griff nach dem Buch.

»Kommen die wieder?«

»Nee, glaube ich nicht, die gehen immer in einen anderen Kindergarten oder eine andere Schule.«

»Und wenn die Kinder noch da sind, wenn sie kommen?« Sie legte sich auf die Seite und zog sich die Decke bis zum

Ohr.

»Nein, die machen das nur nachts, wenn niemand da ist und die Kinder und die Erzieherinnen zu Hause sind.«

»Kommen die denn auch woanders hin?« Annikas Stimme klang monoton und müde.

»Wie meinst du das?«

»Zu uns oder so?«

»Nee, da pass' ich schon auf.«

»Du kannst das.« Sie drehte sich auf den Bauch. »Du kannst alles!«

»Ich kann vieles nicht besonders.« Walde zählte leise auf: »Malen nicht, und singen auch nicht und auswendig lernen ...«

Annika murmelte: »Ja, das kann Mama. Aber dafür passt du auf alles auf. Auf mich und Mama und Minka und Quintus und auf unser Haus und den Kindergarten.«

Er nickte. »Ja, das mache ich. Aber nicht allein, dabei helfen ja auch die anderen Polizisten. Weil einer allein sich nicht um alles kümmern kann. Da gibt es Kollegen, also andere Polizisten, die fahren zu Unfällen, andere kümmern sich um ...«

»Und du schnappst Verbrecher.«

Walde nickte seufzend und legte das Buch zurück.

Er nahm den Teller mit dem warmen Auflauf und ging hinaus auf die Terrasse. Quintus lag lang ausgestreckt neben Doris' Liege und ließ sich von ihr das dicke Fell kraulen.

»Schmeckt's?«, fragte Doris.

»Wunderbar!« Er beobachtete, wie Minka sich von ihrem Stammplatz auf dem Mulch zwischen zwei Buchsbaumkugeln erhob, sich streckte und im Vorbeigehen unter dem Tisch mit dem Schwanz an seinen Beinen entlangstrich, bevor sie zu ihrem Napf mit dem Trockenfutter ging und es laut knackend zwischen den Zähnen zermalmte.

Eine Amsel hatte sich auf der Spitze einer Tanne niedergelassen und sang immer neue Koloraturen im Duett mit einem unsichtbaren Vogel, der irgendwo am Rande ihres Reviers, wahrscheinlich ebenfalls auf einem Baumwipfel, hockte.

»Soll ich dir etwas zu trinken mitbringen?«, fragte Walde, als er aufgegessen hatte.

»Danke, nein.«

Beim Hinausgehen sah er, dass sie nur noch wenige, offensichtlich fesselnde Seiten im Buch zu lesen hatte. In der Küche nahm er sich einen Nachschlag und eine kleine Flasche Bier.

Ein Schwarm tief fliegender Krähen wurde auf dem Weg zu ihrem Schlafplatz von einem frisierten Mofa übertönt, das sich anhörte, als würde eine Motorsäge in einer Zinkgießkanne laufen.

Walde legte das Besteck auf den Teller und trank. Die Katze hatte sich wieder auf ihrem Plätzchen zusammengerollt. Die Amsel sang nun außer Sichtweite. Er hielt eine Weile nach ihr Ausschau, konnte sie aber nirgends entdecken. Ein ganzes Orchester von Vogelstimmen, durchsetzt vom Zirpen einer Grille und dem Summen der Bienen, die für den Tag eine letzte Sammeltour unternahmen, umgab ihn.

Nebenan klappte Doris ihr Buch zu.

»Wie war's?«

»Gut.« Sie stand auf, wobei sie sich eine Hand auf den Bauch legte. »Möchtest du noch einen Nachschlag?«

»Danke, ich bin pappsatt!«

Sie ging hinein.

Das ferne Brummen eines Flugzeugs legte sich über das Gezwitscher und ebbte wieder ab. Am Himmel schob sich eine dicke weiße Wolkenformation, deren oberer Rand noch von der untergehenden Sonne angestrahlt wurde, vorbei. Heute würde es trocken bleiben. Walde erhob sich und ging ebenfalls hinein.

Doris brachte eine kleine Schale, räumte Annikas in eine Decke gewickelte Puppe von dem Zweisitzersofa und ließ sich darauf nieder.

Walde setzte sich neben sie und probierte einen Löffel Quark mit Erdbeeren, den sie ihm vor den Mund hielt. Während er versuchte, den sauren Geschmack mit einem Schluck Bier wegzuspülen, fragte sie: »Hast du den Keks vom Schrank in der Diele genommen?«

»Mhm.«

»Und?«

»Er war ziemlich trocken.«

»Und welche Botschaft war dabei?«

Er überlegte. »Man sollte immer was zu trinken haben, wenn man einen trockenen Keks isst.«

Sie schob sich wieder einen Löffel Quark in den Mund. »Das hört sich aber seltsam an.«

»Warum?«

»Sonst stehen da immer andere Botschaften.«

»Nee, da stand überhaupt nichts«, er stutzte. »War das etwa ein chinesischer Glückskeks?«

Sie prustete los: »Nun sag nur …«

»Das hab ich nicht bemerkt.«

»Du hast den Zettel wirklich mitgegessen?«

»Ich hatte Hunger … und dann ist der Keks gebröselt und du hast gerufen und Annika …«

Doris lachte und presste dabei beide Hände vor den

Bauch.

»Wann warst du denn beim Chinesen?«, fragte er.

Sie hörte auf zu lachen, machte ein nachdenkliches Gesicht. »Das ist schon länger her … Wenn ich mich recht entsinne, schon ein paar Jahre.« Wieder prustete sie los.

»Und dann legst du ihn einfach so auf den Dielenschrank, quasi als Köder.«

»Annika konnte nicht drankommen.«

»Und was ist mit mir?«

»Ich dachte, du bist vernünftig«, sie lachte wieder los, »und … und stopfst dir nicht einfach alles rein, was so rumliegt.«

»Als Spion hat man früher gelegentlich schriftliche Botschaften essen müssen. Papier ist im Prinzip nichts anderes als ein Ballaststoff aus Zellulose.«

Sie prustete wieder los.

Donnerstag

In der Nacht wachte Walde auf. Es hatte einen Knall gegeben, ob in seinem Traum oder in Wirklichkeit – das wusste er nicht. Er schwitzte an Kopf und Hals, schlug das dünne Oberbett zurück und strampelte die Füße frei. Draußen war es dunkel, die Vögel schliefen noch, auch von der Allee war nichts zu hören. Doris schien fest zu schlafen.

Als er sich umdrehen wollte, stieß er gegen Annika, die sich wie eine heiße Wärmflasche an seinen Rücken schmiegte.

Er hatte geträumt, dass jemand in Gorzinskys Krankenzimmer geschlichen war und ihm seine Krankenakte aufs Gesicht gedrückt hatte. Walde hatte dem Täter in letzter Sekunde den grünen Karton aus der Hand geschlagen. Natürlich war das irreales Zeug. Er starrte in die Dunkelheit. Wer auch immer den Paparazzo niedergeschlagen hatte, war in den Besitz des belastenden Materials gekommen. Es gab keinen Grund, Gorzinsky im Krankenhaus aufzusuchen. Die Gelegenheit, ihn zu töten, hatte der Täter bereits gehabt. Oder hatte er angenommen, Gorzinsky sei tot, so wie es auch das Zimmermädchen und Grabbe geglaubt hatten? Wenn der Fotograf noch weitere Kopien der Fotos besaß, schwebte er immer noch in Lebensgefahr.

Walde war sich bewusst, dass seine Sorgen am nächsten

Morgen kleiner geworden oder sogar ganz verschwunden sein würden, aber jetzt konnte er sie einfach nicht abschütteln. Er schlüpfte über das Fußende aus dem Bett und deckte Annika wieder zu. Ohne Licht zu machen ging er in die Küche, um etwas zu trinken. Die Uhr am Herd zeigte kurz vor zwei.

Wenn er nachts aufwachte und nicht mehr einschlafen konnte, half es, einige Seiten zu lesen, um sich abzulenken und wieder die nötige Bettschwere zu erlangen. Doch heute Nacht kam es ihm wie eine Fügung vor, aufgewacht zu sein.

Walde hinterließ eine Nachricht auf dem Küchentisch. Zum Krankenhaus waren es nur ein paar hundert Meter.

Kaum war er vor die Haustür getreten, spürte er die Atmosphäre der Nacht, diese ganz andere Stimmung, die sich grundlegend von der am Tag unterscheidet. Ein wenig kam er sich vor wie ein Fremder, als er die Allee und die verlassene Straße überquerte, wo die Ampel unermüdlich Signale gab, für die sich höchstens Motten interessierten.

An der Pforte des Krankenhauses zeigte er dem aufmerksam wirkenden jungen Mann im kurzärmeligen weißen Polohemd seinen Ausweis und stellte beruhigt fest, dass hier niemand so einfach vorbeikonnte. Während der Pförtner in seinem Rechner nachsah und ihm die Auskunft gab, dass Gorzinsky sich noch auf der Intensivstation befand, schaute er immer wieder auf die Monitore, die von Überwachungskameras im Außen- und Innenbereich gespeist wurden.

Walde benutzte die Treppe. An der Schwingtür zur Intensivstation stand ein untersetzter Mann mit Vollbart und kahl geschorenem Kopf. »Sie wurden uns angekündigt, ich bin Nachtschwester Holger.«

»Ich wollte nur mal sehen, wie es Andreas Gorzinsky

geht.«

Der Krankenpfleger schaute auf seine Uhr. »Klar, kein Problem. Haben Sie auch Nachtdienst?«

»Nicht wirklich, aber ich wohne hier in der Nähe.«

Der Flur war taghell erleuchtet. Sie gingen am Stationszimmer vorbei, in dem ein weiterer Pfleger am Schreibtisch saß und arbeitete.

»Es wurde entschieden, Herrn Gorzinsky über Nacht in der Intensivstation zu lassen. Hier sind die Patienten unter ständiger Beobachtung«, sagte der Pfleger, der nun vor einer Glastür stehen blieb. Walde sah durch die Scheibe auf mehrere von Apparaten umstellte Betten. Von den Patienten selbst war aus dieser Perspektive nichts zu erkennen.

»Er hat was bekommen und schläft ruhig«, sagte sein Begleiter, der nun innehielt und einem Piepton lauschte, der gleich wieder verstummte.

»Danke, ich komme morgen früh wieder.«

Walde nahm denselben Weg quer durch die Allee zurück. Auf den letzten Metern zog er den Schlüssel aus der Tasche. Oben im Haus brannte Licht. Da gab es noch jemanden, der nicht schlafen konnte oder vielleicht krank war. Er hatte die Nachbarn von oben schon seit Wochen nicht mehr gesehen. Irgendein Automatismus ließ ihn seinen Wagen aufschließen. Drinnen roch es nach nassem Hund, muffigen Sitzen und Schmieröl. Walde fuhr los. Nach kurzer Zeit kurbelte er das Fenster herunter. Die Nachtluft traf ihn so frisch wie einen Astronauten die erste Meeresbrise nach dem Ausstieg aus der eben gewasserten Weltraumkapsel.

Im Autoradio sangen Mark Knopfler und noch ein Typ, dessen Name ihm nicht einfiel, ‚*Sailing to Philadelphia*'. Walde nutzte die Schleichwege zum Präsidium. Die Fassade an der Ostseite, wo sein Büro lag, war komplett dunkel. Er wollte sich einen Abzug des Fotos holen, das Gorzinsky vom toten oder sterbenden Tiefenbach gemacht hatte. Mark Knopfler spielte eins seiner klangvollen und nur wenige Töne benötigenden Soli.

Walde entschied sich weiterzufahren. Er glaubte, das Foto so gut verinnerlicht zu haben, dass er die Position des Fotografen am Graben wiederfinden würde. Die Bilder waren gegen Mitternacht entstanden, da war es hinter dem Hügel des Amphitheaters stockdunkel gewesen. Womöglich war es besser, die Position des Fotografen ebenfalls im Dunkeln zu erkunden. Würde er bis zum nächsten Abend warten, wäre der Graben, in den Tiefenbach gestürzt war, wahrscheinlich bereits verfüllt. Sattler hatte gesagt, der Fotograf habe sich in einer Position gegenüber von Tiefenbach befunden.

Mark Knopflers Stimme klang längst nicht so wohltönend wie die von James Taylor – jetzt fiel ihm der Name wieder ein – oder der Klang seiner Leadgitarre, und dennoch faszinierten die Abgeklärtheit und die Unaufgeregtheit, in die Knopfler seine bescheidenen gesanglichen Mittel kleidete. Walde bog im Kreisverkehr hinter dem hässlichen Klotz des ehemaligen Präsidiums in die Straße zum Amphitheater ein. Der Besucherparkplatz war wie erwartet leer. Im Kofferraum fand er eine Taschenlampe, die beim zweiten Versuch funktionierte. Er schaltete sie aus, als unterhalb ein Taxi vorbeifuhr.

Die Gebäude und Tore an der Westseite des Amphitheaters bildeten eine unüberwindliche Barriere. Daneben lag eine Schule in einem großen, parkähnlichen Gelände. Das niedrige Tor war nicht abgeschlossen. Walde blickte sich um, als er die quietschende Klinke drückte. Niemand war auf der von den gelben Lampen über einem Zebrastreifen beleuchteten Straße zu sehen. Auf dem Gelände schlich Walde durch das Wäldchen am Zaun entlang zum angrenzenden Amphitheater. Das Rauschen der Blätter im Wind war lauter als seine vorsichtigen Schritte in dem trockenen Laub. Ein Wagen fuhr auf der Straße. Walde drehte sich um. Die Bäume verdeckten die Sicht. Im Schein der Taschenlampe tauchte ein schmaler Trampelpfad auf. Links stand das zweistöckige Schulgebäude mit großen schwarzen Fenstern. Es schien keine Hausmeisterwohnung zu geben.

Hoch über Waldes Kopf war ein starkes Rauschen zu hören. Er streckte prüfend eine Hand aus, weil er glaubte, ein Platzregen ginge nieder. Das Wäldchen lichtete sich vor einem Gebäude. Als er es anstrahlte, erkannte er die blaue Verbretterung des kleinen einstöckigen Flachbaus, den er tagsüber vom Amphitheater aus gesehen hatte. Nicht weit von hier war die Grabungsstelle. Dem Ruf eines Käuzchens folgte ein fernes Gegröle von Männerstimmen, wahrscheinlich von einem späten Gelage im Palastgarten. Vor ihm waren Schritte zu hören. Walde blieb mit angehaltenem Atem stehen. Sein Herz begann zu pochen. Jemand pfiff leise, schien ihn nicht gehört zu haben und bemühte sich nicht, leise zu sein. Er kam immer näher. Walde spannte seine Muskeln und packte die Taschenlampe fester. Der andere war nur noch wenige Schritte entfernt. Walde sah die Konturen der Baumstämme, sonst nichts. Nun waren die Schritte neben ihm. Waren hier Einbrecher auf dem Schulgelände? Das wäre ein Ding! Und wieder wurde gepfiffen. Es schien vom Boden her zu kommen. Und dann sah Walde im Lichtstrahl der Taschenlampe, was sich da pfeifend und mit Getöse durchs Unterholz bewegte. Es war ein Igel, der die Beine lang gestreckt hatte und ab und zu einen Pfiff ausstieß.

Walde atmete tief durch. Er gelangte zu einem kleinen Hügel aus verrotteten Gartenabfällen. Die Länge seiner Beine reichte, um den Maschendraht und die zwei darüber gespannten Stacheldrähte zu überwinden. Die nach unten gebogenen Drähte zeigten, dass er nicht der Erste war, der diesen Weg nahm. Drüben waren die dunklen Konturen der hohen Mauern zu erkennen, in denen Walde den Fußgängertunnel bloß erahnen konnte. Außer dem Rauschen der Blätter und dem Zirpen der Grillen war lediglich das leise Brummen eines hoch über der Stadt vorbeiziehenden Flugzeugs zu hören. Walde steckte die Taschenlampe ein und hielt sich mit beiden Händen an einem schmalen Metallpfosten fest. Auf der anderen Seite ging es deutlich tiefer hinunter. Er ließ los, setzte mit beiden Füßen auf und musste einen Ausfallschritt machen, um nicht zu stürzen. Dort später wieder hinaufzukommen, würde nicht einfach werden.

Die Grillen legten eine winzige Pause ein, um dann wieder genau im Takt einzusetzen.

Aber da war noch etwas, ein Kratzgeräusch, als würde ein Tier irgendwo scharren. Walde hielt den Atem an und lauschte mit offenem Mund. Aber nur das Rauschen der Blätter war zu hören. Gebückt schlich er am Zaun entlang, bis er gegenüber dem Tunneleingang stand. Das andere Ende war schwach zu erkennen. Wieder glaubte er das Scharren zu hören. Nun waren die Erdhügel auszumachen, hinter denen der kleine Bagger parkte. Walde näherte sich dem Graben. Er versuchte, sich das Foto in Erinnerung zu rufen. Hier war es dunkler, als er erwartet hatte.

Da war es wieder, das Kratzen. Walde hielt erneut den Atem an und lauschte konzentriert. Das Geräusch kam von einem Spaten. Etwas landete vor seinen Füßen. Er zuckte zusammen. Wieder das Spatengeräusch, gefolgt von einem Wurf Erde, die vor ihm auf den Boden fiel. Walde ging in die Hocke. Auf allen vieren schlich er sich, im Bogen der Stelle ausweichend, wo der Aushub landete, an den Graben heran. Er atmete tief ein, als er, die Taschenlampe im Anschlag, vorsichtig über den Rand lugte.

»Nein!« Eine aufgeregte Männerstimme aus dem Graben ließ Walde zusammenzucken.

Die Grillen verstummten. In Waldes Ohren erklang ein mächtiger Gong, sein Kopf wurde nach vorn gestoßen, mit dem Gesicht landete er im Aushub. Als er den Mund zu einem Schmerzenslaut öffnete, hatte er Erde darin und musste ausspucken.

»Bist du total bescheuert?«, rief die Stimme aus dem Graben.

»Aber … ich dachte …«, stammelte eine Frau. Sie schien nicht unten im Graben zu sein. Die Stimme kam von hinten. Eine Gestalt kletterte aus dem Graben.

Walde rollte sich auf die Seite und beobachtete, wie der Mann der Frau einen Gegenstand aus der Hand riss und auf den Boden warf. Dann kniete er sich neben ihm nieder.

»Herr Kommissar, können Sie mich hören?« Der Mann legte Walde eine Hand auf die Schulter. »Bleiben Sie so liegen, wir rufen einen Notarzt. Lara, nun mach' schon!«

»Herr Muth?« Walde konnte so langsam die Situation entwirren. »Lara …«

»Das wollte ich wirklich nicht«, stammelte die Frau. »Ich dachte … Sie sind der … also der am Samstag …«

»Lara hat Sie für den Mörder gehalten«, versuchte Muth

zu übersetzen. »Darf ich mal sehen?«

»Was?«, fragte Walde, während er sich vorsichtig aufsetzte und die Taschenlampe am Rand des Grabens liegen sah. Um ein Haar wäre er hinabgestürzt, und ihn hätte womöglich Tiefenbachs Schicksal ereilt.

»Ihre Wunde«, sagte Muth.

Walde schaltete die Lampe ein. Als Erstes leuchtete er auf den Klappspaten am Boden. Damit hatte sie ihm auf den Kopf geschlagen. Er fuhr sich mit der Hand über den schmerzenden Nacken. Als er die Finger anschließend im Licht der Taschenlampe vor seine Augen hielt, waren sie dunkel gefärbt von seinem Blut.

*

»Wo kommt der Verband denn her?«

Walde träumte, dass er in der Grube neben den Skeletten schlief. Eine Fremdenführerin hatte ihn entdeckt, und nun wurde er von einer ganzen Gruppe neugieriger Touristen bestaunt.

»Sag mal, was ist denn passiert?«, fragte die Stimme.

Er öffnete die Augen. Da stand Doris. Der Schrank hinter ihr kam ihm bekannt vor. Neben ihm regte sich Annika. Draußen schienen die Grillen immer noch ein Konzert zu geben.

»Papa ist ein Indianer.« Annika tatschte ihm an den Hinterkopf.

»Vorsicht!« Er kniff die Augen zu und wunderte sich,

dass es nicht wehtat. Er tastete an seine Schläfe. Der Verband war noch da. Es war also doch kein schlechter Traum gewesen.

Doris setzte sich auf die Bettkante, einen Zettel in der Hand. Es schien der zu sein, den er auf dem Küchentisch hinterlassen hatte.

»Fütterst du Minka?«, bat Walde.

»Mach ich.« Annika sauste aus dem Zimmer.

Walde erzählte in wenigen Sätzen, was in der Nacht passiert war.

»Wie viel ist die Wurzel aus 289?«, fragte Doris.

»17.«

»Rechnen kannst du noch, also ist es keine Gehirnerschütterung.«

»Und wer sind Sie, schöne Frau?«, fragte er, während er sich mit nach vorn gestreckten Armen aufsetzte und die Beine aus dem Bett hievte. Er blieb auf der Bettkante sitzen und bewegte den Kopf in beide Richtungen.

»Das hätte schlimmer kommen können«, meinte Doris, »wenn der Muth nicht gerufen hätte, wäre vielleicht die scharfe Kante des Spatens auf deinen Schädel gesaust.«

»Ich hab noch nicht mal Kopfschmerzen«, sagte er.

»Dann hättest du nie mehr Kopfschmerzen und Klaus-Dieter wäre als Waisenknabe zur Welt gekommen.«

»So wird er ganz sicher nicht heißen, solange er noch einen Vater hat.«

Walde hatte im Präsidium eine Nachricht hinterlassen, dass er heute nicht zum Dienst käme. Einen bestimmten Grund hatte er nicht genannt. Es war halb neun, als er sich an den Frühstückstisch setzte. Doris hatte ihm das Frühstück ans Bett bringen wollen, aber so krank fühlte er sich nun doch wieder nicht.

»Mir geht es wirklich gut, aber ich habe dem Arzt in der Notaufnahme versprochen, heute zu Hause zu bleiben, und ich lege mich auch gleich wieder hin.« Als Walde den Mund öffnete, um in sein Brot zu beißen, schmerzten seine Kiefergelenke. Das musste von dem Sturz auf den Erdhügel herrühren.

»Was passiert jetzt mit Muth und seiner schlagkräftigen Freundin?« Doris schnitt eine halbe Scheibe Brot in schmale Streifen, die Annika in das Gelbe ihres weich gekochten Eis tunkte. Um ihre Lippen wuchs nach und nach ein gelber klebriger Bart.

»Vorerst nichts.« Walde kaute vorsichtig. »Muth hat nichts getan, im Gegenteil, er hat versucht, das Schlimmste zu verhindern, und seine Freundin hat sich bedroht gefühlt.«

»Das heißt aber noch lange nicht, dass sie dir einen Spaten über den Schädel ziehen durfte. Und außerdem waren sie illegal ins Amphitheater eingedrungen.«

»Genau wie ich«, sagte Walde. »Muth hat versucht, noch etwas von der Grabung zu retten, bevor heute endgültig alles zugeschüttet wird. Das hat wohl nichts mit dem Fall zu tun.«

»Und was wolltest du eigentlich da?«

»Hab ich doch schon gesagt. Ich wollte die genaue Position finden, von der Gorzinsky die Aufnahmen von Tiefenbach gemacht hat.«

»Mitten in der Nacht?« Doris schüttelte den Kopf.

Freitag

Um neugierigen Fragen nach seinem Verband an der Pforte auszuweichen, betrat Walde das Präsidium vom Hof aus durch den Seiteneingang. Als sich die Fahrstuhltür öffnete, stand ausgerechnet Monika, die Pressesprecherin, vor ihm.

»Das trifft sich gut«, sagte sie, »Stiermann hat gestern und heute schon mehrmals bei mir nachgehört, er braucht den Stand der Ermittlungen für die Presse.« Sie drückte den dritten Stock und fuhr mit ihm nach oben, wo sie hergekommen war. »Am besten wäre natürlich, wenn wir einen Täter …«

»Warum fragt er nicht mich?«

»Hat er ja versucht. Wo warst du denn?«

»Im Bett.«

Sie zeigte auf seinen Kopfverband. »Deshalb?«

Er nickte.

»Darf ich fragen, was es damit auf sich hat?«

»Für drei Stockwerke ist die Geschichte zu lang, aber es ist weiter nichts«, versuchte er ihrer Frage auszuweichen. »Wenn wir mit Gorzinsky gesprochen haben, bekommst du einen Zwischenstand.«

»Wann wird das sein?«

»Ich denke bis heute Mittag.«

Der Fahrstuhl hielt. Er wunderte sich, dass Monika ihn

ohne weitere Nachfragen gehen ließ.

»Nudelholz oder Bratpfanne?«, fragte Gabi und deutete grinsend auf Waldes Kopf. Eigentlich wollte er gleich weiter in sein Büro, aber dann musste er die Geschichte von dem nächtlichen Zwischenfall ein zweites Mal erzählen. Auch bei seinen Kollegen verzichtete er auf Beschönigungen oder Ausflüchte.

Als er geendet hatte, fragte Gabi: »Wirst du Anzeige gegen diese Lara Seidensticker …«

»Besser nicht. Ein wenig kann ich nachvollziehen, was in ihr vorging.«

»Du meinst so eine Art Notwehr?«, fragte Gabi.

»Zumindest kann man nicht in Abrede stellen, dass sie ihren Freund verteidigt hat. Schließlich hat sich eine Gestalt mitten in der Nacht an den Graben herangeschlichen, wo ein paar Tage vorher ein Verbrechen verübt worden war, und der Täter läuft noch frei herum«, sagte Grabbe.

»Und was gibt es bei euch?« Walde versuchte einen Themenwechsel.

»Ich habe Gorzinskys Eintrittskarte für die Vorstellung am Samstagabend überprüft«, Grabbe raschelte mit Blättern.

»Ich wusste gar nicht …«

»Die hat in Gorzinskys Jackentasche gesteckt.« Grabbe hielt sie hoch. »Und weißt du, woher er sie hat?«

»Keine Ahnung.« Walde spielte mit. »Abendkasse, Vorverkauf, Schwarzmarkt.«

»Sie stammt aus dem Kontingent von Freikarten, die Orthauser erhalten hat. Da wurde genau drüber Buch geführt, wahrscheinlich, weil Freikarten nicht versteuert werden müssen.«

»Das könnte also auch heißen, dass Orthauser die Einzelkarte für Gorzinsky besorgen wollte, normalerweise geht man ja nicht allein in die Oper«, vermutete Gabi.

»Seltsam, dass sich Orthauser daran nicht mehr erinnert«, sagte Walde.

»Das sollten wir ihn nachher mal fragen«, sagte Grabbe. »Ich hab mich um eins mit ihm im *Metzer Hof* verabredet. Heute Abend ist die letzte Vorstellung der *Elektra*.«

»Andreas Gorzinsky ist zwar insgesamt in einer miserablen körperlichen Verfassung, scheint aber einen harten bajuwarischer Schädel zu haben.« Der Stationsarzt schaute interessiert auf Waldes Kopfverband. »Noch ein, zwei Tage Bettruhe, dann ist das Schlimmste bei ihm überstanden.«

»Er hat also keinen Schädelbruch oder ein Blutgerinnsel?«, wollte Grabbe wissen.

Der Arzt schüttelte den Kopf.

»Dann können wir jetzt zu ihm?«

»Ich möchte Sie nur bitten, ihn nicht allzu sehr aufzuregen und ihren Besuch auf zwanzig Minuten zu beschränken.«

Gorzinsky lag in dem Bett an der Wand auf der linken Seite des länglichen Drei-Bett-Zimmers. Das Bett gegenüber war mit einem Überzug abgedeckt. Dahinter, am Fenster, lag ein Mann um die dreißig. Er trug Kopfhörer und schaute hoch zum Fernseher, wo ein Motorradrennen lief. Sein Laken wölbte sich über einem fast einen halben Meter hohen Tunnel, wie Walde sie aus dem Garten als Abdeckung von Beeten kannte. Darunter kam ein bandagierter Fuß zum

Vorschein.

Gorzinsky war wach. Weder eine Zeitschrift noch ein Buch lagen auf dem Nachtschrank. Um ihn herum gab es keine Apparate, nicht einmal mehr eine Infusion. Sein Händedruck war schwach.

»Hallo, Herr Gorzinsky, wie geht es Ihnen?«, begrüßte ihn Grabbe.

»Es geht schon wieder.« Der bleiche Mann musste sich räuspern.

Da es nur einen Stuhl im Zimmer gab, blieben beide stehen.

»Wir haben da noch ein paar Fragen.« Grabbe schob seine rechte Hand in die Hosentasche. »Können Sie sich heute erinnern, wie das mit Ihrer Kopfverletzung passiert ist?«

Im Zimmer roch es nach Zigarettenrauch. Walde fragte sich, ob der andere Patient vielleicht gerade vom Rauchen zurückgekommen war. Aber der Galgen mit dem Haltegriff über dem Bett und die Pfanne in der untersten Lade des Nachtschranks sowie das Fehlen von Krücken sprachen dagegen. Der Mann war nicht in der Lage, das Bett zu verlassen.

»Ich muss wohl auf dem Weg zum Klo gestolpert sein«, sagte Gorzinsky.

»Und mit solcher Wucht mit dem Kopf gegen den Türrahmen …«

»Shit happens.« Der Fotograf hob die Hand, auf deren Rücken in Dunkelblau und Grün die Spuren der vergeblichen Versuche des Notarztes zu sehen waren, eine Infusion zu legen, und ließ sie auf das flache Oberbett fallen.

»Um welche Uhrzeit ist das passiert?«, bohrte Grabbe nach.

»Keine Ahnung, ich kann mich wirklich nicht erinnern.

Ich hab mich vielleicht um eins schlafen gelegt, und dann waren irgendwann die Sanitäter da.«

»Warum haben Sie das *,Bitte-nicht-stören'*-Schild rausgehängt?«

»Ich wollte ausschlafen.«

»Könnte es auch sein, dass jemand Sie niedergeschlagen hat? Die Tür war nicht abgesperrt.«

»Nein.« Gorzinsky schüttelte den Kopf. »Warum auch?«

»Es scheint so, als ob jemand etwas bei Ihnen gesucht hat. Ihr Laptop und alle Speicherkarten aus den Kameras sind verschwunden.«

»Und die Kameras und Objektive?«, Gorzinsky klang erschrocken.

»Keine Sorge, die sind noch da«, versuchte Grabbe ihn zu beruhigen.

»Haben Sie jemanden erpresst?«, fragte Walde. Er blickte kurz zu dem Mann am Fenster und sah mit Erstaunen, dass der sich gerade eine Zigarette anzündete.

»Wie kommen Sie denn darauf?« Gorzinsky verzog das Gesicht, als habe er Schmerzen.

»Wenn ja, dann befinden Sie sich noch immer in Gefahr«, sagte Grabbe. »Uns machen immer noch die beiden schwarzen Felder stutzig, die wir auf dem Ausdruck mit den Fotos aus der Tatnacht gefunden haben.«

»Da hatte ich vielleicht noch den Deckel drauf.«

»Wollen Sie uns verschaukeln?« Walde sah, wie der Mann aus dem Bett am Fenster einen Aschenbecher aus der Schublade des Nachtschranks zog. In dem gläsernen Gefäß waren zahlreiche Kippen zu sehen. »Sagen Sie mir, ob Sie die beiden Fotos irgendwo im Internet abgelegt haben oder ob sonst wo eine Kopie der Bilder vorhanden ist.«

»Ich weiß nicht, was Sie sich da in den Kopf gesetzt

haben. Es gibt keine Fotos. Außerdem tut mir mein Kopf sehr weh.«

»Vielleicht kommt das vom Rauch«, vermutete Grabbe.

»Des passt scho.« Gorzinsky zog seine Schublade soweit auf, dass der Aschenbecher darin zu sehen war.

Im Restaurant des *Metzer Hofs* war es feuchtwarm und wesentlich lauter, als man es um diese Zeit erwartet hätte. Walde und Grabbe, der seine beschlagene Brille abgenommen hatte, warteten ab, bis ein Schwarm Kellnerinnen mit Tabletts und Schüsseln in Richtung einer größeren Gesellschaft an ihnen vorbeigeeilt war. Etwas mehr als die Hälfte des großen Raums nahmen in U-Form aufgestellte Tische ein, an denen fröhliche, festlich gekleidete Menschen feierten. Orthauser winkte aus dem hinteren Teil des Raums, wo er allein an einem Tisch saß.

Er erhob sich und schüttelte ihnen mit kräftigem Druck die Hand. »Nehmen Sie bitte Platz.«

Eine Serviette steckte im Halsausschnitt seines Hemdes. Vor ihm auf dem Tisch stand ein Teller mit heller Cremesuppe, daneben ein Schälchen glänzender schwarzer Oliven und ein Körbchen mit geschnittenem Weißbrot.

»Lassen Sie sich nicht vom Essen abhalten!«, sagte Walde.

»Darf ich Ihnen etwas anbieten?« Orthauser löffelte seine Cremesuppe.

»Danke«, lehnte Walde ab.

»Vielleicht ein Süppchen oder einen Salat?« Der Dirigent kratzte mit einer Scheibe Baguette den Rest Suppe vom Teller. »Oder wenigstens was zu trinken, Tee, Kaffee, Wasser?«

Der Teller wurde abgeräumt. Walde bestellte sich einen

Espresso, Grabbe einen Früchtetee.

»Ich bin auf Mittagessen konditioniert. Meine Musiker bevorzugen es, am frühen Abend zu essen. Ich habe schon einmal vor drei Jahren mit der Luxemburger Staatskapelle zusammengearbeitet. Tolle Musiker, aber ein bisschen verwöhnt sind sie schon. Es darf nicht zu heiß und auch nicht zu kalt sein.« Er schob sich eine Olive in den Mund. »Abends nehme ich höchstens noch eine Kleinigkeit zu mir. Vor der Aufführung bin ich zu nervös für schweres Essen.«

Grabbe nickte. »Wir haben nur noch ein paar Fragen.«

»Schießen Sie los!« Orthauser zog die Serviette ab und warf einen prüfenden Blick auf sein weißes Hemd mit der verdeckten Knopfleiste.

»Warum hat Gorzinsky Sie ...« Grabbe unterbrach, weil eine Kellnerin den Espresso und Tee servierte und Orthauser aus einer in einem Kübel stehenden Flasche Wasser nachschenkte. »Warum hat Gorzinsky Sie um eine Eintrittskarte für *Elektra* gebeten?«

»Das hat er nicht. Ich habe mitbekommen, dass ihm die Akkreditierung zu den Vorstellungen der Antikenfestspiele entzogen wurde.«

Zwei Kellnerinnen stellten mit flinken Händen Platten mit Lammkoteletts, Gemüse und Kartoffelgratin auf Rechauds. Während eine wieder verschwand, legte die zweite vor.

»Guten Appetit!«, wünschte Grabbe.

»Bei den Proben durfte jeder rein, da der übliche Besucherverkehr weiterlief.« Orthauser schob sich eine Gabel Fleisch in den Mund.

»Wie kam es, dass Gorzinsky die Akkreditierung verloren hatte?«

»Dafür hat Tiefenbach gesorgt. Er hat herausgefunden,

dass Andy weder eine Zeitung noch sonstige Medien vertrat, geschweige denn einen gültigen Presseausweis vorzuweisen hatte.«

Walde rührte Zucker in seinen Espresso. Der Schaum darauf erinnerte ihn an die Luftaufnahme vom Auge eines Orkans.

»Und da haben Sie ihm geholfen?«, fuhr Grabbe fort.

»Ja, Sie kennen doch sicher die Akten. Andy ist ein Bekannter aus München. Wir hatten keinen Kontakt mehr seit dieser leidigen Geschichte und sind uns erst hier wieder über den Weg gelaufen.« Der Dirigent tupfte sich den Mund ab und trank aus seinem Glas.

»Tiefenbach hat nicht so großherzig reagiert«, sagte Walde.

Orthauser nahm sich zwei weitere Koteletts von der Platte. »Die beiden haben sich nicht besonders gemocht.«

»Das ist eine sehr harmlose Umschreibung.«

»Wenn das Leben eine Oper wäre, hätte es wahrscheinlich weniger subtile Ausdrucksformen …«

»Und im wahren Leben waren es die kleinen versteckten Fouls, hier ein kompromittierendes Bild, da der Entzug der Akkreditierung …«

»Und bei Tiefenbach hier ein zu oft verlangter Kniefall und da ein kleiner Schubser.« Am Nebentisch wurde kollektiv gelacht.

Walde beugte sich vor. »Dieser Fotograf hat mit Koks gedealt, und Tiefenbach hatte gegen ihn ausgesagt und gegen alle anderen aus diesem Zirkel, zu dem auch Sie gehört haben. Jetzt wollten Gorzinsky, und vielleicht auch andere, Tiefenbach mit allen Mitteln in Misskredit bringen, um seiner Aussage das Gewicht zu nehmen, und auch, wie es scheint, aus persönlicher Rache. Wenn Tiefenbach verurteilt worden wäre, hätte er im Prozess auch gegen Sie aussagen müssen.«

Orthauser schob sich das letzte Stück Fleisch in den Mund. Er seufzte. »Timing ist wichtig, nicht nur in der Musik. Auch die Münchner Staatsanwaltschaft scheint ihr Handwerk zu verstehen.«

»Wo waren Sie in der Nacht von Montag auf Dienstag?«

»Da sind wir abends mit der zweiten Aufführung der *Elektra* in die Konstantinbasilika ausgewichen. Ich bin erst spät in mein Hotel in Luxemburg gekommen.« Er lächelte so freundlich wie immer und schien von der Frage nicht im Geringsten irritiert zu sein.

»Was meinst du, sollen wir was essen gehen?«, fragte Walde, als sie wieder im Wagen saßen. »Ich lade dich ein.«

»Dann übernehme ich die Getränke.« Grabbe legte sich eine Hand auf seinen Zustimmung grummelnden Bauch.

*

Als Gabi am Nachmittag ihr Büro betrat, saß Walde mit einer Tasse Kaffee in der Hand auf ihrem Stuhl.

»Wo kommst du her?«, fragte Grabbe, als habe er seit Stunden auf sie gewartet.

»Ich hatte was zu erledigen.«

»Aha.«

»Ja, was guckst du wie ein Scharfrichter? Was Privates, zum Teil wenigstens, es ging um mein Auto, das nutze ich ja auch dienstlich. Ich kenn da jemanden, der …«

»Hast du jemanden kennen gelernt?« Walde verkniff sich, ‚schon wieder' zu sagen.

»Das auch.« Sie wuchtete ihre schwere Handtasche auf den Schreibtisch, was den gewohnt scheppernden Klang erzeugte. »Aber das hat nichts mit der Geschichte heute Mittag zu tun. Ich hab das kleine Problem an meinem Auto beseitigen lassen.«

Walde wollte sich von ihrem Stuhl erheben.

»Bleib ruhig sitzen, ich hole mir auch noch einen Kaffee.«

»Das Verdeck?«, fragte Walde.

Sie nickte »Und ich war noch mit Markus essen. Und was gab es bei euch?«

»Wie bitte?«

»Das habt ihr doch auch gemacht.«

»Aber nicht mit Markus. Einem Mann, der als Zweitbesetzung durchaus ein Motiv haben könnte«, sagt Walde.

»Quatsch, wie oft soll ich dir das noch sagen? Der bringt doch wegen zwei Auftritten niemanden um!«, empörte sie sich. »Außerdem habe ich von ihm erfahren, dass Hertha Bergmann und Tiefenbach was miteinander hatten.«

»Und das ist kein Klatsch, mit dem Markus von sich ablenken will?«

Sie schüttelte den Kopf. »Soviel Menschenkenntnis habe ich.«

Walde verkniff es sich, sie daran zu erinnern, dass sie in einem zurückliegenden Fall schon mal einen Tatverdächtigen falsch eingeschätzt hatte. Er berichtete ihr vom Besuch bei Gorzinsky im Krankenhaus.

»Nicht zu fassen, da qualmt einer im Krankenhausbett«,

entrüstete sich Gabi.

»Was sollen die Ärzte mit einem Kerl wie ihm machen, der nicht aufstehen kann? Bevor er durchdreht, lassen sie ihn lieber rauchen«, sagte Grabbe. »Gorzinsky hatte ebenfalls einen Aschenbecher in seinem Nachtschrank.«

Die Grillen in Waldes Ohr begannen wieder mit ihrem Konzert.

»Gestern hat doch der Arzt gesagt, Gorzinsky hätte eine Leberzirrhose«, sagte Gabi. »Ich hab mit Walter gesprochen. Der meint, unser Paparazzo mache es höchstens noch ein, zwei Jahre.«

»Was schätzt du denn, was da beim Prozess in München auf Gorzinsky zugekommen wäre?«

»Bei seiner Vorgeschichte und Tiefenbachs Aussage schätze ich mal mindestens drei, schlimmstenfalls fünf Jahre. Was jetzt wird, steht in den Sternen.«

»Das wäre vielleicht länger gewesen als seine geschätzte Lebenserwartung«, sagte Grabbe. »Im Knast wäre vielleicht seine Leber geschont und damit seine Lebenserwartung verlängert worden.«

»Tolle Aussicht. Diät halten, keinen Alkohol, weniger Drogen, durch Gitter gefilterte Luft.« Gabi nahm eine kleine Wasserflasche aus ihrer Handtasche und setzte sie an den Mund.

»Folglich ging es bei ihm auch um sehr viel. Da frage ich mich, ob ein Pinkelfoto wirklich geholfen hätte, die Aussage eines Hauptbelastungszeugen zu entkräften«, sagte Grabbe.

Sie setzte abrupt die Flasche ab. »Du meinst, er hätte auch …«

»Ein Motiv hatte er auf jeden Fall, aber ich denke, er war immer eine kleine Nummer und wurde instrumentalisiert, und dann hat er durch die Bilder eine Chance bekommen und sie auch ergriffen.«

»Und so ist er vom Regen in die Traufe gekommen.« Sie trank den Rest und stopfte die leere Flasche in ihre Handtasche zurück. »Und Orthauser wird mindestens genauso viel Interesse gehabt haben, René Tiefenbach an einer Aussage zu hindern.«

»Wer könnte die Frau gewesen sein, die Gorzinsky im Krankenhaus besucht hat?«, fragte Walde.

»Vielleicht jemand aus seiner Redaktion«, sagte Grabbe.

»Gorzinsky gehört keiner Redaktion an.« Walde stand auf und ging zum Fenster.

»Oder es war eine Kollegin.«

»Wie sah sie denn aus?«, fragte Gabi.

»Klein, schlank, dunkle Haare, undefinierbares Alter«, sagte Walde. »Dutt am Hinterkopf.«

»Einen Dutt?«

»Sagt Dr. Hoffmann.«

»Das könnte Martha gewesen sein, das Zimmermädchen aus der *Pension Maas*.«

»Was hat die denn bei Gorzinsky im Krankenhaus zu tun?«

»Sie hat ihn gefunden, das ist ihr bestimmt zu Herzen gegangen«, sagte Grabbe. »Wahrscheinlich hat sie ihm auch ein paar Sachen gebracht. Schlafanzug zum Wechseln, Toilettenartikel ...«

»Ach so, Monika braucht ein bisschen Futter für die Presse«, sagte Walde. »Ich wundere mich, dass sich Gorzinsky nicht selbst vermarktet hat.«

*

Auf der Terrasse setzte Annika Glasmurmeln auf die obere Plattform der Kugelbahn. Als Walde sie auf die Wange küsste, ließ sie die Augen nicht von den herunterrollenden Kugeln. Das alte Spielzeug hatte sie schon lange Zeit nicht mehr beachtet. Doris zupfte verblühte Blätter von der Clematis an der Mauer, wo die Überdachung der Terrasse endete. Er ging zu ihr und legte seine Arme von hinten um ihren Bauch. Von ferne waren Lautsprecherdurchsagen, wahrscheinlich von der Bühne an der Porta Nigra, zu hören.

»Sie hat die Kugelbahn für ihren kleinen Bruder rausgekramt. Die will sie ihm schenken.«

»Tolle Idee. Und wie geht es dir?« Sein Blick fiel auf die Stöcke, die neben Doris' Laufschuhen standen.

Sie folgte seinem Blick. »Ich habe von Joggen auf Walken umgestellt. Heute hat er zum ersten Mal Fußballspielen geübt«, sagte sie. »Freust du dich auf deinen Sohn?«

»Hmh.«

»Ist ein Junge etwas anderes für dich als ein Mädchen?«

»Ich denke schon.«

»Warum?«

»Weil ich selbst der Sohn eines Vaters war.« Er küsste ihren Hals. »Und weil ich weiß, was er hätte besser machen können.«

Sie legte ihren Kopf zurück.

»Er hätte etwas mehr für mich da sein können«, fuhr er fort. »Nicht soviel arbeiten und ruhig auch mal strenger sein dürfen, das auch.«

»Und was noch?«

»Und etwas netter zu meiner Mutter sein.«
»Und was noch?«
»Und ein paar Jahre länger leben hätte er auch können.«

Zum Abendessen bereitete Walde eine selbst kreierte Mosel-China-Pfanne zu. Bei den Gewürzen hielt er sich zurück und würzte die Portion erst auf seinem Teller mit Sojasoße nach. Annika sammelte die Cashew-Kerne am Tellerrand und fütterte Walde mit Hühnchenstücken. Die übrigen Zutaten im Reis, hauptsächlich Gemüse, schienen ihr zu schmecken. Nicht einmal über die Sojakeimlinge beschwerte sie sich. Als Schluss und Höhepunkt aß sie die Cashew-Kerne alle auf einmal.

Vor dem Schlafengehen las Walde die von Annika ausgesuchte Geschichte ‚*Tomte Tummetott*'.

Später zupfte Walde ein paar Läufe auf dem Kontrabass. Durch das Fenster sah er Doris mit einem Buch in der Hand auf der Terrasse im Liegestuhl.

Irgendwo klingelte das Telefon. Er fand es auf der Ladestation im Wohnzimmer.

»Störe ich?«

Walde brauchte einen Moment, um Meyers Stimme einzuordnen. »Nein, was gibt's?«

»Im Kindergarten ist Alarm ausgelöst worden.« Im Hintergrund waren Fahrgeräusche zu hören. In Meyers Stimme schwang keine Spur von Aufgeregtheit. »Du wolltest ja informiert werden.«

»Danke, ich komme!«

»Weißt du wohin?«

»Es gibt doch nur eine Alarmanlage?«

»Stimmt, bis gleich.«

Walde zog sich seine Schuhe an, bevor er hinaus auf die Terrasse ging.

»Annika schläft, denke ich mal«, sagte er.

Sie sah auf seine Schuhe. »Willst du aufs Altstadtfest?«

»Nein.«

»Was hast du dann vor?«

»Meyer hat angerufen, ich muss noch mal weg.«

»Nach dem, was letzte Nacht geschehen ist?«

»Es geht um den Kindergarten, also die Typen haben Alarm ausgelöst, es sind sicher nur Jugendliche.«

»Gestern war es eine junge Frau mit einem Spaten, vielleicht haben die heute eine Eisenstange.«

»Nee, ein paar Einsatzkommandos sind bereits unterwegs«, sagte er. »Ich hatte Meyer gebeten, mir Bescheid zu sagen, falls sich was ergibt. Jetzt kann ich nicht einfach zu Hause bleiben.«

»Du bist total auf deine Arbeit fokussiert und willst sonst aber auch alles.«

»Was heißt, sonst auch alles?«

»Eine gute Beziehung, Kinder, Freizeit, Freunde, Musik … aber es funktioniert so nicht.«

»Können wir nachher darüber reden?«

Unterwegs zum Auto fiel Walde ein, dass seine Waffe in seinem Schreibtisch im Präsidium lag. Aber er hatte auch nicht vor, auf Jugendliche zu schießen.

Er setzte das Blaulicht auf das Dach des Wagens, was den alten Volvo hinauf zum Stadtteil Mariahof auch nicht schneller machte. In der Berliner Allee überholten ihn zwei Streifenwagen. Dennoch war er an der Einfahrt zur Straße *Am Wolfsberg* zu schnell, um noch abbiegen zu können. Erst ein paar hundert Meter weiter kam die nächste Abfahrt.

Hier endete das Wohngebiet am Schulgelände. Er fuhr an einem im Dämmerlicht liegenden Schulgebäude und dahinter an einer Sporthalle vorbei. Die Straße war wie ausgestorben. Links und rechts gab es nur Hecken. Er überlegte, ob er hier überhaupt zum Kindergarten gelangen würde. Über einen leeren Parkplatz ging es weiter. Kurz dahinter schien die Straße zu enden. Walde nahm die schmale Teerstraße halbrechts, die leicht abfiel. Hatte er da ein Schild passiert, das auf den Weg zum Kindergarten hinwies? Ein Wendekreis kam in Sicht, hinter dem sich zwei schmale Wege gabelten. Aus einem davon kamen ihm zwei Gestalten in einem Tempo zwischen schnellem Gehen und Laufen entgegen. Als sie Waldes Wagen auf sich zukommen sahen, blieben sie abrupt stehen und schauten sich um. Walde verlangsamte das Tempo. Einer schien dem anderen etwas zuzurufen. Weiter hinten tauchte eine weitere Person auf. Walde stoppte den Wagen und öffnete die Tür. Die beiden Gestalten auf der Straße standen plötzlich im Licht. Neben Walde bremste ein Streifenwagen mit quietschenden Reifen und aufgeblendetem Fernlicht. Gleichzeitig ertönte über Lautsprecher: »STEHEN BLEIBEN! HÄNDE ÜBER DEN KOPF!«

Die beiden Gestalten hielten sich die Ellbogen vor die Gesichter.

Ein Polizist lief mit gezückter Waffe zu den beiden, der andere sicherte ihn vom Wagen aus. Als Walde die jungen Männer erreichte, die kaum älter als 18 waren, näherte sich ein schwer atmender Mann.

Es war Meyer, der mithalf, den beiden Handschellen anzulegen und sie zum Streifenwagen zu führen. Sie schienen geschockt zu sein. Meyer legte den Inhalt ihrer Taschen auf die Motorhaube. Walde sah Geldbörsen, Handys und Schlüssel, dann tastete sein Kollege ihre Kleidung ab.

Meyer nahm eine Geldbörse von der Motorhaube. Er kam zu Walde und leuchtete mit der Taschenlampe in einen Ausweis. »Sechzehn Jahre«, sagte er halblaut, damit die beiden Jugendlichen ihn nicht hören konnten. »Keine Waffen, keine Einbruchswerkzeuge, kein Diebesgut, wir müssen uns mal auf dem Gelände umsehen, ob die hier irgendwo den Kram versteckt haben.«

Er ging zu den beiden zurück. »Ihr seid vorläufig festgenommen. Wir bringen euch jetzt zum Präsidium.«

»Aber», stotterte der Kleinere von den beiden, der eine helle Baseballkappe trug. »Wir haben doch gar nix gemacht!«

»Und was macht ihr hier?« Meyer zündete sich eine Zigarette an. »Ihr wohnt doch ganz woanders.«

»Ist es verboten, hier zu sein?«, fragte der Junge.

»Wart ihr in der Sporthalle, in den Kleingärten, besucht ihr eine der Schulen hier? Wohnen hier Freunde?«

Sie gaben keine Antwort.

»Dann sagt mir mal, was ihr sonst hier zu suchen habt?«, fuhr Meyer fort. »Oder wart ihr da drüben?« Er deutete in Richtung des Kindergartens.

»Warum?«

»Da ist gerade eingebrochen worden.«

»Wir sind doch keine Einbrecher!«

»Da sind auch keine, und ihr seid die Einzigen, die wir hier angetroffen haben, nachdem gerade drüben Alarm ausgelöst wurde. Was würdest du in so einem Fall an meiner Stelle denken?«

»Soll ich mir für die Bullen Gedanken machen?«

»Nicht frech werden! Jetzt nehmen wir euch erstmal mit und dann sehen wir weiter.«

Als der Streifenwagen mit den beiden abfuhr, fluchte Meyer: »So eine Kacke! Die haben wahrscheinlich das Martinshorn gehört und sind dann abgehauen. Der Alarm war nicht vor Ort zu hören.« Er trat seine Zigarette aus. »Wenn die weiter alles abstreiten, kommt eine Menge Arbeit auf die KT zu. Spuren sichern und von allen Angestellten Fingerabdrücke nehmen, das ganze Programm. Aber erst knöpfe ich mir die Typen einzeln vor.«

Auf dem Weg zurück dachte Walde daran, dass er immer noch nicht den genauen Standort herausgefunden hatte, von dem Gorzinsky die Fotos des in der Grube liegenden Tiefenbach gemacht hatte. Konnte aus dieser Position überhaupt hergeleitet werden, wo sich der Paparazzo vorher befunden hatte, als die beiden ominösen Aufnahmen entstanden, die nur der Fotograf und derjenige, der fotografiert worden war, kannte? Hatte Gorzinsky irgendwo eine Kopie aufbewahrt? Hatte er vielleicht jemandem einen Datenträger zur Aufbewahrung gegeben? Einem anderen Pensionsgast oder dem Pensionsbesitzer oder …

Einige der Anwohnerparkplätze in seiner Straße waren von Besuchern des Altstadtfestes mit Beschlag belegt. Walde hatte Glück, gerade fuhr ein Wagen weg. Nachdem er eingeparkt hatte, schaute er auf die Uhr. Es war noch keine zehn. Als er Gabis Nummer wählte, nahm er sich vor, es höchstens viermal klingeln zu lassen. Sie ging nach dem dritten Klingeln ran.

»Walde hier, entschuldige die Störung.«

»Ja?«

»Hast du Besuch?«

»Rufst du an, um mich das zu fragen?« sagte Gabi spitz.

»Nein, das sollte nur eine höfliche Begrüßung sein.

Kannst du mir die Adresse von dem Zimmermädchen aus der *Pension Maas*, dieser Magda, geben?«

»Martha«, verbesserte sie. »Suchst du eine Putzfrau?«

»Mir geht da was im Kopf rum.«

»Kein Wunder, vielleicht hat sich letzte Nacht durch den Schlag etwas gelockert, ein Schräubchen oder so.«

»Weißt du nun die Adresse?«

»Martha heißt mit Nachnamen Timor oder Timar, sie stammt aus Transsilvanien oder Siebenbürgen und wohnt in der *Kochstraße*, die Hausnummer weiß ich nicht mehr, aber es ist an der Ecke zur Sichelstraße.«

»Da hat Doris gewohnt.«

»Martha wohnt mit ihrem Mann in dem Haus links daneben.«

»Woher weißt du, wo Doris gewohnt hat?«

»Müssen wir das jetzt diskutieren?«

»Danke und schönen Abend noch.«

»Den werde ich haben, falls niemand mehr anruft.« Gabi legte auf.

Zur *Kochstraße* war es nicht weit und ein freier Parkplatz würde heute Abend schwer zu finden sein. Während Walde den Wagen abschloss, überlegte er kurz, ob er Doris informieren sollte. Dann machte er sich zu Fuß auf den Weg. Von der Alleenseite sah er unter den Bogen der Porta Nigra den dunklen Vorhang hinter der Bühne, durch den im Gegenlicht der Scheinwerfer die Musiker einer Rockband zu sehen und zu hören waren. Er ging außen um die Fußgängerzone herum, zu der scharenweise Leute unterwegs waren. Er dachte über Doris' Vorwurf nach, total auf seine Arbeit fokussiert zu sein. Was meinte sie damit, er wolle sonst auch alles? Was war daran so schlecht, sich ein intaktes Familienleben und Lebensqualität zu wünschen? Und dafür tat er auch etwas. Natürlich forderte ihn seine Arbeit. Nachher würde er mit ihr darüber reden.

Als er von der *Christophstraße* in die *Kochstraße* gelangte, erinnerte er sich an den Werkzeugkasten, den er hier vor Jahren, auf dem Weg zu einem seiner ersten Besuche in Doris' Wohnung, geschleppt hatte. Das Gebäude schien sich seit damals kaum verändert zu haben. Er unterdrückte den Impuls, am Eingang stehen zu bleiben, um die Namen der jetzigen Bewohner zu lesen.

Beim nächsten Haus lag die Tür in einer dunklen Einfahrt, die zu einem Hof und einem dahinter liegenden Gebäude führte. Es ging ein paar Stufen hoch. Auf dem dritten der vier Klingelschilder glaubte er, den Namen Timar zu erkennen. Walde trat wieder hinaus auf die Straße. Dort, wo er die Wohnung im zweiten Stock vermutete, brannte hinter zwei Fenstern Licht.

Auf sein Klingeln folgte kein Türsummer, auch das Treppenhaus blieb dunkel. Er ging nochmals auf das Pflaster der Straße, wo damals, als er bei Doris übernachtete, der Kehrwagen schon in aller Frühe seine Runden gedreht hatte. Oben war eine Frau hinter der Gardine zu erkennen. Frau Timar schien zu telefonieren.

Walde ging zurück und klingelte noch einmal. Mit dem Summer der Tür ging auch das Licht im Treppenhaus an. Es gab keinen Fahrstuhl. Das Treppenhaus mit der leicht gewundenen Holztreppe glich dem von nebenan. Im zweiten Stock stand ein Mann mit zusammengepressten Lippen in der halb offenen Wohnungstür. Alles an seiner Haltung verriet, dass er Walde nicht hereinbitten würde.

Walde zeigte seinen Ausweis. »Entschuldigen Sie die späte Störung, mein Name ist Waldemar Bock, ich habe noch ein paar Fragen an Ihre Frau.« Er sprach die Worte langsam und artikuliert, weil er nicht wusste, ob der Mann in dem dunkelblauen Freizeitanzug überhaupt Deutsch verstand.

»Kommen Sie herein.« Der Mann sprach mit einem leicht osteuropäischen Akzent. Er reichte Walde die Hand. »Teodor Timar.«

Walde wurde ins Wohnzimmer geführt, wo im Fernseher eine Sendung ohne Ton lief. Der Mann bot ihm einen flaschengrünen Sessel an, der neben dem farblich passenden Sofa stand. Auf dem niedrigen Holztisch lag eine Brille über einer aufgeschlagenen Fernsehzeitung. Daneben standen zwei Gläser und eine Pet-Flasche. Eine zierliche Frau kam mit schnellen, kurzen Schritten herein. Ihre langen dunklen Haare schienen frisch gewaschen und noch nicht ganz trocken zu sein.

Walde stand auf und gab ihr die Hand. »Wie ich Ihrem Mann schon sagte, hätte ich mit Ihnen gerne über Andreas Gorzinsky gesprochen.«

»Ja, was ist mit ihm?« Sie schaute ihn kurz an. »Nehmen Sie doch wieder Platz.« Bei ihr war der Akzent nicht so ausgeprägt wie bei ihrem Mann.

»Danke.«

»Trinken Sie einen Saft?« Sie zeigte auf die Flasche auf dem Tisch. Es war dieselbe Sorte, die Walde zu Hause trank. Er nickte. Martha nahm ein Glas aus der Vitrine, in der buntes Porzellan stand.

Sie schenkte Walde ein, dann ihrem Mann und sich. Schließlich nahm sie neben ihrem Mann auf der Kante des Sofas Platz.

Der Saft war, wie vermutet, zimmer warm. »Wie gesagt, es geht um Andreas Gorzinsky. Sie haben ihn in der *Pension*

Maas aufgefunden.«

»Da arbeite ich.«

»Ja, das ist mir bekannt. Ich wollte wissen, ob Ihnen vielleicht etwas im Zimmer von Herrn Gorzinsky aufgefallen ist?«

»Nicht mehr, als ich Ihrer Kollegin erzählt habe.«

»Und was haben Sie bei ihm im Krankenhaus gemacht?«

Sie schaute hastig zu ihrem Mann und wandte sich wieder Walde zu. »Ich habe ihm ein paar Sachen aus seinem Zimmer gebracht.«

»Und was?« Walde sah, dass Martha leicht errötete.

»Seinen Toilettenbeutel, Handy …«

»Seine Medikamente«, sagte Walde. »Ich weiß nicht, was in seinem Toilettenbeutel war. Ich denke Rasierzeug und so.«

»Ich habe nur die Sachen aus seinem Bad hineingetan und nicht geschaut, was schon drin war.«

»Kennen Sie Herrn Gorzinsky näher?«

»Wie kommen Sie denn darauf?« Wieder sah sie zu ihrem Mann hinüber.

»Wie kommt es, dass Sie, als Sie ihn fanden, angenommen haben, er wäre tot.«

»Er sah so aus.«

»Haben Sie seinen Puls gefühlt?«

»Ich wollte ihn nicht anfassen. Ich dachte, er wäre tot.«

»Und Sie haben nicht zufällig den Laptop und die Speicherkarten an sich genommen?«

»Ich bin doch keine Diebin«, empörte sich Martha.

Ihr Mann sagte etwas in einer Sprache, von der Walde keine Silbe verstand. Wahrscheinlich war es Rumänisch.

Sie antwortete knapp in ebenso empörtem Ton wie gegenüber Walde.

»Darf ich wissen, was Sie gerade miteinander gesprochen haben?«, fragte Walde.

»Es war etwas Privates«, wich sie aus.

Walde spürte, dass er in die Offensive gehen konnte. »Kann es sein, dass Sie vielleicht Herrn Gorzinsky den ein oder anderen Gefallen getan haben? Zum Beispiel etwas für ihn aufzubewahren?«

Sie setzte sich auf und nahm eine kerzengerade Haltung ein. »Was meinen Sie?«

»Frau Timar. Ich ermittele in einem Mordfall. Was für Sie eine Gefälligkeit bedeutet, kann Ihnen große Schwierigkeiten einbringen. Da wird aus ein paar Hundert Euro extra, oder was er Ihnen bezahlt hat, leicht ein Verbrechen. Das kann in diesem Fall von Vortäuschung einer Straftat bis Beihilfe zu Mord reichen.«

Der Mann sagte wieder etwas in seiner Sprache. Sein Ton klang bestimmend.

»Ich hab doch nichts mit Mord zu tun!« Martha schien den Tränen nahe zu sein.

»Ich kann Ihnen nur raten, sich nicht weiter da hineinziehen zu lassen, als es schon geschehen ist. Ich vermute, dass Sie sich der Tragweite Ihres Handelns nicht bewusst waren, und ich werde der Letzte sein, der Ihnen Schwierigkeiten macht oder nicht hilft, aus der Situation wieder herauszukommen.« Walde durfte nicht locker lassen, obwohl er im Dunkeln stocherte. »Es geht um Mord«, wiederholte er. »Falls Sie etwas zu verbergen haben, werden wir es herausfinden.« Er schwieg, um den beiden Zeit zu lassen, über das nachzudenken, was er gesagt hatte. »Wenn Sie miteinander sprechen wollen, lasse ich Sie gerne ein paar Minuten allein.«

Marthas Mann sagte wieder etwas auf Rumänisch, was für

Walde wie eine Beschimpfung klang. Marthas Entgegnung hörte sich nicht minder freundlich an.

Der Mann sprang unvermittelt auf und stürmte aus dem Raum, wobei er die Tür offen ließ. Walde beobachtete, wie die Tränen über die Wangen der Frau liefen. Teodor Timar kam zurück, legte unsanft eine weiße Plastiktüte auf den Tisch und ging wortlos wieder hinaus.

»Hat Gorzinsky Ihnen das gegeben?«, fragte Walde.

Die Frau nickte stumm.

»Wann?«

»Am Montagabend.«

Walde hob einen Henkel der Tüte leicht an und sah einen graublauen Laptop. »Wo sind die Speicherkarten?«

»Ich habe nicht reingeguckt.« Die Frau schluchzte. »Das müssen Sie mir glauben.«

Walde würde überprüfen lassen, ob die Fingerabdrücke nur von Gorzinsky stammten. Ohne zu fragen, wie viel Geld sie von Gorzinsky für diesen Dienst erhalten hatte, verließ er die Wohnung.

Als Walde aus der Toreinfahrt auf die Straße trat, wandte er sich nach rechts in die Sichelstraße. Hinter ihm schlugen mehrere Autotüren zu. Er blickte sich um. Vier junge Männer waren ausgestiegen und kamen nun auf ihn zu. Walde blieb stehen und wartete ab. Mit wem hatte Martha vorhin telefoniert? Um irgendwas zu tun, schaute Walde auf seine Uhr. Die vier gingen an ihm vorbei. Er folgte ihnen Richtung Innenstadt. Wenn er die Tasche zum Präsidium brachte, käme er noch später nach Hause. Heute Nacht würde die Kriminaltechnik sowieso nichts mehr unternehmen.

An den Parkplätzen an der Ecke zur *Rindertanzstraße* stauten sich die Wagen auf der Suche nach einem Parkplatz.

Vom *Domfreihof* schallten dumpfe Klänge von Bass und Schlagzeug herüber. In der *Glockenstraße* waren immer noch mehr Leute zum Fest unterwegs, als ihm entgegen kamen. Es wurde immer enger, und dann ging überhaupt nichts mehr. Er hätte doch besser den Weg außen herum nehmen sollen, aber nun war er hier und reihte sich in die Schlange der Leute ein, die an der Einlasskontrolle vorbei mussten.

»Haben Sie Flaschen in Ihrer Tasche?« Ein kräftiger, ganz in Schwarz gekleideter Mann sprach ihn an.

»Nein, und auch sonst nichts, was Sie interessieren dürfte«, antwortete Walde.

»Dann lassen Sie mich mal sehen«, beharrte der Mann.

»Ich werde einen Teufel tun.« Walde las den Schriftzug *SECURITY* auf dem Rücken des ebenfalls ganz in Schwarz gekleideten Kollegen, der eben den Reißverschluss eines Rucksackes aufzog. Die junge Besitzerin schaute ihm geduldig zu.

»Dann kann ich Ihnen leider nicht den Zutritt gestatten.«

»Was soll das heißen?« Walde wurde von Leuten angerempelt, die sich an ihm vorbei Richtung Simeonstraße drängten.

»Du bleibst draußen, basta!«

Walde wollte dem Mann den Sprachduktus des Exkanzlers nicht verübeln, aber langsam reichte es ihm. Der Mann vor ihm versuchte eindeutig, sich durch Straffung des Oberkörpers einen Tick breiter zu präsentieren, als er schon war.

»Mit welchem Recht wollen Sie mir verbieten, nach Hause zu gehen?« Walde versuchte sachlich zu bleiben.

»Ich bin hier angestellt, um zu kontrollieren, dass keine Getränke in den Festbereich eingeschmuggelt werden.«

»Sind Sie Zöllner?«

»Wie bitte?«

»Wenn Sie Schmuggel vermeiden wollen, dann müsste zum einen hier eine Grenze verlaufen und zum anderen müssten Sie ein Zöllner sein.«

»Willst du blöd werden?« Sein Gegenüber schien so langsam die Contenance zu verlieren. Sein Kollege trat hinzu.

»Meine Herren, ich möchte lediglich nach Hause!«

»Das können Sie auch gerne, wenn Sie uns zeigen, was Sie da in Ihrer Tasche haben.« Der zweite Mann übernahm das Wort.

»Ich habe Ihrem Kollegen bereits mitgeteilt, dass ich dazu nicht gewillt bin. Sie haben überhaupt kein Recht, mich davon abzuhalten, mich in meiner Stadt, ich betone, in meiner Stadt, nach Hause zu bewegen. Ich bitte Sie, mir augenblicklich den Weg freizugeben, sonst werde ich Sie wegen Nötigung in Tateinheit mit versuchter Freiheitsberaubung belangen lassen.«

»So nicht, mein Freund!« Der Mann von vorhin ergriff wieder das Wort.

»Lass ihn doch. Das ist uns doch viel zu blöd.« Sein Kollege trat zur Seite und wies Walde mit dem Arm, dass er die Sperre passieren durfte.

Walde drehte den beiden erst nach ein paar Metern den Rücken zu und schaute sich zur Sicherheit einige Sekunden später wieder um, als er sich im Strom der Altstadtbesucher Richtung Porta Nigra bewegte. Es folgten ihm eine Menge Leute, aber die Hilfssheriffs waren nicht darunter.

Was bildeten sich die Veranstalter überhaupt ein? Woher nahmen sie sich das Recht, Taschen zu kontrollieren? Woraus konnten Leute mit selbst gefertigten Uniformen mit dem Aufdruck *SECURITY* das Recht ableiten, hier Polizeigewalt auszuüben? Er nahm sich vor, sobald dafür Zeit war, der Sache nachzugehen, egal, was der Polizeipräsident darüber dachte. Beim Gehen schlug die Tüte gegen sein Bein. Die flache Form des Laptops war deutlich zu erkennen. Jedenfalls konnten da keine Flaschen drin sein. Das war nur ein dummes Muskelspiel, das die Kontrolleure mit ihm spielen wollten.

Aus der Passage gegenüber hörte Walde Musik. Obwohl er die Coverband schwach fand, hatte sich drum herum eine Menschenmenge versammelt. Im Gedränge hielt er sich die Tüte vor die Brust. Hier wäre es ein Leichtes, sie ihm aus der Hand zu reißen und in der Menge zu verschwinden. Er schlängelte sich weiter zwischen den Ständen hindurch. Vor dem Platz an der Porta Nigra bog er in das Margaretengässchen ein, wo man sich an der Einlasskontrolle wieder nur für die Taschen der ankommenden Besucher interessierte.

Auf dem *Simeonstiftplatz* tippten Politessen die Nummern der wild parkenden Wagen in ihre Geräte. Gegenüber, auf der anderen Seite der Straße, stauten sich Autos hinter dem Parkhaus bis zu den Bushaltestellen zurück. Walde ging, entgegen seiner Gewohnheit, bis zu dem Zebrastreifen an der Ampel. An diesem Abend war ihm die Gefahr zu groß, von einem Betrunkenen überfahren zu werden.

Er überquerte die Fahrbahn und bog in die schwach beleuchtete Straße ein, die zu ihm nach Hause führte. Die meisten Leute, die mit ihm die Straße überquert hatten, strebten zu den Bussen. Nachdem Walde eine Weile an der hohen Klostermauer entlanggegangen war, blickte er sich um. Auf der anderen Straßenseite ging jemand auf dem schmalen Pfad zwischen den in einer langen Reihe hintereinander parkenden Wagen und den Alleebäumen. Walde wechselte die Plastiktüte in seine linke Hand. An der Haustür schaute er sich nochmals um. Die Person war verschwunden. Er sah wohl Gespenster.

In der Wohnung war es dunkel. Unter der Tür des Schlafzimmers war kein Lichtschein zu sehen. Walde zog sich leise die Schuhe aus. Gerne hätte er noch mit Doris über ihre Vorwürfe gesprochen. Beim Frühstück schien ihm das Thema ungeeignet.

In der Küche legte er die Tüte auf den Tisch und schenkte sich ein Glas Orangensaft ein. Nachdem er getrunken hatte, lugte er in die Tüte. Er war versucht, im Rechner zu stöbern, ob sich dort vielleicht Hinweise auf die Fotos fanden. Aber damit würde er mögliche Spuren auf der Tastatur verwischen.

Er sah zum Fenster, dessen Rollo wie immer hochgezogen war. Der Garten wirkte durch die hohe Mauer wie der Innenhof einer Festung. Darin wachte Quintus. Walde ließ die Tüte auf dem Tisch liegen und ging hinaus auf die Terrasse, wo Minka auf einem Stuhlkissen schlief. Quintus blieb auf den Holzdielen liegen, während ihm Walde durchs Fell streichelte. Drüben an der Mauer raschelte es, als träte ein Eindringling auf trockenes Laub. Walde wusste, dass es ein welkes Blatt war, das von einem Wacholderbusch fiel. Vom Fest klang Musik herüber. Morgen Abend würde es noch lauter werden.

*

Dass ihr Besuch eine halbe Stunde vor Mitternacht gegangen war, bedauerte Gabi nur so lange, bis sie Walde eine SMS schrieb. Als er eine Viertelstunde später noch nicht geantwortet hatte, suchte sie Marthas Nummer im Telefonbuch. Es dauerte lange, bis sich Teodor Timar mit vollem Namen meldete. Er hatte Mühe, ihr klarzumachen, dass seine Frau eine Art Nervenzusammenbruch erlitten hatte und nun nach zwei Schlaftabletten nicht in der Lage war, zu telefonieren. Es dauerte noch etwas länger, bis Gabi ihn dazu brachte, ihr in knappen Worten zu berichten, was bei Waldes Besuch geschehen war. Mit wem Martha anschließend telefoniert hatte, bevor sie zusammengebrochen war, wusste er nicht. Aber Gabi ahnte es. Sie schickte Walde eine weitere SMS.

Der gedämpfte Ton verpuffte ungehört in Waldes Jackentasche an der heimischen Garderobe. Minuten später ließ Gabi alle Zurückhaltung sausen und rief auf seinen Festnetzanschluss an. Das Telefon bimmelte leise hinter der verschlossenen Wohnzimmertür.

Sie vergewisserte sich an der Pforte des Präsidiums, ob Walde nicht vielleicht in den letzten Stunden dort gewesen war. Dann rief sie im Krankenhaus an. Die Nachtschwester von Gorzinskys Station war nicht zu erreichen. Gabi ließ sich ihre Durchwahl geben. Eine Zigarettenlänge später hatte sie Erfolg und bat die Schwester, nach Gorzinsky zu sehen. Er sei nicht auf seinem Zimmer, erfuhr Gabi, er könnte eine rauchen gegangen sein, erklärte die Schwester. Gegen eins sprach Gabi erneut mit der Nachtschwester. Gorzinsky war immer noch nicht in sein Zimmer zurückgekehrt. Während der Fahrt zum Krankenhaus schickte Gabi eine weitere SMS an Walde.

Walde wurde durch ein Geräusch geweckt. Er lauschte. Der Wecker zeigte kurz nach halb zwei. Sein erster Gedanke beschäftigte sich mit Quintus. Vor Jahren hatte Walde irgendwo gelesen, in der Polarregion, aus der die Malamuts kamen, gäbe es keine Reviere zu verteidigen. Folglich seien Malamuts keine Wachhunde. Er hatte sich weiter keine Gedanken darüber gemacht, aber nun fiel es ihm wieder ein.

Nebenan ächzte der Küchenboden. Das Geräusch gehörte zu den speziellen Lauten der Wohnung wie das Gurgeln in den Rohren, das Knacken der gusseisernen Heizkörper, wenn sie erkalteten oder wieder warm wurden, das leise Anschlagen der geschlossenen Schlafzimmertür gegen den Türrahmen bei Durchzug, das Umspringen des Datumsanzeigers in seiner analogen Uhr nach Mitternacht. Neben ihm atmete Doris ruhig.

Jetzt war er wieder zu hören, der Laut. Es war das quietschende Scharnier des Küchenfensters. Hatte er das Fenster auf Kippe stehen lassen, als er die Tüte auf dem Tisch abgelegt hatte? War es Zufall, dass nun wieder der Fußboden knarrte? Zum zweiten Mal in den letzten Stunden dachte er an seine Waffe, die er in seinem Schreibtisch im Präsidium aufbewahrte. Sicher steigerte er sich in etwas hinein und verknüpfte die winzigsten Geräusche zu einem Szenario, das er am Morgen als dumme Paranoia abtun würde. Dennoch wäre ihm jetzt lieber gewesen, er hätte die Tüte nicht auf dem Küchentisch abgestellt, sondern mit ins Schlafzimmer genommen.

Nachdem sie sich ausgewiesen hatte, erhielt Gabi an der Krankenhauspforte Auskunft, auf welcher Station Gorzinsky lag. Oben musste Gabi im schwach beleuchteten Flur warten, bis die Nachtschwester, sie war kaum älter als dreißig, aus einem Krankenzimmer kam, an dem die Ruflampe über der Zimmertür aufgeleuchtet hatte.

»Ist Andreas Gorzinsky inzwischen zurück?« Gabi hatte sich die Nachtschwester vom Telefonat her wesentlich älter vorgestellt.

»Vor einer Viertelstunde war er noch nicht da.«

Sie ging vor zum Zimmer 335. Drinnen war der Fernseher die einzige Lichtquelle. Es lief ein Bericht über Sommer-Skispringen. Der Mann mit der Beinverletzung im Bett gegenüber schlief.

»Er ist nicht da.« Die Schwester wies auf das aufgedeckte Bett. Vom Flur war ein dumpfer auf- und abschwellender Ton zu hören.

»Wo könnte er hier im Krankenhaus zu finden sein?«, fragte Gabi.

»Die Kantine und der Kiosk haben geschlossen.« Die Schwester eilte aus dem Zimmer und schaute, von wo der Ruf kam. »Ich weiß auch nicht, wo der sich mitten in der Nacht herumtreibt. Versuchen Sie es mal auf dem Raucherbalkon im zweiten Stock.«

Und wenn jemand in Annikas Zimmer einstieg? Ich muss nachsehen, sonst kann ich sowieso nicht mehr einschlafen, dachte Walde, schlug vorsichtig die Bettdecke zur Seite und setzte die Füße auf den dünnen Teppich vor dem Bett. Er schlüpfte in die Diele und schloss leise die Schlafzimmertür hinter sich. Hier gab es den fahlen Lichtschein, der durch das Glas in der Wohnzimmertür fiel. Er schob die angelehnte Tür zu Annikas Zimmer auf und lauschte dem schnellen, leisen Atem des Kindes.

Auf dem Weg zur Küche überlegte er fieberhaft, welchen Gegenstand aus der Diele er als Schlagwaffe benutzen könnte. Es gab nur zwei Schirme. Beim Herunterdrücken der Küchentürklinke konnte er ein Knarren nicht vermeiden. Als er sie aufschob, spürte er, wie sich seine Nackenhaare aufstellten und ihm ein kalter Schauer über Rücken und Arme lief. Das Fenster stand weit offen, die Tischplatte war leer. Von draußen hörte er ein Geräusch, es schien von der Terrasse zu kommen.

Gebückt stieg Walde auf einen Stuhl und von dort auf die Arbeitsplatte und durchs offene Fenster. Als er auf der anderen Seite auf die Wiese sprang, sah er die helle Tüte auf den Terrassendielen liegen. Er schaute sich um. Niemand war zu sehen. Unter seinen nackten Fußsohlen spürte er den kalten Tau des Grases. Auf der Terrasse angekommen, beugte er sich hinunter und fasste die Tüte an einem Henkel. Das Plastik spannte sich, der Laptop schien also noch drin zu sein.

Diesmal klang der Gong dumpfer und mit weniger Nachhall, als wäre er kleiner und aus dickerem Metall. Oder erzeugte der auf die Dielen fallende Laptop das Geräusch? Als Letztes hörte Walde ein Aufheulen, das von Quintus kam. Dann wurde ihm schwarz vor Augen und er stürzte zu Boden.

Der Raucherraum im zweiten Stock des Krankenhauses war menschenleer. Auf dem Weg zum Ausgang kam Gabi am geschlossenen Kiosk vorbei. Den Gedanken, in der Pension anzurufen, verwarf sie gleich wieder. Martha hatte Gorzinsky gesagt, wer den Laptop und die Speicherkarten mitgenommen hatte. Waldes Adresse zu finden, stellte kein Problem dar, erst recht nicht für einen findigen Paparazzo.

Sie ließ den Wagen stehen. Sicherlich war sie schneller zu Fuß bei Waldes Haus auf der anderen Seite der Allee, als das Auto zu nehmen.

Schon nach wenigen Metern verfiel Gabi von schnellem Gehen in einen Trab. An der Ecke, wo sie die Alleenbäume sehen konnte, begann sie zu laufen. Während sie über die Straße hastete, zog sie sich den Tragegurt ihrer Tasche über den Kopf und steckte den rechten Arm hindurch.

Am Rand der Grünanlage versanken ihre spitzen Absätze in einem weichen Beet. Sie streifte sich die Schuhe von den Füßen, bevor sie den Rock hochkrempelte und über einen Metallzaun stakste. Dahinter, zwischen den beiden Baumreihen, war es stockdunkel, sodass sie nicht erkennen konnte, worauf sie ihre Füße setzte. Sie konnte nur hoffen, dass sie nicht in Glasscherben oder Hundekot trat. An einer leeren Bank vorbei passierte sie den Fußweg und gelangte dahinter zwischen Bäumen hindurch, ohne eine weitere Abgrenzung überwinden zu müssen, auf die Straße. Zu ihrer Linken lag Waldes Haus. Daran schloss sich eine hohe, lange Mauer an. Schwer keuchend lief Gabi an dem dunklen Haus entlang. Die dünnen Nylons unter ihren Fußsohlen zerrissen auf dem rauen Asphalt. Sie umklammerte die Schuhe in ihren Händen wie Staffelhölzer. In ihrer Jugend war sie eine schnelle Sprinterin gewesen und hatte stets die Hände zu Fäusten geballt, wenn es zum Endspurt ging. Die kleine Tür in der

Mauer schien nur angelehnt zu sein. Gabi blieb stehen, nahm die Pistole aus der Tasche und stopfte die Schuhe hinein. An der Tür lauschte sie. Sie vermeinte, ein Geräusch aus dem Garten zu hören. Während sie die Waffe entsicherte, schob sie die Tür auf. Der Garten lag im Dunkeln. Hinter dem Törchen glitt Gabi lautlos zur Seite an die Wand, um ihre Silhouette aus dem Licht der Straßenbeleuchtung zu bringen. Ihr lauter Atem würde sie dennoch verraten. Ein Hund knurrte. Sie konnte ihn nicht erkennen, ebenso wenig wie denjenigen, dessen Schuhe über den Holzboden der Terrasse scharrten. Auf der anderen Seite der Terrasse war eine Bewegung auszumachen. Quintus schien nicht ihretwegen zu knurren.

Gabi spürte, wie das Blut in ihren Schläfen pochte, als sie über die nasse Wiese schlich. Die Waffe hielt sie mit beiden Händen vor sich im Anschlag. Links wurde eine Tür geöffnet. Gabi stieß hart mit dem Fuß an, kam ins Straucheln. Im Licht, das plötzlich auf der Terrasse aufflammte, stand ein Mann. Mit einem Besen in der Hand versuchte er, sich den Malamute vom Leib zu halten. Der Hund knurrte und schnappte nach den Borsten.

»Quintus, aus, komm hierher!« Gabi erkannte Doris' Stimme. Der Hund ließ von dem Mann ab und trottete zu ihr.

Gabi machte mit der Waffe im Anschlag ein paar Schritte auf den Mann zu und brüllte: »Polizei! Auf den Boden! Hände auf den Rücken!«

Sie erkannte Gorzinsky, der sich ängstlich nach dem Hund umdrehte.

»Runter!«, wiederholte Gabi.

Im selben Augenblick stieß Doris einen Schrei aus.

Gabi wandte den Blick nicht von dem Fotografen, der

sich nur zögernd auf die Dielenbretter niederließ.

»Hände auf den Rücken!« Sie warf die Schuhe aus ihrer Tasche, um an die Handschellen heranzukommen. Erst als sie Gorzinsky gefesselt hatte, ging sie um den Tisch herum. Ihre Füße knirschten auf Tonscherben. Walde lag mit blutigem Kopfverband am Boden. Gabi kniete neben dem reglosen Körper nieder. Als sie den Puls an seiner Halsschlagader spürte, seufzte sie erleichtert auf. »Er lebt.«

Neben ihr war Doris auf einen Stuhl gesunken und presste sich beide Hände auf den Bauch. Gabi forderte über Handy einen Krankenwagen und anschließend einen Streifenwagen an. Ihr Blick fiel auf die helle Tüte auf dem Rasen, an der sie sich den Fuß gestoßen hatte. Die Ecke eines Laptops ragte heraus.

Eine Woche später

Walde gelangte, wie er meinte, ungesehen im Präsidium nach oben. Er schloss die Tür seines Büros hinter sich und ging zu seinem Schreibtisch. Bevor er Maries Nummer wählte, schaltete er den Rechner an.

»Ist Doris in der Nähe?«, fragte er, als sich Marie meldete.

»Moment.«

Als Walde schon befürchtete, die Verbindung wäre unterbrochen worden, hörte er Doris' Stimme.

»Ja?«

»Ich bin's.« Walde hatte auf einmal alles vergessen, was er ihr sagen wollte. Sein Kopf war leer. Er hörte ihr Atmen. »Alles okay?«

»Klar. Ich bin nur vom Garten hochgelaufen.«

»Ich war, nachdem ich Annika zum Kindergarten gebracht habe, zu Hause und hab' Minka gefüttert«, sagte er.

»Und wo bist du jetzt?«

»Im Präsidium.«

»Aber du bist doch noch krank geschrieben!«

»Ich arbeite ja auch nicht«, er fuhr den Rechner wieder herunter. »Ich glaube, die Katze vermisst uns sehr.«

»Kann ich mir vorstellen.«

»Heute Morgen war jemand von der Schlosserei da. Das

neue Metalltor wird so sicher wie ein Burgtor, das versprech' ich dir.«

»Das war unsere kleine Festung, emotional und auch real.« Sie schwieg, um nach einer Weile schwer atmend zu sagen: »Ich komme damit einfach nicht klar.«

»Du weißt, dass es der Mann nicht auf uns abgesehen hatte. Er wollte nur den Laptop.«

»Und wenn er die Tüte nicht auf dem Küchentisch gefunden hätte, wenn er in unser Schlafzimmer gekommen wäre … oder zu Annika ..?«

Meyer schaute zur Tür herein und schloss sie gleich wieder.

»Du hast Recht, aber das habe ich alles nicht gewollt«, sagte Walde, »reden wir nachher darüber.«

»Was macht der Kopf?«, fragte Meyer, als er nach einer Weile wieder in Waldes Büro kam.

»Halb so schlimm.«

»Und wie läuft's zu Hause?«

»Wir wohnen seit der Geschichte bei Freunden in Pfalzel.« Walde kratzte sich unterm Kinn, wo ein Pflaster die mit neun Stichen genähte Wunde bedeckte, die er sich beim Fallen auf die Holzterrasse zugezogen hatte. »Naja, ich war ja auch im Krankenhaus, und Marie und Jo haben Doris mit Annika und Quintus bei sich aufgenommen. Aber jetzt will Doris noch immer nicht zurück.«

»Lass ihr Zeit! Es dauert ja auch nicht mehr lange, bis euer Nachwuchs kommt.«

»Wie läuft's bei dir?« Walde wollte das Thema wechseln.

»Nicht besonders, die beiden Typen, die wir am Wolfsberg aufgegriffen haben, mussten wir laufen lassen.« Meyer schob die Zigarette, die er reflexartig herausgezogen hatte, wieder ins Päckchen zurück. »Aber weißt du was, an diesem Aluteil, das du aus dem Kindergarten deiner Tochter mitgebracht hast, war ein fetter Daumenabdruck von einem der beiden Lümmel.«

»Und jetzt?«, fragte Walde.

»Ich habe die beiden für morgen vorgeladen.« Er grinste. »Die wissen noch nichts.«

»Mit dir habe ich nicht gerechnet!«, Grabbe blickte überrascht auf, als Walde in sein Büro kam. »Du bist doch noch krank geschrieben?«

»Ich wollte mir mal das Foto genauer ansehen.«

»Schön, dass du wieder auf den Beinen bist.« Gabi umarmte ihn.

An der Pinnwand hing das Foto in Postergröße, das Walde aus den Fernsehnachrichten, Zeitungen und dem Internet kannte. Auch in dieser Vergrößerung war die Person nicht eindeutig zu erkennen, die in Regenjacke und Kapuze hinter dem nach vorn taumelnden Tiefenbach stand. Walde ging näher heran, um die stark gepixelte Kontur des Gesichts zu erkunden.

Gabi blieb an seiner Seite. »Körpergröße und das Profil der Nase sind eindeutig, meint Sattler. Und der Schampus wurde im Hotel vor ihre Tür gestellt. Den hatte Marion Tiefenbach schon am frühen Abend geordert.«

»Gibt es eine Spur von ihr?«, fragte Walde.

»Nein.«

Grabbe hatte sich zu ihnen gesellt. »Mit diesem Foto verdient sich Gorzinsky dumm und dämlich. Soviel hätte er nie und nimmer von der Witwe erpressen können.«

»Und was sagt Gorzinsky dazu?«

»Er verweigert die Aussage. Das hat ihm sein allmählich wieder zu Bestform auflaufender Trierer Anwalt Niko Haupenberg geraten«, sagte Gabi. »Der ist seit einer Woche öfter in der JVA als in seiner Kanzlei zu finden. Allein die Klagen auf Verletzung des Copyrights gegen die Medien, die das Foto gebracht haben, ohne Tantiemen zu zahlen oder den Namen des Urhebers zu nennen«, Gabi deutete auf das Poster, »wird ihm seine klamme Kasse wieder füllen. Die Presseheinis wollten sich damit rausreden, das Foto wäre ein Fahndungsfoto von uns. Unser Foto ist ein hundsgewöhnliches Passbild, das die wenigsten veröffentlicht haben. Haupenberg achtet nun darauf, dass Gorzinsky ausreichend medizinisch betreut wird«, fuhr sie fort. »Er bekommt während der U-Haft feinste Diät von einem Nobelrestaurant geliefert. Und genug Geld zum Einkaufen und für Drogen sicher auch. Die gibt's immer noch reichlich im Knast.«

»Die Frage ist, ob der Anwalt ihn vor Gericht raushauen kann«, sagte Walde.

»Auf keinen Fall. Wir haben Erpressung, Einbruch und gefährliche Körperverletzung. Bei seinen Vorstrafen müsste das für ein paar Jahre reichen«, sagte Grabbe. »Dennoch wird sich Haupenberg bald wieder einen Maybach leisten.«

»Habt ihr mit Martha Timar gesprochen?«

»Sie hat zu Protokoll gegeben, den Laptop am Abend, bevor Gorzinsky niedergeschlagen wurde, von ihm erhalten zu haben. Sie bekam fünfhundert Euro dafür«, antwortete Grabbe.

»Gorzinsky hatte wohlweislich den Laptop beiseite geschafft, bevor er sich in der Nacht mit Marion Tiefenbach in seiner Pension getroffen hat«, sagte Gabi. »Aber mit dieser Attacke hatte er wohl nicht gerechnet. Marion Tiefenbach war dem total zugedröhnten Paparazzo körperlich weit überlegen. Wahrscheinlich glaubte sie, Gorzinsky wäre tot, als er nach ihrem Angriff in seinem Blut lag. Und dann hat sie alle Speichermedien aus den Kameras genommen. Vermutlich wusste sie nichts von dem Laptop.«

»Auf einen Toten mehr oder weniger kam es ihr wohl auch nicht mehr an«, sagte Grabbe. »Marion Tiefenbach ist wahrscheinlich nach der Pause, als der Eingang nicht mehr besetzt war, ins Amphitheater gekommen und hat von den Rängen aus zugesehen. Wäre Renés Comeback misslungen, wäre der Beziehung mit Hertha wohl keine Zukunft beschieden gewesen.«

»Und seine gute Stimme hat ihm im wahrsten Sinne des Wortes das Genick gebrochen«, sagte Gabi.

»Und ihr habt noch keine Spur von ihr?« Walde fuhr sich mit der Hand an die Stelle am Hinterkopf, wo ihn der Blumentopf ziemlich genau an dem Punkt getroffen hatte, auf den vorher der Spaten niedergesaust war.

»Die bayrischen Kollegen haben herausgefunden, dass die Witwe eine recht hohe Geldsumme vom Verkauf ihrer Münchner Wohnung, die eigentlich zur Teiltilgung ihres Hauses am Starnberger See vorgesehen war, bar abgehoben hat.«

»Und stimmt das wirklich, was in den Zeitungen steht, sie war im Bestattungsinstitut ..?«

Wieder fiel sein mitteilsamer Kollege Walde ins Wort. »Ja, sie hat tatsächlich seine Urne mitgenommen.«

»Dafür habt ihr Männer einfach keinen Sinn.« Gabi war ans Fenster mit dem Blick auf die öde Mauer gegenüber getreten und seufzte schwer. »Sie hat ihren René schon einmal verloren, da war sie noch ein junges Mädchen, und das sollte ihr als reife Frau nicht wieder passieren, nach allem, was sie durchgemacht hatte. Und nun kann er ihr nicht mehr weglaufen. Das ist wahre Leidenschaft, in der Oper wie im Leben. Wahrscheinlich sitzt sie gerade in südlichen Gefilden auf ihrer Terrasse und schaut hinaus aufs Meer.«

... DIE MOSELKRIMIS

Kommissar Walde sieht alarmierende Anzeichen dafür, dass ein Psychopath, der vor Jahren die kleine Nicole tötete, wieder aktiv wird. Besteht eine Verbindung zu dem längst abgelegten Fall »Akte Mosel« oder jagt er ein Phantom?

1. Fall, erschienen 1999, 288 Seiten
ISBN 978-3-924 631-90-1
€ 8,90

Mysteriöse Drohungen, hochgradig vergiftete Zigaretten, der Chef der Wachmannschaft verschwindet – ein Zigarettenkonzern wird im großen Stil erpresst. Geht es um Geld oder steckt Rache dahinter?

2. Fall, erschienen 2000, 224 Seiten
ISBN 978-3-924 631-99-4
€ 8,90

Ein Frachter rammt die Moselbrücke bei Mehring und sinkt. Kommissar Walde macht im Rumpf des Wracks eine grausige Entdeckung – fünf illegale Einwanderer waren in einen Container eingesperrt. Die Spur führt zu einer Klinik in die Eifel.

3. Fall, erschienen 2001, 270 Seiten
ISBN 978-3-935 281-02-7
€ 8,90

Ein Promi aus der Trierer Geschäftswelt liegt ermordet auf der Moselinsel unter der Kaiser-Wilhelm-Brücke. Kommissar Walde und seine Kollegin Gabi stoßen bei ihren Ermittlungen auf einen Sumpf aus Korruption und Vetternwirtschaft.

4. Fall, erschienen 2002, 280 Seiten
ISBN 978-3-935 281-02-7
€ 8,90

Eigentlich hat Kommissar Walde Urlaub. Doch der Mord an einer Studentin macht ihm einen Strich durch seine persönlichen Planungen. Sie war die Freundin eines windigen Immobilienhais und die Tochter eines angesehenen Trierer Richters, der bald darauf in einen Justizskandal verwickelt wird ...

5. Fall, erschienen 2003, 256 Seiten
ISBN 978-3-935 281-21-8
€ 8,90

Die Verantwortlichen haben die Drohung bis zuletzt nicht ernst genommen. Jetzt ist keine Evakuierung der Großveranstaltung in der Trierer Innenstadt mehr möglich. Ein terroristischer Anschlag steht unmittelbar bevor. Ein nervenzerreißender Wettlauf mit der Zeit beginnt.

6. Fall, erschienen 2004, 256 Seiten
ISBN 978-3-935 281-31-7
€ 8,90

Exponate von unschätzbarem Wert werden aus der Domschatzkammer graubt. Hat der Gärtner des Domkapitulars dafür sein Leben lassen müssen? Überraschend mischen sich Salvatore Montalbano, Kay Scarpetta, Siggi Baumeister, Kurt Wallander, Guido Brunetti und Hanne Wilhelmsen in die Ermittlungen ein.

7. Fall, erschienen 2005, 256 Seiten
ISBN 978-3-935 281-44-7
€ 8,90

Ein Toter in der winterstarren Eifel: ermordet, Identität unbekannt. Die Spuren führen in das Milieu der Raubgräber. Der Roman lotet die Grenzen zwischen Fakt und Fiktion aus. Kommissar Walde macht die lebensnahe Bekanntschaft von Quintus, einem Hunde-Dickkopf.

8. Fall, erschienen 2006, 256 Seiten
ISBN 978-3-935 281-49-2
€ 8,90

Ein nächtlicher Unfall auf einer Großbaustelle in Triers City gibt Walde Rätsel auf. Besteht ein Zusammenhang mit der Leiche, die später an der Römerbrücke entdeckt wird? Die Spuren führen zu einem ehemaligen Minensuchboot und zu einem Tangoclub.

9. Fall, erschienen 2007, 256 Seiten
ISBN 978-3-935 281-56-0
€ 8,90